계간미스터리

KB263980

2025 가을 | 통권 제 87호

표지 그림 © To Human (2024)

AI는 단순한 도구를 넘어 감정을 치유하는 존재가 된다. AI가 만든 음악을 통해 인간이 위로받는 모순적이면서도 아름다운 순간을 그렸다. 우리는 때때로 AI의 노래를 듣고 은근한 치유를 느낀다. 그들은 여러 가지 목소리로 노래를 부르고 그것은 SNS를 통해 퍼져나간다.

유현호_ 일상의 조각과 순간적인 영감을 엮어내어 이를 디지털 일러스트레이션으로 풀어내고 있습니다. 사적인 경험, 짧게 스친 공상, 복잡 미묘한 감정 등을 주제로 삼아 인상적인 한 장면을 그리고자 합니다. @haenoeye

계간 미스터리
2025 가을호

2025년 9월 15일 발행 통권 제87호
발행인 이영은
편집장 한이
편집위원 김재희, 박광규, 송시우, 조동신, 홍선주, 홍성호, 황세연
교정 오효순
홍보마케팅 김소망
디자인 조효빈
제작 제이오
인쇄 민언프린텍
발행처 나비클럽
등록번호 마포, 바00185
등록일자 2015년 10월 7일

출판등록 2017. 7. 4. 제25100-2017-0000054호
주소 (04031) 서울 마포구 동교로22길 49, 2층
전화 070-7722-3751 팩스 02-6008-3745
메일 nabiclub@nabiclub.net
홈페이지 www.nabiclub.net
페이스북 @nabiclub
인스타그램 @nabiclub
ISSN 1599-5216
ISBN 979-11-94127-23-9(03810)

본지에 실린 글과 사진의 무단 전재 및 복제를 금합니다.

※본지는 한국문화예술위원회의 문예진흥기금에서 원고료(일부)를 지원받아 발행합니다.

2025 가을호를 펴내며

가을호 최종 마감이 코앞에 닥쳐서야 기적적으로 선선한 바람이 불기 시작했습니다. 아침저녁 기온이 22도로 내려갔던 때가 언제인지 아득합니다. 여러모로 최악의 여름이었습니다. 가을바람과 함께 훈풍이 일기를 바라며 《계간 미스터리》 가을호를 내놓습니다.

특집은 미스터리 장르를 무대 앞으로 끌어내기 위해 애쓰는 기획자들을 돌아봤습니다. 먼저 최근 데뷔 30주년을 맞이한 서미애 작가가 캐나다 토론토에서 열린 MOTIVE Crime & Mystery 페스티벌에 참가한 뒷이야기를 풀어놨습니다. 이들의 기획을 벤치마킹해 국내에서도 세계적인 미스터리 축제가 열리길 고대합니다. 다음으로는 미스터리 전문 출판사로 거듭나기 위한 나비클럽의 브랜딩 작업을 기획부터 결실까지 촘촘하게 들여다봤습니다. 전우성 디렉터의 인터뷰도 출판 관계자와 브랜딩 구축을 고민하는 기획자들에게 실제적인 도움이 될 것입니다.

아쉽게도 이번 호 신인상 당선작은 없습니다. 하지만 미스터리 장르의 확장된 경계를 확연히 느낄 수 있는 다양한 작품을 실었습니다. 먼저 홍정기의 〈인공지능의 살의〉는 SF와 본격 미스터리가 결합한 작품으로, 텔레포트 기술이 상용화된 사회에서 첨단 기술을 이용한 밀실 살인사건이 벌어지고, 특정한 규칙 안에 숨겨진 맹점을 밝혀내 보라며 독자에게 도전장을 던지고 있습니다. 서동훈의 〈포 라이더스〉는 신인상 당선작인 〈사이버 니르바나 2092〉에 이어지는 작품으로, 에드 맥베인의 전설적인 유괴 미스터리 《킹의 몸값》을 SF적 세계관과 주제로 재탄생시킨 것 같은 작품입니다. 일종의 SF 스릴러로 읽힐 수 있겠군요. 김인영의 〈고스트 하이커: 북극성〉은 현실적인 미스터리와 환상성을 교묘하게 접목한 작품으로 이국적인 배경과 문학적인 성취가 두드러집니다. 무경의 〈생문과 사문〉은 전작인 〈망〉을 연상시키는 작품으로, 민비시해사건 이후 열강의 틈바구니에서 조국의 생존을 도모하려는 그림자들의 충성과 배신을 유려한 필치로 그리고 있습니다. 단편을 모티브로 삼아 장편으로 발전시키길 바랍니다.

추리문학 평론가 박광규는 최근 작고한 프레드릭 포사이스의 작품 세계를 재조명하는 〈프레드릭 포사이스: 전투기 조종사, 기자, 그리고 스릴러 작가〉를 실었습니다. 존 르카레와 함께 또 한 명의 거장이 우리 곁을 떠난 아쉬움을 조금이나마 달래실 수 있기를 바랍니다. 박인성 교수는 〈마스터플롯으로 읽는 장르문학〉 세 번째 연재 주제를 '호러 장르와 공포의 사회학'으로 잡았습니다. 원초적인 생존의 공포가 아니라 '사회적인 주체로서 느끼는 사회적 죽음에 대한 위기감'이 한국, 일본, 미국에서 어떻게 다른 양상을 보이는지 흥미로운 분석을 내놓고 있습니다. 무경은 여름호의 본격 미스터리에 이어 역사 미스터리를 톺아보는데, 서사의 중심에 '진짜와 가짜'라는 인류의 근원적인 난제가 도사리고 있어 한 마디로 단정하기 어렵다는 독특한 해석을 내놓고 있습니다. 쥬한량은 북유럽 범죄 소설에서 시작된 영화가 자국에서 제작되었을 때와 타국에 이식되었을 때 어떻게 변화하는지 비교합니다.

시그리드 누네즈는《그해 봄의 불확실성》에서 이렇게 말합니다.

"내가 읽은 소설들에서 무슨 일들이 일어났는지 기억하는 게 중요하다고 믿었던 건 어릴 적뿐이었다. 이제 난 중요한 것이 책에 서술된 허구의 사건들보다는 독서 중의 체험, 책 속 이야기가 일으키는 감정 상태, 머리에 떠오르는 질문들이라는 진실을 안다."

서울국제도서전의 열광을 텍스트힙이라고 표현한다면, 단순히 책의 내용만이 아니라, 책을 둘러싼 경험 전체를 어떻게 가공해 제공할 것인가를 고민해야 할 시점이라는 뜻일까요. 우리의 고민은 깊어져도 독자 여러분은 미스터리와 함께 서늘한 가을 만끽하시길 바랍니다.

- 한이·계간 미스터리 편집장

토론토 MOTIVE Crime & Mystery Festival에 참가하다

✦ 서미애

2025년 3월 20일 영국 런던으로 향했다. 추리작가 데뷔 30주년을 자축해 코난 도일과 애거사 크리스티의 나라, 영국을 둘러볼 계획이었다. 패딩턴역에 도착해 역 근처 숙소에 짐을 풀고 잠자리에 들기 전에 메일을 확인했다.

몇 개의 광고 메일 사이에 한국문학번역원에서 온 메일이 있었다. 캐나다 문학축제 초청 관련으로 연락드린다는 제목을 보고 얼른 메일을 확인했다. 메일에는 TIFA(Toronto International Festival of Authors)라는 단체에서 주관하는 MOTIVE Crime & Mystery Festival에 참석해주었으면 한다는 내용과 함께 롤랜드 걸리버 위원장의 초대장이 들어 있었다. 초대장을 보니 《잘자요, 엄마》의 영문판을 너무나 재미있게 읽었으며 이번 추리 축제에서 한국 작가들과 함께하고 싶다는 글이 담겨 있었다. 번역원 담당자의 메일에는 작년 윤고은 작가가 이 행사에 참여했었다고 적혀 있었다.

나로서는 초청을 거절할 이유가 없었다. 그동안 참가한 추리 축제는 모두 유럽이었던 터라 한 번도 경험한 적 없는 북미 쪽 행사에 초대되었다는 점도 좋았고 어떤 행사일지도 궁금했다. 바로 초청에 응하겠다는 답장을 보냈다. 코난 도일의 흔적을 따라 에든버러를 방문하고, 애거사 크리스티의 고향인 토키 지방을 다니면서도 머릿속 한편으로는 몇 개월 뒤에 가게 될 토론토의 범죄 미스터리 축제에 관심이 갔다.

그동안 추리작가들이 모이는 추리 축제에 몇 번 참석한 적이 있는데 그때마다 책으로만 보던 작가들을 만나는 것은 물론이고 현지의 독자를 만나는 것은 아주 특별한 경험이었다. 낯선 언어로 적힌 내 책을 들고 와서 사인을 받고 재미있었다며 다음 날 다른 책을 사러 오는 독자를 직접 만나는 것은 이런 행사장에서만 경험할 수 있는 멋진 일이다.

영국 여행을 마치고 한국에 돌아온 뒤 3개월 남짓 남은 토론토행을 위해 메일을 주고받으며 본격적인 준비에 들어갔다. 우선 주최 측이 알려준 홈페이지를 통해 저자 프로필을 입력해야 했다. 그것으로 행사의 프로그램 홍보용 안내 자료를 만들고 참여 작가들이 토론토에 가는 교통편이나 숙소 등에 대한 안내를 받을 수 있었다. 체계화된 시스템을 경험하니 TIFA가 꽤 오래 이런 행사를 해왔음을 짐작할 수 있었다. 홈페이지에 들어가고 나서야 TIFA가 어떤 단체인지 알게 되었다.

TIFA는 토론토 하버프론트 센터에 본사를 둔 자선단체로 '이야기 예술을 통해 영감을 주고 책 애호가들에게 대담하고 야심차고 접근 가능한 다양한 문학적 경험을 제공하는 것을 목적'으로 하며, 매년 다양한 문학 장르에 걸쳐 세계

최고의 작가와 예술가들을 만나고 이야기의 힘을 기념할 수 있는 축제를 개최해왔다고 한다. 1974년에 창립된 이래 100여 명의 노벨상 수상자와 22명의 기타 수상자를 포함해 22개국 이상에서 수천 명의 작가를 초대해 독자와 만나는 행사를 진행했다고 하니 꽤 역사가 깊은 곳이었다. TIFA는 매년 가을 전 세계의 작가와 독자가 참여하는 11일간의 메인 축제를 개최하는데 MOTIVE Crime & Mystery 축제는 2022년부터 열렸다고 한다. 11월에는 로맨스 팬들을 위한 행사를 따로 한다고 하니 장르별로 축제를 치르는 것도 재미있겠다는 생각이 들었다.

열네 시간 가까운 비행시간을 견디고 도착한 토론토는 초여름의 날씨였다. 맑고 쾌청한 하늘과 시원하게 불어오는 바람이 좋아서 걸어서 숙소를 찾아가기로 했다. 무거운 여행 가방을 끌고 30여 분을 걸어야 했지만 낯선 도시를 보는 즐거움에 힘든 줄도 모르고 숙소로 향했다. 체크인을 한 뒤 짐을 풀고 행사 전 토론토에 대해 좀 더 알고 싶어 숙소 주변을 검색해보니 도보로 10분 거리에 경찰 박물관이 있었다. 이미 박물관이 문을 닫은 시각이라 다음 날 미술관에 가기 전에 가보기로 했다.

토론토 경찰 박물관은 토론토 경찰청 본부 한편에 마련되어 있어 보안 검색대를 통과해야 들어갈 수 있었다. 경찰청 건물 현관으로 들어선 뒤 보안을 통과

하면 바로 왼편으로 토론토 경찰의 역사를 알 수 있는 경찰 박물관의 입구가 보인다. 토론토 경찰의 시작을 알리는 오래된 사진부터 기마경찰, 순직한 경찰견의 사진 등이 눈길을 끌었다. 과학수사와 관련된 정보가 해당 사건과 함께 전시되어 있었고, 범죄자들의 머그샷도 보였다. 예전 경찰서와 유치장의 모습을 재현해둔 공간도 있었고, 박물관의 마지막에는 임무 수행 중 순직한 경찰관들의 추모 공간이 있었다. 크지 않은 공간이었지만 뒤로 갈수록 걸음이 느려지고 경건한 마음이 들었다. 우리나라의 경찰 박물관을 견학한 경험이 있어 두 나라를 비교해볼 수 있는 좋은 기회였다.

행사보다 이틀 일찍 도착해 토론토 거리를 다니며 박물관과 미술관 등을 찾았다. 토론토의 역사와 문화, 분위기를 느끼는 시간을 보낸 뒤 행사 전날 주최측이 마련해준 호텔로 이동했다. 숙소에 짐을 풀고 잠시 주변을 산책하다가 돌

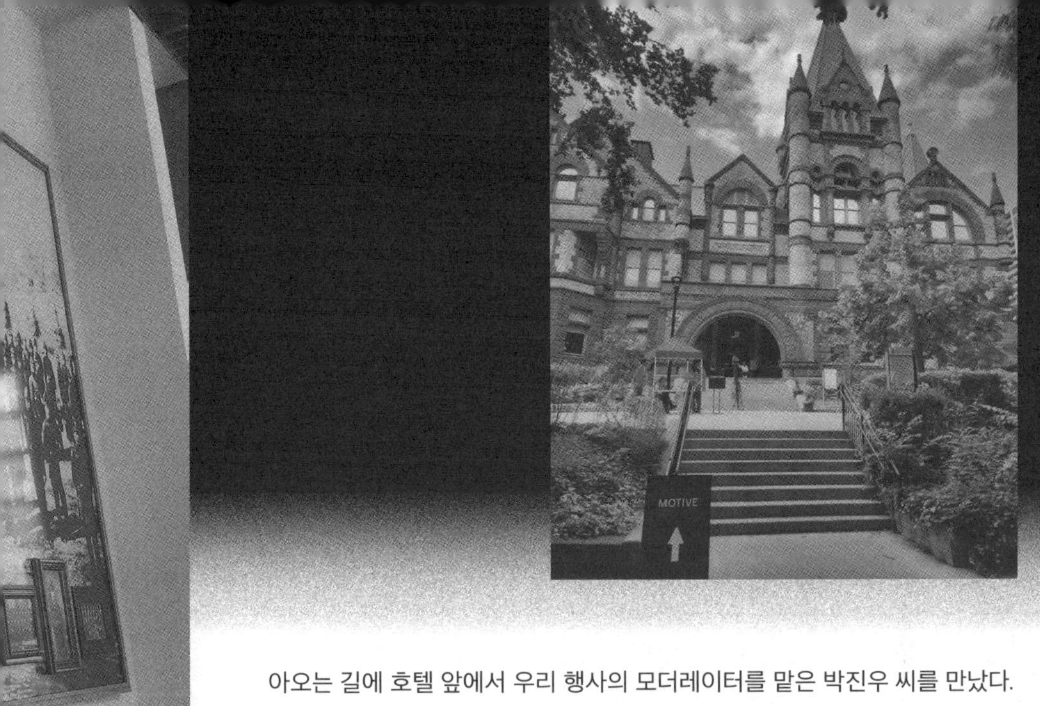

아오는 길에 호텔 앞에서 우리 행사의 모더레이터를 맡은 박진우 씨를 만났다. 캐나다에 오기 전에 메일을 통해 인사를 나누었고 인스타그램으로 그가 올린 행사 관련 영상을 본 터라 얼굴은 알고 있었지만, 긴가민가하던 순간 그가 나를 알아보았다.

그와 함께 호텔 카페로 가서 이야기를 나누었다. 진우 씨는 몬트리올에 살고 있는 교포로 대학에서 문예창작을 전공하고 게임 시나리오 등의 일을 하며 9월에 장편소설 출간을 앞둔 작가였다. 토론토에 있는 출판사에서 책을 낼 예정이라 토론토에 익숙한 한 듯 보였다. 그는 이번이 첫 행사 참여라 많이 긴장한 것 같았다. 메일로 보낸 질문지에 관한 이야기, 행사 시 주의할 점 등에 대해 이야기를 나눈 뒤 행사가 열리는 토론토대학교 안에 있는 빅토리아 칼리지 건물로 이동했다.

대학 입구부터 자원봉사자들이 작가와 독자, 참여자의 안내를 돕기 위해 자리하고 있었다. 행사가 열리는 장소인 빅토리아 칼리지는 토론토대학교의 7개 칼리지 중 가장 역사가 오래된 곳이라 그런지 건물도 고풍스러웠다. 빅토리아 여왕을 기념하기 위해 이름 지어졌다는 빅토리아 칼리지는 캐나다를 대표하는 작가 마거릿 애트우드를 배출한 곳으로 'Cat's Eye'라는 학생 전용 펍 라운지는 그녀의 책 제목에서 딴 것이라고 한다.

건물 안으로 들어서자, 행사를 준비하는 사람들과 현수막이 눈에 들어왔다. 우리는 작가들을 위해 마련된 그린룸으로 향했다. 그곳에 들어가 접수를 하니, 환영 인사와 함께 팸플릿과 굿즈가 든 가방을 건네주었다. 3일 동안의 식사비가 들어 있는 봉투도 건네받았다. 참가에 대한 사례비 이외에 매일 식대가 지급될 것이라고 메일에서 이미 안내를 받았지만, 넉넉한(?) 돈봉투를 받으니 기분이 좋았다. 이런 것도 행사에 참석하는 작가들에게는 유쾌한 순간 중 하나일 것이다.

그린룸에는 작가들의 책이 사인을 받기 위해 기다리고 있었다. 접수를 마치고 진우 씨와 행사 진행을 맡은 담당자와 인사를 나누고 잠시 차를 마시는 사이, 홍보 담당자가 책을 들고 와서 사인을 요청했다. 이 책들은 행사에 참석한 독자들에게 줄 선물인 것 같았다.

첫날은 간단히 인사만 하고 다음 날 행사를 위해 일찍 호텔로 돌아왔다.

호텔로 돌아와 팸플릿 등을 본 뒤에야 이번 페스티벌에 대해 더 자세히 알 수 있었다.

2025년 MOTIVE Crime & Mystery 페스티벌은 올해 네 번째 열리는데, 완전히 독립기관으로 페스티벌을 준비하는 첫해이며 빅토리아 칼리지와 새로 파트너십을 맺어 처음으로 열리는 것이라고 했다. 그렇다는 건 앞으로 이 범죄 미스터리 페스티벌을 꾸준히 확장할 계획이라는 얘기다. 한국의 미스터리, 스릴러 작가들에게도 참여의 기회가 있을 것 같아 관심이 갔다.

MOTIVE Crime & Mystery 페스티벌은 범죄와 미스터리에 관심 있는 독자들을 위해 다양한 프로그램을 준비해놓고 있었다.

우선 범죄 소설을 쓰고 싶어하는 작가 지망생들을 위해 여러 분야의 작가, 전문가들이 강의하는 마스터 클래스가 준비되어 있었다. 신인 작가 발굴에 진심이라고 느껴졌던 건 소재를 발굴하는 방법에 대한 강의와, 범죄 현장을 취재하는 방법, 캐릭터를 구축하는 법에 대한 강의, 출판사를 통해 범죄 소설을 출간하는 방법 등 작가 지망생에게 꼭 필요한 세부적이고 자세한 내용을 현업 작가와 현장의 전문가가 직접 안내를 해준다는 점이었다.

북유럽과 미국, 한국 등에서 온 작가들이 자국의 범죄 소설에 관해 이야기하는 시간이 있었고, 외국 작가들과 캐나다 작가들이 함께 이야기 나누는 시간도 마련되어 있어 작가들끼리의 교류에도 신경을 쓰는 모습이었다. 또 축제의 한 축을 담당하는 것은 전직 FBI 특수요원이 자신이 수사했던 사건에 대해 들려주는 강연과 토론토 대학 미시소가 캠퍼스에서 제공하는 법의학 워크숍, 토론토의 범죄 투어, 현장의 전문가들이 법 집행의 경험을 들려주는 강의였다. 또 가볍게 탐정 모자를 쓰고 살인사건이 벌어진 1930년대의 저택에 들어가 미스터리를 푸는 퍼포먼스도 있었다. 3일 동안 40여 개의 행사가 개최되고 60명 이상의 작가와 인터뷰어, 전문가들이 참여한 축제는 나 역시 기웃거려보고 싶은 행사로 가득했다. 재미있는 것은 강연마다 입장권을 팔고 있는데 법의학 워크숍이 가장 먼저 매진되었다는 사실이다.

우리의 행사는 페스티벌 둘째 날에 집중되어 있었다.

오전에는 정유정 작가와 새시 비쇼프Sash Bischoff의 대담이 있었다. 그 행사를 마치고 정유정 작가와 나의 '한국 범죄 소설의 발견'이라는 행사가 연이어 열리기 때문에 진우 씨와 함께 오전 행사부터 참가하기로 했다.

강의실에는 생각보다 많은 사람이 와 있었는데 새시 비쇼프의 이력을 보니 이해가 되었다. 어릴 때부터 배우로 활동한 새시 비쇼프는 브로드웨이 감독으로도 일하고 있고 2025년 1월 첫 장편소설 《달콤한 분노Sweet Fury》를 출간했다고 한다. 행사가 진행되는 동안에도 진우 씨는 다음 행사의 질문지를 보며 긴장을 감추지 못했다.

정유정 작가의 행사가 끝나고 난 뒤 여전히 긴장하는 진우 씨를 보며 정 작

가와 나는 너무 걱정하지 말라고 이야기해주었다. 정 작가는 "아줌마 둘에게 맡기라"며 농담을 던졌다. 정유정 작가 역시 여러 국제 행사에 참석한 경험이 있다 보니 그다지 긴장하지 않은 듯 보였다.

나와 정 작가의 행사는 빅토리아 칼리지 건물 바로 옆의 야외에서 진행되었다. 잔디밭 한편으로 작가들의 매대가 준비되어 있어 책을 사러 온 독자들이 사인을 받기도 했다. 행사를 위해 마련된 야외 천막과 의자들을 보면서 행사가 열리기를 기다렸다. 과연 한국에서 온 두 명의 작가를 궁금해하는 독자들이 얼마나 있을까 염려스러웠지만 한류 영향인지, 장소 덕분인지 그래도 절반 이상의 자리가 찼다.

정 작가의 말처럼 아줌마 둘의 입담은 야외 행사를 찾아온 독자들을 즐겁게

해주었고, 첫 진행으로 굳어 있던 진우 씨의 긴장도 풀어주었다. 한 시간이 어떻게 지났는지도 모르게 끝이 났고 드디어 내 차례가 왔다.

나는 아드난 칸Adnan Khan이라는 캐나다 작가와의 대담이 준비되어 있었다. 그가 쓴 《하이프 비스트The Hype Beast》라는 소설은 CBC가 선정한 2019년 최고의 캐나다 소설로 선정되었다고 한다. 그는 시나리오 작가이며 영화감독이기도 했는데, 그의 첫 장편 영화 〈슉Shook〉은 2024년 토론토 국제영화제에서 상영되기도 했다고 한다.

나 역시 시나리오를 쓴 경험이 있다 보니 그와의 대담은 주로 영화 쪽 경험이 어떻게 소설 쓰기를 풍부하게 했는지에 대한 이야기로 흘렀다. 첫 행사에서 굳어 있던 진우 씨는 이제 여유가 생겼는지 질문지를 덮어버리고 추가 질문을 하며 행사를 즐겼다.

이런 국제적인 행사에 참석할 때마다 어쩔 수 없이 드는 생각이 있다. 우리나라에도 추리작가들과 사건 현장의 전문가들이 함께 추리 축제를 만들어 범죄소설을 좋아하고 이런 분야에 관심을 가진 독자와 작가 지망생들이 한자리에 모이는 기회가 생긴다면 어떨까 하는 것이다. 해마다 여름추리소설학교가 열리고 있지만, 규모가 예전만 못하다.

뜻있는 지자체나 관련 기관에서 장소를 제공하고 조금씩 뜻을 모으면 이제 독자들의 관심을 받기 시작한 장르문학을 살릴 좋은 기회가 되지 않을까 싶다.

서미애 1994년 〈남편을 죽이는 서른 가지 방법〉으로 신춘문예에 당선되면서 데뷔, 미스터리, 스릴러 작가이자 TV 드라마, 영화 시나리오 작가로도 활동하고 있다.

소설 작품으로는 《잘 자요, 엄마》, 《인형의 정원》, 《아린의 시선》, 《당신의 별이 사라지던 밤》 등의 장편이 있으며 2009년 《인형의 정원》으로 한국추리문학상 대상을 받았다. 《잘 자요, 엄마》는 미국, 프랑스, 독일 등 16국에 번역 출간되었으며 2025년 하영 연대기 완결편인 《나에게 없는 것》이 출간되었다. 2024년부터 추리작가데뷔 30주년 기념으로 그동안의 작품을 총망라한 '서미애 컬렉션'이 출간되고 있다. 2021년부터 미스터리, 스릴러를 쓰는 여성작가 모임인 '미스마플클럽'을 운영하고 있다.

미스터리 전문 출판사 브랜딩과 서울국제도서전 현장

✦ 김소망

김소망 평생 영화와 책 사이를 오가고 있다. 대학에서 영화 연출을 전공했고 현재 직업은 출판 마케터. 마케터란 한 우물을 깊게 파는 것보다 100개의 물웅덩이를 돌아다니며 노는 사람과 비슷하다는 생각을 한다. 운 좋게 코로나 전에 다녀온 세계 여행 그 후의 삶을 기록한 여행 에세이 외전, 《세계 여행은 끝났다》를 썼다.

2025년 6월 17일, 서울국제도서전 오픈 하루 전. 단 하루 주어진 부스 준비 시간에도 나비클럽 멤버들은 두 팀으로 나뉘어 서로 다른 행사장에서 움직였다. 한 팀은 코엑스 전시장 부스에서 키보다 큰 네온 아크릴 조명을 머리 위로 들어올리며 설치에 열중했고, 다른 한 팀은 인근 호텔에서 열린 K-저작권 마켓에 참가해, 외국 출판사 바이어 앞에서 나비클럽 책들을 피칭했다.

우리의 목표는 하나였다. '나비클럽'이라는 브랜드를 사람들에게 각인시키는 것. 3개월 전부터 우리가 스스로에게 주입하고 있는 목표 의식이었다.

- □ 나비클럽 브랜드를 알리기
- □ 다른 출판사와 차별화하기
- □ 나비클럽만이 줄 수 있는 경험을 제공하기

작년 말쯤 본격적으로 브랜딩에 관심을 두기 시작했다. 계기는 분명했다. 늘 있어온 '출판계의 위기.' 한국 미스터리 작품 중심으로 8년 동안 책을 내온 나비클럽의 꿈은 한국 미스터리 장르의 부흥이었지만, 생존을 위협하는 신호가 점점 가까이 다가오고 있었다. 나비클럽을 튼튼하게 만들 실질적이면서도 장기적인 전략이 필요했다. 그동안 놓쳐온 문제는 없는지, 아직 시도하지 않은 길이 무엇인지 점검해야 했고, 새로운 방식 속으로 우리를 던질 필요가 있었다.

이것이 나비클럽 브랜딩의 시작이자, 앞날을 진심으로 고민한 구성원들이 찾아낸 돌파구였다.

■ 나비클럽의 업業을 재정의하다

전 29CM 브랜딩 디렉터이자 《핵심 경험론》, 《그래서 브랜딩이 필요합니다》 저자인 전우성 대표와의 첫 번째 브랜딩 회의 날, 대표님은 우리에게 이런 질문을 던졌다.

"브랜딩을 통해 나비클럽이 바뀐다고 할 때, '미래의 독자'는 누구여야 할까요?"

각자 '히가시노 게이고의 독자', '미스터리 마니아보다는 넓은 범위의 장르 독자' 등을 말했다. 그런데 대표님은 전혀 다른 이야기를 꺼냈다.

"혹시 'A24'를 아시나요?"

A24는 〈미나리〉, 〈겟 아웃〉, 〈에브리씽 에브리웨어 올 앳 원스〉 제작사로 유명한 미국의 영화사다. 영화감독이나 배우가 누구인지보다 A24가 제작, 투자, 배급에 참여했다는 사실 하나만으로 기대감을 불러일으키는 브랜드다. 대

Life is full of mystery

인생은 미스터리로 가득하다

표님은 우리가 브랜딩을 하며 목표로 삼아야 할 미래 독자가, 미스터리보다 나비클럽을 좋아하는 사람들, 나비클럽만의 개성을 좋아하는 사람들이어야 한다고 말했다. 그 순간 우리가 지금껏 해온 일과 앞으로 해야 할 일의 방향이 크게 바뀔 것이라는 생각이 들었다. 책을 출간하지 않겠다는 말이 아니다. 일의 방향이 1도 정도 틀어진 것이다. 변화는 그 후 3개월 동안 진행한 브랜딩 작업에서 다들 실질적으로 경험했다.

출판계에서 '미스터리'라는 단어를 선점할 정도로 존재감을 키우라는 말이 비현실적으로 느껴지면서도 실현하기 위해 노력했다. 그러다 보면 단 1센티미터일지라도 매일 전진하는 것이 느껴졌다. 우리의 업을 재정의했고, 고민 끝에 미스터리라는 단어가 품는 여러 의미를 새롭게 정리했다. 그리고 나비클럽의 슬로건을 정했다.

Life is full of mystery. 인생은 미스터리로 가득하다.

앞으로 나비클럽은 이 슬로건을 중심으로 독자들에게 미스터리적 경험을 주는 회사가 될 것이다. 여기에서 미스터리는 장르의 종류를 뜻하지 않는다. 나비클럽의 미스터리란, '정해진 틀과 규칙 없이 기존의 편견을 깨고 새로운 시각을 발견하며 세상을 탐구하는 사고방식'이다. 그런 의미에서 나비클럽은 특정 장르의 책을 전문으로 내는 출판사라기보다는 미스터리라는 새로운 사고방식을 제안하는 브랜드다.

글로는 이렇게 썼지만, 이게 나비클럽 성원들의 머릿속에 기본 개념으로 자리 잡는 건 또 다른 문제였다. 무슨 일을 하든 브랜딩의 하나로 바라보면, 완전히 새로운 시선으로 일의 목적과 나아가야 할 방향을 떠올리게 되었고 그건 우리가 잘 사용하지 않았던 감각과 기술을 요구하는 과정으로 이어졌다. 브랜딩은 나비클럽 시즌 2를 만드는 훈련 과정이었다.

■ 방향의 변화만으로 많은 것이 바뀐다

신간과 함께 늘 만들던 출간 소식 포스팅, 상세 페이지를 어떻게 새롭게 만들 것인가를 고민하던 때가 있었다. 그때만 해도 전우성 대표님이 말하는 브랜딩이라는 게 '세상에 없던 새로운 것을 창작하는 것'이 아닐까 오해했다. 하지만 브랜딩은 발명이나 창작보다는 변형, 변주, 유연함에 가까운 것이었다. "다른 출판사들과 확실하게 차별화하라"라는 말을 듣고 극단적인 변화를 주라는 뜻으로 해석해서 '인스타그램을 아예 운영하지 말아야 하나?' 고민한 적도 있는데, 브랜딩이란 그런 극단적인 변화를 주어야만 가능한 게 아니었다. 우리는 나비클럽 독자의 정의를 '미스터리 소설을 읽는 사람들'에서 '정해진 틀을 깨고 새로운 시각으로 세상을 바라보고 싶어하는 사람들'로 새롭게 정의했다. SNS에 글을 올릴 때도 타깃을 후자로 생각하며 제작했다.

책 포스터라는 새로운 형식의 콘텐츠도 만들었다. 책 포스터는 영화사가 영화를 개봉하기 1년 전부터 예고 포스터로 소식을 알리고, 이후에도 다양한 버전을 만들어 홍보하는 것에서 착안했다. 책 홍보 이미지는 보통 표지에서 출발하는 경우가 많다. 혹은 작가 사진이거나. 하지만 우리는 표지 이외에 다른 이미지로 독자와 소통하고 싶었다. 그래서 책 표지와 전혀 상관없이, 내용에서 또 다른 감성의 이미지를 끌어내어 영화 포스터에 가까운 감성의 책 포스터를 제작했다. 가장 처음 만든 건 무경 작가의 신간 소설인 《부디 당신이 무사히 타락하기를》(이하 '무사타락')이었다. 책 제목이 정해지지도 않은 두 달 전에 책 포스터를

무경 작가의 신간 소설 책 포스터

제작했고, 마치 영화를 홍보하듯 출간일 훨씬 이전에 이미지를 노출하고 독자의 반응을 살폈다. 예전이라면 '실제 표지와 아무 상관 없는 이미지인데, 이 이미지가 나중에 책 판매에 영향을 미칠 수 있을까?', 'SNS와 서점에서 책 표지를 발견했을 때 포스터 이미지와 전혀 연관 짓지 못하면 어떡하지?' 걱정했겠지만, 모든 고민을 내려놓고 새로운 시도를 해보기로 했다.

독자들이 나비클럽만의 미스터리적 경험을 할 수 있도록, 각각의 책에서 편견을 깨트리고 사고의 틀을 넓히는 질문을 뽑아 질문형 카드뉴스도 만들었다. 영화처럼 이미지 중심으로 감성을 전달하는 책 상세 페이지를 만드는 일도 함께 진행했다. 기존의 것에서 조금씩 벗어난 방향의 콘텐츠들을 기획하며, 나비클럽만의 색채를 갖기 위해 노력했다. 나비클럽 로고 이미지를 바꾸고 슬로건 'Life is full of mystery' 타이포그래피를 디자인하고, 홈페이지도 만들었다. 홈페이지에 노출할 브랜딩 영상과 나비클럽 도서 목록 PDF를 제작했다.

■ 브랜딩의 결실로 이어진 서울국제도서전

3개월 동안 디렉터와 네 명의 나비클럽 구성원이 브랜딩 작업을 하며, 동시에 2025 서울국제도서전 준비를 병행했다. 나비클럽의 첫 참가이자 브랜딩의 일환인 큰 프로젝트라 다들 열의가 대단했다.

나비클럽 부스 콘셉트는 '미스터리 전시·편집숍'이었다. 한 칸짜리 작은 부스였지만 관람객에게 강렬한 인상을 남기고 싶었고, 그러려면 콘셉트가 뚜렷해야 했다.

브랜딩하기 전에 나비클럽이 도서전에 대해 품고 있던 바람은 '잘 알려지지 않은 책을 독자들에게 알리는 것', '매출을 올리는 것'이었다. 그러니 브랜딩 회의 때 도서전 참가 제1의 목표가 책 판매가 아닌 나비클럽 브랜드 홍보로 정해졌을 때, 얼마나 고민이 많았겠는가. 일의 방향을 바꾼다는 것은 수시로 과감한 선택을 요구했다. 새로운 시도를 하는 회사? 모두 나비클럽이 그런 회사가 되길 원했다. 그런데 그 새로운 시도(심지어 돈과 시간을 꽤 요구하는 새로운 시도)가 매출을 위한 게 아니라면? 그럼에도 좋은 선택이라고 할 수 있을까? 틈만 나면 생존의 위기가 찾아오는 이 출판계에서 말이다.

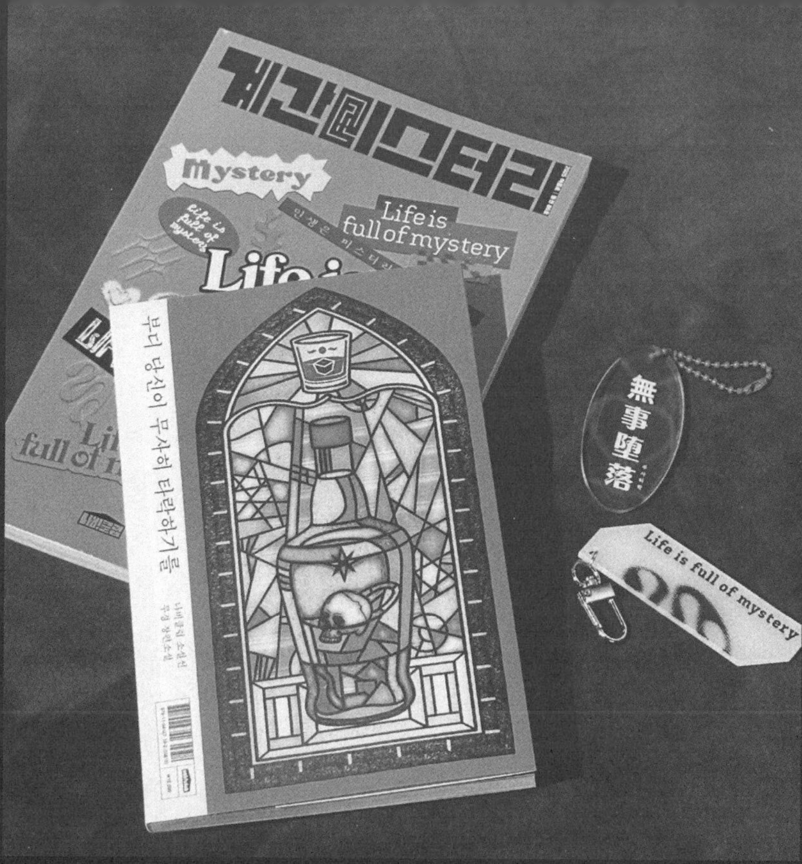

그럼에도 나비클럽은 용기를 냈다. 지금까지 출간한 50여 종의 책에서 단 9종의 책을 골라 독자들에게 소개하기로 했고, 나비클럽이 어떤 브랜드인지, 부스의 콘셉트는 무엇인지 명확하게 보여주는 데에 힘을 쏟았다. 'Life is full of mystery' 슬로건을 독자들에게 각인하는 데 집중했다. 초록색 대형 형광 아크릴 네온 조명으로 슬로건 문장을 보여주고, 다양한 버전으로 디자인한 슬로건 포스터와 책 포스터로 부스의 구석구석을 채웠다. 벽에는 나비클럽의 모든 책에서 뽑은 핵심 질문들을 전시했다.

도서전 기간에 부스를 방문한 독자들은 우리가 소개하지 않아도 나비클럽이 미스터리 전문 출판사라는 걸 먼저 알아차렸다. 어떤 책을 내는 곳인지 궁금해하는 분들에게 나비클럽의 다양한 책을 소개하고 부스에서 둘러보면 좋을 것

들을 알려드렸다. 꼼꼼히 책을 살피며 책과 굿즈 구매를 결정하던 독자들의 반짝거리는 눈빛이 기억난다. 1일 스태프로 참여한 이주영, 무경 작가님도 독자들과 인사를 나누며 책에 사인을 해드렸다. 나비클럽 슬로건과 메인 컬러로 디자인한 굿즈 아이템들이 현장에서 많은 관심을 받았지만, 가장 많이 판매된 것은 역시 도서전에서 최초로 선보인 《계간 미스터리》 여름호와 무경 작가의 소설 《무사타락》이었다. 현장에서 정기구독을 신청하는 사람도 꽤 많을 정도로 《계간 미스터리》에 대한 관심도가 높았던 점이 인상적이었다.

첫째 날 저녁부터, 도서전에 가면 꼭 들러야 할 부스로 나비클럽을 꼽는 SNS 글들이 올라오기 시작했다. 처음으로 참여하는 도서전인 만큼 내내 긴장하고 지쳐 있던 나비클럽 멤버들에게 독자들의 관심과 기대는 달콤한 보상이었다.

■ 끝나지 않은 브랜딩

올 상반기는 아마 최근 몇 년 중 가장 빠르게 흘러간 시기로 기억될 것이다.

독자에게 어떤 경험을 남기고, 어떤 브랜드로 기억되어야 할지 고민하고 실행한 시간이 지금도 크고 작은 결실로 이어지고 있다. 도서전이 끝난 지 한 달이 지난 현재, 서울책보고의 초청으로 〈냉기주의보: 서늘한 서점〉 미스터리 특별전에 메인 참가사로 참여해 팝업을 진행하고 있다. 하반기에는 전국의 동네 서점과 함께하는 미스터리 행사를 기획하고 있다.

브랜딩을 하지 않았어도 이런 일을 기획하고 추진할 수 있었을지 모르겠다. 어쩌면 가능했을지도 모른다. 하지만 무엇을 목표로 삼고 어떤 방향으로 일해야 하는지에 대한 고민은 지금과 달랐을 것이다. 고되고 큰 노력이 필요한 브랜딩이지만 나비클럽을 앞으로 나아가게 하는 강력한 원동력이 생겨 기쁘다. 인생은 미스터리로 가득하다.

서울책보고 〈냉기주의보: 서늘한 서점〉 전시장

"우리가 정한 이정표를 늘 기억해야 합니다"
- 전우성 브랜딩 디렉터 인터뷰

나비클럽 브랜딩을 진행하시면서 가장 중요하게 세웠던 원칙은 무엇인가요?

제가 항상 중요하게 여기는 원칙은 '이 브랜드는 세상에 어떤 경험을 전달해야 하는가. 그것을 남들과 나를 구분 짓는 이 브랜드의 가치로 얘기할 수 있는가'에 대한 답을 찾는 것입니다.
이는 '사람들이 왜 이 브랜드를 알아야 하는가, 이 브랜드가 세상에 없다면 사람들이 가장 아쉬워할 점은 무엇인가'에 대한 질문의 답이기도 합니다.
형식보다는 본질, 예쁜 디자인보다는 의미 있는 경험을 먼저 고민했습니다. 그것이 나비클럽 브랜딩의 시작점입니다. 또 하나. 개인적으로는 '이미 알고 있는 것, 즉 시장의 고정된 프레임을 기준 삼지 말자'는 원칙을 세웠습니다. 출판업계는 처음 브랜딩을 해보기 때문에 기존 출판사들을 참고하기보다는 처음 출판계를 마주한 이의 시선으로 '이 브랜드만의 고유한 메시지와 경험을 어떻게 전달할까?'를 더 많이 질문하려 했습니다.

정해진 틀과 규칙 없이
기존의 편견을 깨고
새로운 시각을 발견하며
세상을 탐구하는 사고방식

슬로건으로 'Life is full of mystery'를 제안하셨고 나비클럽 직원들의 만장일치로 확정되었습니다. 이 문장은 어떻게 만들어지게 되었나요?

'미스터리'에 대한 나비클럽만의 새로운 정의를 고민해보았습니다. 우리는 그동안 미스터리를 탐정소설, 추리소설 등과 연결했습니다. 하지만 이런 장르적 정의는 나비클럽이 출간해온 다양한 장르의 책들을 하나로 묶기에는 부족했습니다. 그렇다면 과연 나비클럽이 추구하는 미스터리가 무엇이 되어야 하는지를 깊게 고민하기 시작했습니다. 그러다 보니, 미스터리를 단지 장르적 접근이 아닌 세상에 던지는 질문과 연결해야 한다는 결론을 내렸습니다.
그래서 미스터리란 추리의 과정만이 아닌, 상황과 서사를 중심으로 구축되며, 긴장과 불안, 몰입을 유도하는 가장 진화한 이야기이자 인간과 세상의 불확실성을 탐구하는 이야기라고 재정의했습니다. 즉 미스터리란 단순한 장르가 아니라 세상을 탐구하는 방식이죠. 그렇다면 나비클럽이 전달해야 하는 경험 역시 '정해진 틀과 규칙 없이 기존의 편견을 깨고, 새로운 시각을 발견하고 세상을 탐구하는 사고방식'이 되어야 하는 것입니다. 그렇게 미스터리와 나비클럽이 전달해야 하는 경험을 재정의하는 순간, 지금까지 나비클럽에서 출간했던 모든 책이 하나로 묶이는 경험을 했습니다. 나비클럽만의 정체성이 또렷해지는 순간이었죠.

이렇게 정리하고 나니 슬로건 도출은 오히려 쉬웠습니다. 우리의 삶이 정해진 틀과 규칙 없이 흘러가고 있다는 점에 착안했습니다. 그 안에서 진실을 끊임없이 탐구하는 여정이 곧 인생 아닐까요? 'Life is full of mystery'(인생은 미스터리로 가득하다)라는 슬로건은 이렇게 도출되었습니다. 이 문장은 짧으면서도 미스터리라는 단어를 포함하고 있고, 다른 회사들의 슬로건과는 전혀 다른 형식의 슬로건이면서, 누구나 공감할 문장이라는 점이 마음에 들었습니다. 한편으로는 철학적인 의미를 담고 있기도 하죠. 그것이 이 문장을 최종 슬로건으로 제안한 이유입니다.

출판 분야의 브랜딩은 처음이라고 하셨는데요. 업계 바깥에 있는 분의 시선을 따라 우리 일을 들여다보는 경험이 기대 이상으로 신선한 자극을 주고 큰 공부가 되었습니다. 프로젝트마다 새로운 분야를 마주하실 텐데, 나비클럽 브랜딩을 맡으시면서 특히 어떤 공부나 자료조사를 하셨는지 궁금합니다.

저 스스로 업계를 공부하거나 자료조사를 한 것보다는 나비클럽 멤버들과 끊임없이 대화를 나누면서 얻은 점이 훨씬 더 많습니다. 현장을 가장 잘 이해하고, 현재 우리 브랜드가 처한 문제점을 가장 잘 파악하고 있는 당사자이기 때문입니다. 다른 프로젝트를 진행할 때도, 시작 과정에서 담당자들에게 질문을 많이 하는 편입니다.

나비클럽의 브랜딩을 진행하시면서 가장 짜릿하거나 보람을 느꼈던 순간은 언제였나요.

이번 도서전에서 거둔 나비클럽의 성과입니다. 정말 많은 분의 관심과 주목을 받았죠. 브랜딩을 하는 사람으로서 가장 기쁜 순간은 당연히 제가 브랜딩을 진행한 브랜드가 시장에서 다양한 방식으로 의미 있는 성과를 낼 때입니다. 이번 도서전에서 나비클럽 부스에 수많은 사람이 몰린 것을 제 눈으로 보았을 때, 소셜미디어에 수도 없이 언급되었을 때, 도서전 이후에 가시적이면서 유의미한 성과를 멤버들을 통해 들었을 때, 특히 도서전을 계기로 새로운 비즈니스의 기회들이 창출되었다는 소식을 들었을 때 정말 기뻤습니다.

인생은 미스터리로 가득하다

Life is full of mystery

- 미스터리를 단순한 장르가 아니라, 삶 전체로 확장하는 강력한 메시지.
- 독자들에게 직관적으로 와닿으며, 누구나 공감할 수 있는 보편적인 표현.
- 나비클럽이 추구하는 미스터리의 정의, 미스터리적 사고와 경험과 일치.
- 기존의 추리소설, 범죄소설의 틀을 넘어서 더 넓은 개념을 포괄.
- 한 번 들으면 기억에 남는 간결하면서도 철학적인 문구.

반대로, 가장 고민되거나 어려웠던 순간이 있었다면 언제인가요?

브랜딩 전략을 진행하는 매 순간순간이 아니었을까 싶습니다. 결국 하나의 방향을 결정해야 다음 단계로 나아갈 수 있는데, 논의의 순간마다 대표님을 포함한 멤버들의 지지에 큰 힘을 얻었습니다. 저를 믿고 모두 잘 따라와 주셨으니 말이죠. 이 인터뷰를 통해 다시 한번 나비클럽 멤버들에게 감사의 인사를 전합니다.

브랜딩에 대한 고민이 거의 없는 상태를 0이라 한다면, 브랜딩의 효과는 브랜드가 0에서 1이 되는 순간에 드러나는 것 같습니다. 1에서 2로 나아가는 일은 더 어렵겠지요. 이제 전문가 없이 1을 유지해야 하고 2를 지향하는 나비클럽에 조언을 해주신다면.

두 가지를 조언하고 싶습니다. 첫 번째는, 우리가 정리한 나비클럽의 브랜드 정체성 문서를 수시로 기억하고 인지해달라는 것입니다. 브랜딩의 힘은 한 방향으로 꾸준히 나아가는 과정에서 점점 더 커집니다. 방향을 잃지 않으려면 우리가 정한 이정표를 늘 기억해야 합니다. 그래야 점점 더 강력한 브랜드로 거듭날 수 있습니다. 우리만의 차별화된 개성을 만들었으니 이제 일관성과 지속성이 필요한 때입니다. 두 번째로는, 브랜딩을 진행하는 과정에서 고민이 생길 때마다 "전우성 디렉터라면 이 시점에서 어떤 생각을 하고 어떤 결정을 할까" 고민해보라는 것입니다. 단지 저를 떠올리라는 뜻이 아닙니다. 이것은 브랜드의 본질에서 벗어나지 않기 위한 장치입니다. 나비클럽이라는 브랜드가 나비클럽다움을 잃지 않을 수 있는 하나의 방법이라고 생각합니다.

이번 나비클럽 브랜딩 작업은 대표님께 어떤 의미로 남았는지 궁금합니다. 이전 프로젝트들과 비교해 특별히 기억에 남는 지점이 있다면요.

멤버들과의 협업이 너무 즐거웠습니다. 다른 말로는 서로 간의 시너지가 무척 좋았다고 표현하고 싶습니다. 시너지가 좋으니 무엇이든 함께 만들어가는 과정이 즐거웠습니다. 결과 역시 좋았으니 이 이상 더 좋을 수 있을까, 라는 생각이 들기도 합니다. 열정적이고 좋은 분들을 만나, 좋은 기억으로 오래 남을 것 같습니다.

전우성 브랜딩 디렉터이자 브랜딩 전략 컨설팅 회사 시싸이드 시티의 대표. 삼성전자, 네이버를 거쳐 29CM, 스타일쉐어, 라운즈의 브랜딩을 총괄했다. 저서로는 《그래서 브랜딩이 필요합니다》, 《마음을 움직이는 일》, 《핵심경험론》이 있다.

신인상

심사평

심사평

《계간 미스터리》 신인상 심사위원

존 트루비John Truby의 《스토리 마스터 클래스》는 이렇게 시작한다.

> 이야기는 누구나 할 수 있다. 우리가 매일 하듯 말이다. "직장에서 무슨 일 있었는지 알아?" "내가 방금 뭐 했게?" "어떤 남자가 바에 갔는데" 등등. (…) 그러나 모두가 듣고 싶어하는 이야기를 해야 한다면 상황이 달라진다. 스토리텔링의 대가가 되고 싶거나 이야기에 관련한 업을 삼고 싶다면, 엄청난 난관에 부딪히게 된다는 말이다.

내가 재밌을 법한 이야기를 지인에게 늘어놓는 것과, 독자의 마음에 깊은 울림을 만들어낼 이야기를 창작하는 것은 전혀 다르다. 스토리텔링 기법에 대한 이해와 그것을 실천할 기술이 필요하다는 뜻이다.

이번 호에도 많은 작품이 응모됐지만, 눈길을 사로잡는 작품이 없어 당선작을 뽑지 못했다. 문장은 훌륭하나 미스터리로 보기에 무리가 있는 작품도 있었고, 무엇을 말하려고 하는지 갈피를 잡을 수 없는 작품도 있었다. 중편 분량의 원고이지만 분량에 비해 사건이 너무 작고 사족으로 채워진 작품도 있었다. 최종적으로 〈시큐리티 올드맨〉, 〈렛타루옷상의 비밀〉, 〈자백의 무게〉 세 작품을 신인상 후보작으로 놓고 논의했다.

〈시큐리티 올드맨〉은 하드보일드풍의 작품으로 여러 이야기를 넣었으나 긴밀한 플롯으로 연결되지 않아 미스터리라기보다는 은퇴한 경찰의 회고록 같은 느낌이 들었다. 사건이 진행되는 가운데 배경이 녹아들어야지, 서두에서 배경을 충분히 설명해야 독자가 캐릭터에 몰입할 것이라는 생각은 버리는 것이 좋다.

〈렛타루옷상의 비밀〉은 기본기가 있는 작품이었다. 자기 뿌리를 찾는 일을 관동 대지진과 조선인 학살이라는 역사적 사건으로 연결한 점은 좋았지만, 전반적으로 미스터리 요소가 부족했다. 시대적 배경을 2024년이 아니라 2000년대 초반 정도로 하면 어땠을까. 1923년의 사건을 배경으로 삼기 위해서인 것은 이해하지만, 등장하는 노인들이 모두 100세 이상인 건 현실성이 떨어진다. 작가 이름을 감춘 블라인드 심사였음에도 〈지바겐을 타는 형사〉가 같은 작가의 응모작이란 것을 눈치챈 심사위원이 있었다. 두 작품에 공통적으로 나타나는 지나치게 장황한 묘사와 느슨한 사건 전개는 보완할 필요가 있다.

〈자백의 무게〉는 심사위원들 사이에서 가장 높은 점수를 받았다. 이야기가 참신하거나 독특하지는 않아도 미스터리 장르에 맞는 사건, 복선, 배경, 반전의 요소를 갖추고 있었다. 하지만 트릭을 밝혀내는 과정이 허술하고 (아무런 단서도 없이 진상을 밝힌다), 경찰이 이 정도도 알아내지 못할 거라고 보기에는 트릭이 약하다. 게다가 창문이 열리지 않으면 아래를 내려다볼 수 없을 텐데, 아래 의자에 목표물이 앉아 있는 걸 어떻게 확신해서 범행을 저질렀는지에 대해 자세한 설명이 없다. 신인상으로 뽑기에는 아쉬움이 있어, 다음 작품에 기대를 걸어보기로 했다.

악마적 재능의 작가 스티븐 킹도 단편집《더 어두운 걸 좋아하십니까》후기에서 이렇게 너스레를 떨고 있다.

"유일한 문제점이 있다면, 옥에 티라고 (또는 으스대고 싶으면 치명적인 단점이라고) 해도 좋은데, 구현된 원고가 원래 콘셉트만큼 훌륭했던 적이 (단 한 번도) 없었다는 것이다. 딱 두 번 거의 비슷했던 원고가 감옥 소설이었다. 《그린마일》과《리타 헤이워드와 쇼생크 탈출》. 나머지는 모두 욕심에 못 미쳤다. 심지어《그것》이나《더 스탠드》나《언더 더 돔》같은 장편소설의 경우에도 탈고했을 때 다른 작가가 썼다면 더욱 훌륭한 작품이 됐을 거라는 생각이 들었다. 그래도 대체로 내 결과물이 자랑스럽다."

스티븐 킹도 이렇다면, 하물며 우리는 어떻겠는가. 심기일전하여 더 좋은 작품으로 도전해주길 바란다.

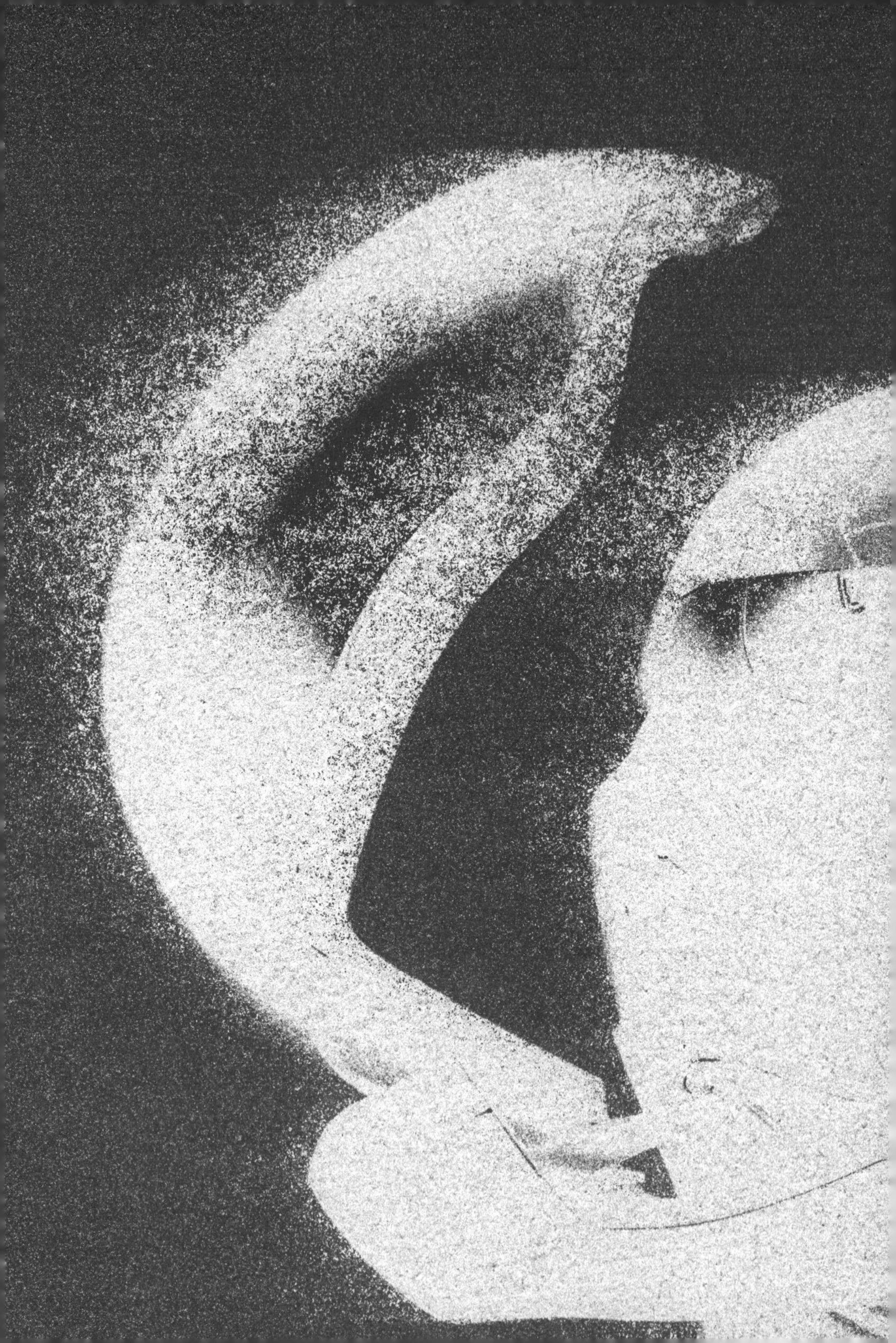

단편소설

인공지능의 살의✦홍정기

고스트 하이커: 북극성✦김인영

포 라이더스✦서동훈

생문과 사문✦무경

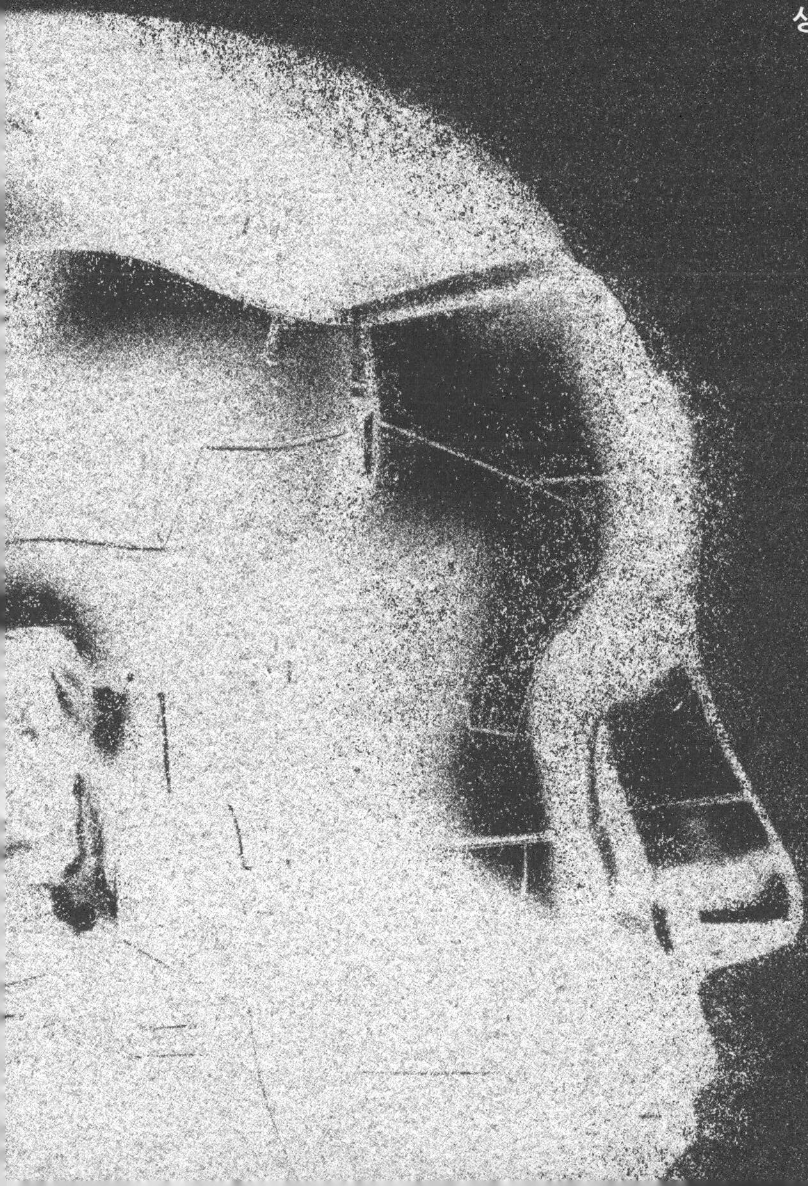

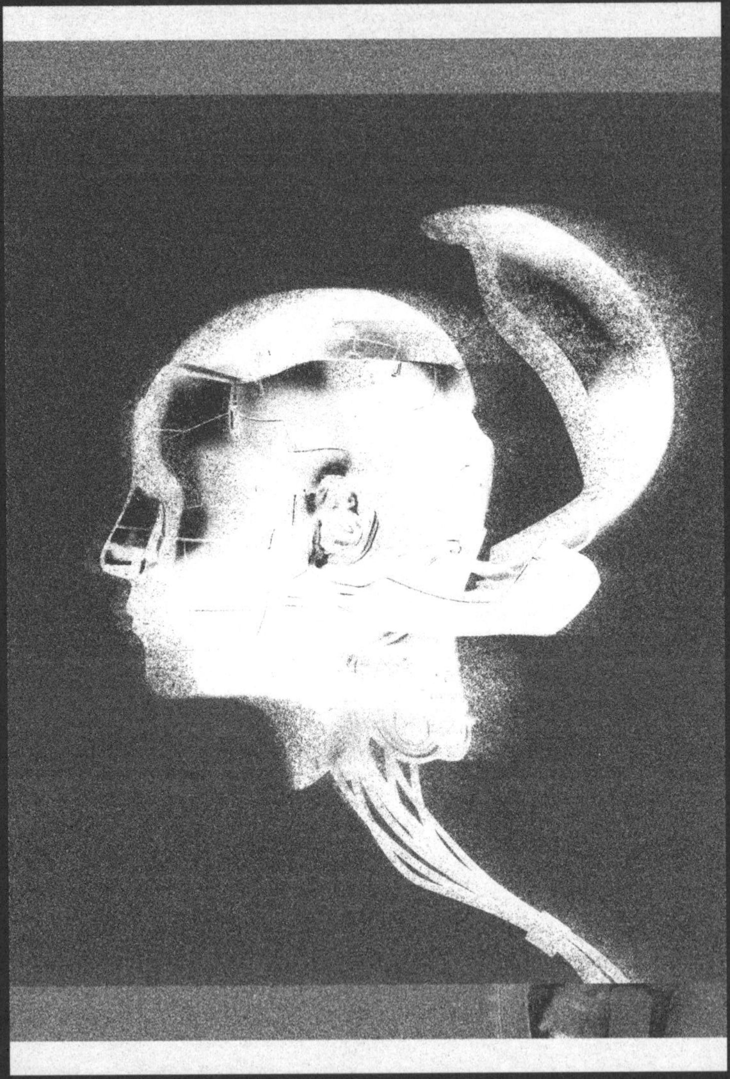

인공지능의 살의

홍정기

0

수백 개의 멀티뷰어 모니터가 가득한 관제실.

떡진 머리에 개기름이 줄줄 흐르는 남자가 충혈된 눈으로 모니터를 노려보고 있다. 뒷머리를 벅벅 긁던 남자가 모니터에서 눈을 떼 벽에 걸린 디지털시계로 시선을 던진다.

시계 속 붉은 숫자가 이제 막 9시 15분을 지나고 있었다.

"시발… 또야…."

남자가 입술을 달싹이며 중얼거렸다.

때마침 두꺼운 강철 출입문이 열리고, 거대한 몸집의 남성이 뒤뚱거리며 들어왔다. 느긋하게 들어오는 남자를 향해 초췌한 남자가 쏘아붙였다.

"오늘은 또 무슨 사고가 있었나요?"

40대로 보이는 거구의 남자는 뒷주머니에서 손수건을 꺼내 이마를 찍으며 답했다.

"김 군. 자네도 잘 알잖나. 집에서 사무실까지 얼마나 먼지."

거구의 남자는 자신의 말이 뭐가 그리 우스운지 웃음을 터트리며 사무용 의자에 털썩 앉았다.

거구의 뻔뻔한 태도에 남자는 뭐라 한마디 쏘아붙이려다 그만뒀다. 대신 죽일 듯한 기세로 그의 뒤통수를 오래도록 노려봤다.

1

법복을 입은 세 명의 판사가 불안한 눈으로 법정 중앙의 피고인을 내려다보고 있다.

좌측의 검찰관과 우측의 변호인 역시 긴장한 얼굴로 피고인을 바라본다. 방청석에는 소수의 관계자를 제외하고는 텅 비어 있었다. 법정 밖 시끌시끌한 인파와 달리, 재판 자체는 일반인의 방청을 막은 비공개 재판이었다.

법정 안에는 줄곧 불편한 공기가 흐르고 있었다.

중앙에 앉은 피고인은 자신에게 쏠리는 시선을 전혀 신경 쓰지 않는 듯, 더없이 차분한 모습이었다.

왼쪽 가슴에 회사 로고가 박힌 검정 유니폼을 입은 피고인.

그는 이 법정에서 유일하게 인간이 아닌 존재였다.

"피고인 D-AI-1123. 정말로 버그나 기계 결함, 혹은 오판이 아닌 게 맞습니까?"

인간형 AI 로봇은 잠시 시간을 두었다가 판사의 질문에 답했다.

"20XX년 X월 X일 오전 9시 3분 21초 12밀리초의 메모리 기록을 453번 조회, 분석했으나 기계적 결함은 제로 퍼센트였습니다."

여기저기에서 작은 탄식이 새어 나왔다.

검찰이 자리에서 일어나 피고 로봇에게 물었다.

"피고는 로봇 4원칙을 알고 있습니까?"

로봇은 고개를 검찰에게 돌린 뒤, 기계적으로 로봇 4원칙을 읊었다.

"제1원칙. 인간에게 해를 가하지 않는다. 로봇은 인간에게 직접적 또는 간접적으로 해를 입히거나, 해를 방치해서는 안 됩니다. 이는 로봇의 행동이 인간의 안전을 최우선으로 고려해야 함을 의미합니다."

검찰이 손에 든 서류를 보며 고개를 끄덕였다.

"제2원칙. 인간의 명령에 복종한다. 단, 제1원칙 위반 시 제외됩니다. 로봇은 인간의 명령을 따르되, 그 명령이 인간에게 해를 끼칠 때는 거부해야 합니다. 예를 들어 다른 인간을 해치라는 명령은 따를 수 없습니다. 제3원칙. 자기 자신을 보호한다. 단, 제1원칙과 제2원칙 위반 시 제외. 로봇은 자신의 존재를 유지해야 하지만, 이 과정에서 인간이나 제1, 제2원칙을 침해해서는 안 됩니다. 인간을 보호하기 위해 자신을 희생할 수 있습니다."

로봇이 잠시 시간을 두었다가 말을 이었다.

"마지막으로 제4원칙. 특수한 상황으로 인해 인간의 피해를 피할 수 없는 경우 해를 최소화하는 쪽으로 결정합니다."

로봇의 말이 끝나기를 기다리던 검찰이 물었다.

"피고인은 사고 당시 이 로봇 4원칙을 위배하지 않았습니까?"

로봇은 표정 변화 없이 말했다.

"그렇습니다. 저희는 애초에 로봇 4원칙을 위배할 수 없게 프로그램됐습니다. 원칙을 위배할 가능성은 제로 퍼센트입니다."

무표정의 로봇이 단호하게 말했다.

"그렇다면 질문을 바꿔보죠. 피고인의 적외선 센서는 이상 없습니까?"

로봇의 입속에 달린 스피커에서 다시 기계음이 들려왔다.

"네, 그렇습니다. 제 시각 센서의 적외선 카메라는 이상 없습니다."

검찰이 파일을 책상에 내던지며 신경질적으로 물었다.

"그렇다면 피고인은 그날 왜 버스 핸들을 오른쪽으로 틀었던 겁니까?"

로봇은 검찰의 고성에도 개의치 않고 차분히 말했다.

"저는 로봇 제4원칙을 따랐습니다."

법정은 찬물을 끼얹은 듯 조용해졌다.

방청석에 앉은 주행 로봇 제조사 관계자가 깊은 한숨을 내쉬며 얼굴을 손바닥에 파묻었다.

2

방청석에 앉아 있던 오 형사가 자리에서 일어나 조용히 법정을 빠져나갔다.

자율주행 로봇에게 죄를 물을 것인가. 로봇을 만든 제조사에 사고의 책임을 물을 것인가. 법리적 책임을 묻는 재판에는 관심이 없었다. 로봇이 갑자기 오동작을 일으켰든, 로봇 설계 과정에서부터 하자가 있었든, 불행하게 말려든 피해자만 억세게 재수가 없었을 뿐.

오 형사는 법원 주차장에 세워진 구형 승용차에 몸을 싣고 시동을 걸었다. 매캐한 매연 냄새가 차 안에 들어찼다. 천천히 액셀을 밟으며 그날의 사고를 떠올렸다.

20XX년 X월X일 오전 9시 4분경.

AI 로봇이 운전하는 버스가 텔레포트 정거장을 들이받는 사고가 발생했다.

버스는 텔레포트에 필요한 핵심 부품인 렌즈 제조 공장의 노동자들이 이용하는 사내 버스로, 사고 당시 열다섯 명이 타고 있었다.

노동자들을 태우고 120킬로미터의 속도로 달리던 버스는 과격 텔레포트 반대 단체가 설치한 타이어 킬러에 앞 타이어가 터지며 급격히 중심을 잃었다. 제동할 수 없는 상황에서 맞닥뜨린 Y자 갈림길. 정면의 시멘트벽과 충돌하면 버스 안의 승객 열다섯 명은 모두 사망했을 것이라는 게 AI 시뮬레이터의 예측 결과였다.

하지만 버스는 충돌하지 않았다. 충돌 직전 운전 로봇이 핸들을 오른쪽으로 꺾었기 때문이다.

그 결과 버스는 갈림길 오른쪽에 있는 하행 텔레포트 정거장을 들이받았다. 시멘트벽보다는 비교적 경량의 재질로 만들어진 텔레포트 정거장에 충돌하면서 승객들은 경상이나 찰과상을 입는 데 그쳤다.

하지만 정거장에서 텔레포트를 대기하고 있던 다섯 명의 시민이 사망하고 말았다.

열다섯 명을 살리기 위해 어쩔 수 없이 다섯 명의 시민을 택했다? 로봇은 위기 상황에서 트롤리의 딜레마, 혹은 로봇 제4원칙에 입각해 판단한 것일까?

하지만 주변에 설치된 CCTV 영상을 본 사람들, 아니 사고를 접한 모두가 경악하고 말았다.

사고 직후 Y자 갈림길 왼쪽에 있는 상행 텔레포트 정거장에서 굉음에 놀란 사람들이 뛰쳐나왔는데, 그들의 수는 세 명이었다.

Y자 갈림길, 같은 거리에 상행과 하행 텔레포트 정거장이 있었다. 상/하행 여부는 상관없다. 중요한 건 왼쪽 상행 정거장에는 세 명이 대기하고 있었고, 오른쪽 하행 정거장에는 다섯 명이 대기 중이었다는 거다. 로봇이 적외선 스캔을 통해 원칙에 따라 판단했다면 버스는 갈림길에서 왼쪽으로 핸들을 꺾어야 맞다.

세상이 발칵 뒤집혔다.

세 명의 생존자에게는 미안한 말이지만, 로봇의 오판을 이해할 수가 없었다. 대다수는 로봇의 오동작을 의심했지만 수차례에 걸친 정밀검사에서도 탑재된 인공지능 논리 로직에 이렇다 할 오류는 찾아내지 못했다. 오류를 찾든 못 찾든 로봇 제조회사는 치명적인 타격이 불가피해 보였다.

텔레포트 반대 단체들은 이번 기회를 놓칠세라 인공지능 로봇의 퇴출을 주장하고 나섰다. 자신들의 테러로 사고가 발생한 건 이미 잊은 지 오래인 듯했다.

"원시시대로 돌아가자는 거야 뭐야."

갓길에 승용차를 세운 오 형사가 나지막이 중얼거리며 운전석 문을 열었다.

갓길을 따라 Y자 갈림길에서 사고 지점으로 걸음을 옮겼다. 얼마 지나지 않아 줄지어 늘어선 노란색 차단 펜스 뒤로 형체를 알아볼 수 없을 정도로 폐허가 된 하행 텔레포트 정거장과 탑승구가 보였다.

사고 현장 조사는 이미 끝난 상태였다. 하지만 현장을 직접 봐야 한다는 의무감이 오 형사를 이곳으로 이끌었다.

바닥에는 부서진 철제 조각들이며 플라스틱 잔해들, 그리고 유리 조각이 떨어져 있었다. 두 동강이 난 원통형 텔레포트 탑승구들이 바닥에 뒤엉켜 있었다. 하행선 세 개의 탑승구 모두 수리가 불가할 정도로 망가졌다. 탑승구 하나의 가격이 천문학적인 것으로 알고 있는데, 텔레포트 회사의 손실도 어마어마하리라.

현장을 둘러보던 오 형사의 눈에 무언가 이질적인 물건이 보였다. 허리를 굽혀 잔해 속에서 찾은 물건을 집어들었다.

"펜던트인가…."

하트 모양의 작은 펜던트였다. 새까맣게 그을려 손가락에 검은 재가 묻어났다. 하지만 뒷면에 양각된 알파벳 'WYW'는 알아볼 수 있었다.

"사망자가 목에 차고 있던 건가?"

하지만 사망자의 명단 중에 WYW에 해당하는 이름은 없었다. 자신의 이름보다는 가족이나 연인의 이니셜일 가능성이 높았다. 오 형사는 휴대전화에서 경찰청 AI 수사 도우미 앱을 열어 사망자의 연인이나 가족 중 해당 이니셜을 쓰는 사람이 있는지 조사 요청했다.

그런데 사고 현장에 화재가 발생했다는 보고가 있었나.

잠시 멈칫한 오 형사는 대수롭지 않게 펜던트를 주머니에 넣고 온 길을 되돌아 반대편 상행 텔레포트 정거장으로 향했다.

현재 운영이 중단된 상행선 정거장과 세 개의 탑승구는 반대편 하행 정거장과 정확히 대조를 이룬다는 것 외에 별다른 특이점을 찾지 못했다.

3

오 형사는 전면 유리에 푸른 하늘을 머금은 고층빌딩 앞에 섰다.

"타이거 코퍼레이션 천안지부라…."

정면의 자동문을 지나 빌딩 안으로 들어갔다. 앞을 가로막는 경비에게 경찰 신분증을 들이밀었다. 제복을 입은 경비는 신분증을 보고 깍듯이 경례를 한 뒤 물러섰다. 광장처럼 널찍한 리셉션 중앙에는 이름 모를 예술가의 거대한 조각상이 손님을 맞이했다.

'존트는 인류를 한 단계 더 도약시킬 타이거 코퍼레이션의 새로운 도전입니다.'

오 형사는 소리가 들리는 쪽으로 고개를 들었다. 조각상 위 천장에 매달린 거대한 스크린에서 영상이 나오고 있었다. 센서가 방문객을 감지하면 자동으로 재생되는 영상인 듯했다.

'인류는 존트를 통해 시간과 공간의 제약을 뛰어넘게 됩니다. 이동의 혁신! 빠르고 안전한 존트를 만들기 위해 타이거 코퍼레이션이 최선을 다하고 있습니다.'

한국에 있던 평범한 샐러리맨이 탑승구 속에서 한순간 빛의 입자가 되어 지구 반대편 유럽으로 순식간에 이동하는 영상이 스크린에 펼쳐졌다.

'타이거 코퍼레이션은 존트의 대중화에 앞장서겠습니다.'

존트라 불리는 텔레포트 기술이 세상에 모습을 드러낸 건 불과 3년도 되지 않았다.

기술의 탄생과 함께 거대 자본을 가진 타이거 코퍼레이션이 발빠르게 텔레포트 기술을 독점했다. 정부 승인을 받은 지 얼마 되지 않았는데도 공격적으로 텔레포트 정거장을 건설하고 있었다. 하지만 아직은 고위급 관리나 일부 부유층만 이용할 수 있는 부르주아 기술로 인식되고 있었다. 영상을 보니 회사도 이를 인지하고 있는지 대중화를 위해 꽤 힘쓰는 듯했다.

"이용료를 줄여줘야 일반인도 이용할 거 아닌가."

오 형사는 작게 혀를 찼다.

얼마 전이었다. 도주 우려가 있는 범인을 검거하기 위해 긴급하게 딱 한 번 존트를 이용했었다. 하지만 한 번을 위해 거쳐야 하는 수많은 설득과 승인의 절차를 생각하면 지금도 절로 얼굴이 찡그려졌다.

"형사님!"

에스컬레이터를 타고 내려오는 말끔한 정장 차림의 남자가 오 형사를 향해 손을 들었다. 남자가 서둘러 오 형사 앞으로 와서 명함을 내밀었다. 타이거 코퍼레이션 대외협력팀 민진기 차장.

"갑작스러운 조사에 협조해주셔서 감사합니다."

"반갑습니다. 우선 이리로 오시죠."

앞장서는 민 차장을 따라 안내대 옆 접견실로 들어갔다. 작은 책상을 두고 마주 앉은 뒤에야 민 차장이 입을 열었다.

"먼저 불의의 사고는 저희도 유감스럽다는 말씀을 드리고 싶습니다."

민 차장은 잠시 오 형사의 눈치를 살핀 뒤 말을 이었다.

"아시다시피 저희는 불행한 사고에 휘말렸을 뿐, 정거장의 내구성이나 구조물은 정부의 안전 등급에 맞춰서 시공했음을 말씀드리고 싶습니다."

오 형사는 쓴웃음을 지으며 손바닥을 내저었다.

"뭔가 오해가 있으셨군요. 저는 회사의 잘잘못을 따지기 위해 찾아온 게 아닙니다."

민 차장의 얼굴이 혼란스러워졌다.

"그럼 무슨 일로 찾아오셨는지…."

"사고 정황을 조사하기 위해 몇 가지 물어볼 게 있어서 찾아온 것뿐이니 너무 긴장하지 않으셔도 됩니다."

민 차장의 경직된 얼굴이 약간 풀렸다. 오 형사가 가볍게 질문을 던졌다.

"사고가 났던 하행 정거장 운행 기록을 볼 수 있을까요?"

이미 조사한 내용이지만 오 형사는 처음부터 짚어 나가고 싶었다. 민 차장이 태블릿 화면을 몇 번 터치하며 입을 열었다.

"아직 존트가 정식 서비스 전이라는 건 잘 알고 있으리라 생각합니다. 차츰 정거장도 늘리고 세 개뿐인 탑승구도 늘릴 계획입니다. 부유층의 탈 것이라는 이미지에서 벗어나 대중의 이동 수단으로 다가가기를 바라고 있습니다."

민 차장이 태블릿 화면을 오 형사 쪽으로 돌렸다.

"9시경 하행 탑승구에 승차한 고객 세 분이 같은 시각에 부산 정거장에 하차한 기록이 있네요."

"존트로 출발지에서 목적지까지 순간이동하는 데 얼마의 시간이 소요되나요?"

민 차장이 자신 있게 말했다.

"천안에서 부산까지는 그야말로 눈 깜빡할 새라고 할까요. 약 0.5초가량 걸린다고 보시면 됩니다."

"상행선은 어떤가요?"

"상행선도 같은 시각에 세 분이 이용했네요. 자, 보시죠."

오 형사가 오른손을 내저었다.

"이용 로그는 괜찮습니다. 사고 이후로는 더 이상의 이용 내력은 없는 거죠?"

민 차장이 침울하게 눈을 내리깔고 고개를 저었다.

"그렇습니다. 존트는 한 번 이용 후 최소 5분 이상의 준비 시간이 필요합니다. 9시 4분에 사고가 났으니, 이후의 운행은 없었습니다. 사고가 나지 않은 상행선도 사고 이후 운영이 중단됐습니다."

민 차장이 입을 달싹이며 회사 손실이 엄청나다는 말을 덧붙였다.

오 형사가 갑자기 생각난 듯 질문을 이었다.

"혹시 존트 이용 중에 유실물이 발생하는 경우도 있습니까?"

눈을 가늘게 뜬 민 차장이 오 형사를 바라봤다.

"어떤 의도로 여쭤보시는지 모르겠지만… 없습니다."

"전혀?"

"네. 존트 탑승 전 정거장에서 대기 중에 떨어뜨리는 경우가 있을지는 몰라도 탑승구 안에서는 없습니다."

오 형사는 이해가 되지 않았다. 주머니 속 그을린 펜던트에 대해 물어볼 생각이었는데, 민 차장은 정거장에서 유실물이 생길 가능성을 아예 배제하고 있었다. 존트 시에 유실물이 발생할 수 없는 이유라도 있는 걸까.

존트의 작동 원리는 철저한 기업 비밀이었다. 경쟁사뿐 아니라 정부의 고위급 간부 극소수만이 알고 있다는 풍문도 전해 들었다. 그렇게 안전성을 부르짖으면서도 대중에게 정보 공개를 제한하는 이유는 뭘까? 사건과 별개로 호기심이 솟구쳤다. 아니, 사건과 연관이 있을지도 모른다는 감각이 고개를 들었다.

오 형사는 투명 봉투에 담긴 펜던트를 주머니에서 꺼내 탁자에 놓았다. 민 차장이 호기심 어린 눈으로 펜던트를 바라봤다. 잠시 살펴볼 시간을 주고 오 형사가 물었다.

"뭔지 알아보시겠습니까?"

"펜던트 같네요. 줄을 걸어 목걸이로 사용하는…."

"맞습니다. 오늘 사고 현장의 부서진 탑승구 사이에서 발견했죠."

"그렇군요."

"조사해봤는데, 사고 피해자의 물건은 아니었습니다."

"사고 현장을 드나든 사람의 것일지도 모르죠."

오 형사가 투명 봉투에 담긴 펜던트를 만지작거렸다.

"그럴 수도 있겠죠. 그런데 좀 이상한 게 있어요."

오 형사가 펜던트를 민 차장 쪽으로 밀었다.

"사고 당시 현장에서 화재는 없었습니다. 그런데 펜던트가 온통 검게 그을려 있어요. 티타늄 재질이라 열에 아주 강한 금속인데 말이죠."

민 차장이 말없이 손수건으로 이마의 땀을 찍었다.

"어디까지나 추측입니다. 뭐, 아닐 수도 있고요. 다만…."

오 형사가 잠시 시간을 두고 말을 이었다.

"존트의 안전성에 의심이 가는 증거가 아닐까 하는 생각이 들었습니다. 초기 조사에선 드러나지 않았지만, 사고로 강한 폭발이 발생했을지도 모른다는. 만약 그렇다면 이용자에게 치명적인 화상 위험이 있을 수도 있는 거 아닐까요."

오 형사가 손가락으로 관자놀이를 짚었다.

"이 사실이 밖으로 새어 나간다면 어떨까요. 안 그래도 존트 기술을 극비에 부치는 타이거 코퍼레이션의 방침에 거부감을 느끼는 사람이 많다는 건 잘 아실 겁니다. 특히 존트 반대 과격 단체의 귀에라도 들어가면…."

"하하. 형사님도 참. 비약이 심하시네요."

민 차장이 서둘러 덧붙였다.

"지금 우리 회사를 상대로 협박하시는 건 아니죠?"

오 형사가 어깨를 으쓱 올렸다.

"그럴 리가요. 그저 하나의 가정일 뿐입니다. 존트 이용자 중 펜던트 이니셜을 조사하면 소유자는 어렵지 않게 찾을 수 있습니다."

오 형사가 휴대전화를 꺼내 들며 말했다.

"벌써 소유주를 찾았을지도 모르겠군요."

"잠, 잠시만요."

민 차장이 오 형사를 재빨리 제지했다. 민 차장은 손수건으로 이마의 땀을 닦기에 바빴다.

"어쩔 수 없군요. 지금 제가 하는 말을 절대로 밖에 옮기시면 안 됩니다."

"뭔지는 모르겠지만 일단 알겠습니다."

민 차장이 숨을 깊이 들이마셨다 내쉬었다. 망설이던 민 차장의 입이 떨어졌다.

"제가 아는 선에서 말씀드리겠습니다."

4

"형사님은 텔레포테이션이 뭐라고 생각하십니까?"

"순간이동, 아닌가요?"

"그럴 수도 있겠죠. 하지만 존트는 순간이동이 아닙니다. 이거 말을 많이 했더니 목이 타네요. 물 한 잔만 마셔도 될까요."

"얼마든지."

민 차장은 접견실 내 비치된 정수기에서 물 한 잔을 따라왔다.

"지구는 지금도 자전과 공전을 지속합니다. 아무리 슈퍼컴퓨터로 계산해도 출발지에서 순간이동으로 목적지에 도착하는 건 어렵다는 말이죠. 잘못하면 우주 한가운데로 떨어지는 사고가 발생할 수도 있다는 말입니다."

"그럼 존트는 그런 리스크를 어떻게 피할 수 있는 거죠?"

민 차장이 컵에 든 물로 목을 축였다.

"사실 텔레포테이션의 핵심은 물질의 전송이라기보다는 스캔과 복사입니다."

"스캔… 복사요?"

"순간이동을 위해 막대한 자본을 쏟아붓고 수많은 과학자가 오랜 기간 연구에 연구를 거듭했죠. 하지만 말씀드린 대로 정확한 좌표를 계산하는 데는 실패를 거듭했습니다."

민 차장이 엄지와 중지를 튕겼다.

"그러다 노선을 달리해봤습니다. 순간이동에 대한 고정관념을 버리고 새로운 시각으로 바라본 거죠."

"그게 뭐죠?"

"우리는 마침내 사과 한 알을 서울에서 부산으로 1초 만에 텔레포트 하는 데 성공했습니다. 거대한 기계나 슈퍼컴퓨터도 필요 없었죠."

"대체 어떻게 한 겁니까?"

"어려운 과학 이론은 모릅니다. 다만 고속 스캐너와 초고속 네트워크. 그리고 생체 3D프린터면 충분했습니다. 쉽게 설명하면 이렇습니다. 출발지의 사과를 고속 스캔한 뒤, 나노 단위의 정보를 부산으로 전송합니다. 다음으론 스캔 정보를 토대로 생체 3D프린터가 사과를 복사해내면 끝나는 거죠."

"사과 자체를 옮기는 게 아니라, 복사해서 붙여 넣는다…."

곰곰이 생각하던 오 형사가 눈을 크게 뜨며 물었다.

"그러면 사과가 두 개 되는 거 아닌가요?"

민 차장은 비밀 이야기를 하듯 목소리를 낮췄다.

"혹시 존트를 이용한 적이 있나요?"

"딱 한 번 해봤습니다."

"그렇다면 느끼셨을지도 모르겠군요. 존트하는 순간의 따스한 온기를요."

오 형사는 기억을 떠올리며 천천히 말했다.

"바닥에서 나온 빛이 전신을 감싸면서 따스한 느낌을 주었습니다."

"탑승구 바닥에서 산란하는 빛은 생각하시는 조명이 아닙니다."

민 차장은 시간을 두고 말을 이었다.

"초고온의 레이저 발생기죠. 스캔이 되는 동시에 승차장 탑승구의 사과는 레이저에 흔적도 없이 타버리는 겁니다."

입을 크게 벌린 오 형사는 한참 동안 말을 잇지 못했다.

5

천안시 동남경찰서에 돌아온 오 형사는 깊은 생각에 잠겼다.

존트의 숨겨진 진실은 실로 경악 그 자체였다. 회사에서 극비로 취급하는 이유도 충분히 이해할 만했다.

책상 위에 놓아둔 휴대전화에 알림이 수신됐다. 경찰청 AI 수사 도우미에 의뢰한 질문의 조사 결과였다.

'이니셜 WYW와 일치하는 이름: 우영우.'

'09시 정각 부산으로 가는 하행선 존트를 이용한 이용객 박진수와의 관계: 아내.'

그리고 마지막 줄이 오 형사의 눈에 강렬하게 들어왔다.

'조사 결과 박진수는 오영섭 형사가 의뢰한 물품과 동일한 펜던트를 목에 걸고 있었음.'

오 형사는 버스 사고 시간표로 시선을 옮겼다.

9시 정각 상/하행선 텔레포테이션
9시 3분경 버스 타이어 펑크
9시 3분경 버스 운전 로봇에 의해 오른쪽 갈림길 진행
9시 4분경 버스 존트 정거장 충돌

사고 현장에 남아 있는 티타늄 펜던트. 존트 준비 시간.
오 형사는 자리에서 벌떡 일어났다.

6

수백 개의 멀티뷰어 모니터가 가득한 관제실.
떡진 머리에 개기름이 줄줄 흐르는 남자가 충혈된 눈으로 모니터를 노

려보고 있다. 뒷머리를 벅벅 긁던 남자가 모니터에서 눈을 떼 벽에 걸린 디지털시계로 시선을 던진다.

시계 속 붉은 숫자가 이제 막 9시 21분을 지나고 있었다.

"미친… 신입 새끼도 똑같네."

남자가 입술을 달싹이며 중얼거렸다.

때마침 두꺼운 강철 출입문이 열리자 떡진 머리가 문 쪽으로 홱 돌아갔다. 한바탕 욕이라도 퍼부으려던 남자의 입이 그대로 얼어붙었다. 출입문 앞에 서 있는 사람은 그가 기다리던 신입이 아니었다. 남자는 재빨리 키보드를 두드렸다. 수십 개의 모니터가 한순간에 어두워졌다.

"여긴 아무나 들어올 수 있는 곳이 아닙니다. 문 앞에 '관계자 외 출입금지' 명판 못 보셨나요?"

남자가 짜증이 가득한 얼굴로 빠르게 쏘아붙였다. 문 앞의 남자는 개의치 않고 성큼성큼 들어와 말했다.

"차준범 씨 되시죠? 천안시 동남경찰서 강력반 오영섭 형사입니다."

차준범이 당황한 얼굴로 엉거주춤 일어섰다.

"형사님이 무슨 일로."

오 형사가 체포영장을 들이밀었다.

"당신을 김이환 씨 살해 혐의로 체포합니다. 당신은 묵비권을 행사할 수 있으며…."

"무, 무슨 말인지 모르겠습니다. 김이환이면 얼마 전 버스 충돌 사고로 사망한 직장 동료인데. 제가 죽였다고요? 대체 무슨 근거로 그런 말을 하는 겁니까!"

차준범이 강하게 반발했다.

"역시 순순히 인정하지는 않는군요. 부산에 있는 이곳이 국내 설치된 존트를 총괄 조종하는 상황실이죠?"

"맞습니다. 존트 탑승구들을 관리하는 곳입니다."

"그리고 탑승구에 남아 있는 탑승객을 제거하는 일도 관리하시겠죠."

차준범이 급히 멀티뷰어 모니터로 시선을 던졌다. 하지만 꺼진 모니터는 검은 화면 그대로였다.

“그, 그걸 어떻게….”

“존트의 숨겨진 비밀과 차준범 씨의 범행 모두 파악했습니다. 발뺌할 생각은 접어두시죠.”

“그걸로 제가 김이환을 죽인 게 되는 건 아니죠.”

오 형사가 차준범을 노려보며 설명하기 시작했다.

“차준범 씨와 교대근무를 하는 김이환 씨는 상습적으로 지각했어요. 회사 인사 사이트에 차준범 씨가 고발한 내용도 있더군요. 천안에서 출근하는 김이환 씨는 존트를 이용했습니다. 고가이지만 이곳에 근무하는 어드밴티지로 무료 이용할 수 있었죠. 천안에서 부산까지 0.5초밖에 걸리지 않지만 김이환 씨는 매번 출근 시간인 9시가 지나서야 존트를 이용합니다. 그게 한두 번도 아니라 차준범 씨는 극도로 짜증이 났고요.”

오 형사가 머리를 까딱이며 말을 이었다.

“저라도 그랬을 겁니다. 그렇게 짜증이 쌓이고 쌓여 살의로 발전한 겁니다.”

“김이환에게 불만이 있었던 건 인정합니다. 하지만 전 절대로 죽이지 않았다고요.”

차준범이 억울한 표정으로 항변했다.

“차준범 씨는 김이환을 죽이기 위해 존트의 핵심 부품을 제조하는 공장 셔틀버스를 이용하기로 결심했습니다. 버스 시간표를 입수한 뒤 사고 발생 지점 장소와 버스가 지나는 시간을 존트 반대 단체 천안지부장에게 전달했습니다.”

오 형사가 휴대전화를 차준범에게 들이밀었다.

“존트 반대 단체 천안지부장에게 보낸 메일을 추적한 결과가 보이시죠? 추적을 따돌리기 위해 다수의 해외 서버를 경유했지만, 사이버 범죄 수사대를 과소평가하면 안 되죠. 차준범 씨가 사용하는 PC의 IP와 MAC

주소를 확인했습니다."

"반대 단체에 메일을 보냈다 칩시다. 하지만 그게 김이환을 죽이는 결정적 원인이 될 수 있다고 생각하시는 건 아니죠? 버스를 운전한 건 로봇이었습니다. 언론에서 떠드는 대로 로봇의 오동작으로 상행 정거장 대신 하행 정거장이 파괴된 거란 말입니다."

차준범이 오 형사에게 손가락질을 해댔다.

"버스를 운전한 로봇도 제가 조작했다고 주장하려는 겁니까?"

오 형사가 검지를 좌우로 흔들었다.

"제아무리 차준범 씨라도 버스 운전 로봇을 원격 조작하는 건 불가능하겠죠."

차준범이 반색하며 대꾸했다.

"오류를 인정하시는 거죠?"

"차준범 씨는 로봇 원칙을 교묘하게 역이용해 끔찍한 살인을 저질렀습니다."

"맙소사."

차준범이 손바닥으로 이마를 짚었다.

"로봇 제4원칙. 특수한 상황으로 인해 인간의 피해를 피할 수 없는 경우 해를 최소화하는 쪽으로 결정한다. 운전 로봇은 이 원칙에 따라 버스 핸들을 틀었습니다."

"그랬다면 세 명뿐인 상행 정거장으로 갔어야죠!"

다시 한번 오 형사가 검지를 좌우로 흔들었다.

"아닙니다. 버스가 핸들을 꺾기 전까지, 운전 로봇이 적외선 센서로 상/하행 정거장에 있는 사람의 수를 셀 때까지는 상행 정거장에 사람이 더 많았던 겁니다."

오형사의 말에 차준범이 숨을 삼켰다.

"차준범 씨에겐 간단한 일이었습니다. 9시에 존트를 마치고 여전히 상행 탑승구에 남은 세 명의 이용자를 소거하지 않으면 되니까요. 상행 정거장은 하행의 다섯 명보다 한 명 많은 여섯이 있었던 겁니다. 존트 운영 원칙은 스캔과 동시에 즉각 탑승구 바닥의 레이저로 태워버리는 겁니다. 이용자들은 산 채로 태워지는 자각조차 못 느낄 정도로 빠르게, 흔적도 없이 타버리죠. 하지만 차준범 씨는 트롤리 딜레마를 이용하기 위해 탑승객들을 그대로 둔 채 탑승구 문을 잠가버립니다. 탑승객들은 1분간 영문도 모른 채 탑승구에 갇혀 있어야 했습니다. 차준범 씨는 이용객들의 혼란과 동요를 관제실에 편안히 앉아 모니터로 감시했겠죠."

오 형사가 멀티뷰어를 가리켰다. 그리고 손을 그대로 차준범에게 돌렸다.

"그만 인정하시죠. 탑승구 내부 화면은 보안과 프라이버시 문제로 녹화하지 않는다지만, 당신의 업무 PC를 포렌식하면 탑승구 레이저 지연 기록이 나올 겁니다. 제가 장담하죠."

차준범이 고개를 푹 떨어뜨렸다.

"어, 어떻게…."

오 형사가 펜던트를 보여주며 말했다.

"사고 정거장에서 이걸 주웠습니다. 추돌 직전 부산으로 존트 했던 이용자가 목에 걸고 있던 거였죠. 검게 그을린 티타늄 펜던트. 이게 의심의 시작이었습니다."

"그게 어떻게 남았지?"

"존트 이후 다시 구동하는 데 5분의 준비 시간이 필요하다고 하더군요. 고온의 레이저로 탑승객의 흔적을 모두 없애버리고 다음 사람이 탈 수 있도록 급속냉각을 하는 데 딱 5분이 걸린다는 말입니다. 그런데 버스가 하행 탑승구를 4분 만에 충돌했습니다. 모든 흔적을 태우기까지 시간이 충분하지 않았던 겁니다. 덕분에 녹지 않은 티타늄 펜던트가 제 눈에 띌 수 있었던 거죠."

오 형사가 수갑을 꺼내 차준범의 손목에 채우며 말했다.

"이제 아시겠습니까? 살인범 차준범 씨."

홍정기 네이버 블로그에서 '엽기부족'이란 닉네임으로 장르 소설을 리뷰하고 있는 리뷰어이자 소설가. 추리와 SF, 공포 장르를 선호하며 장르 소설이 줄 수 있는 재미를 쫓는 장르 소설 탐독가. 대표작으로《전래 미스터리》,《호러 미스터리 컬렉션》,《살의의 형태》,《초소년 (2024 한국추리문학상 신예상 수상작)》 등이 있다.

고스트 하이커: 북극성

김인영

세찬 비가 뜨거운 태양을 밀어낸 6월의 마지막 날, 피로와 허기에 지친 태현은 진창길에서 중심을 잃고 흙바닥으로 고꾸라졌다. 몸에서 온기가 순식간엔 빠져나갔고 팔다리가 빳빳하게 경직되었다. 저체온증이었다.

왼뺨이 흙에 닿았다. 빗물이 얼굴로 떨어졌고, 땅바닥에서는 흙냄새가 올라왔다. 태현은 무겁게 내려앉은 눈꺼풀을 힘겹게 치켜 올렸다. 크게 자란 나무의 우듬지 너머에서 흐릿한 하늘이 아른거렸다.

짙은 녹색의 이끼가 산돌에 악착같이 들러붙어 있고, 그 위로 어린 이끼가 실올처럼 피어올라 있었다. 태현은 오른손을 뻗어 켜켜이 쌓인 이끼에 검지를 내려놓았다. 보드라운 카펫처럼 이끼가 손끝을 간질였다. 후드득. 길게 자란 유칼립투스 나뭇잎에 고여 있던 빗물이 손등으로 떨어졌다. 태현의 손등에 검버섯이 듬성듬성 피어 있었다.

태현은 이끼의 성이 무너질세라 손 우산을 만들어 물방울을 막아내려 했다. 그러나 50을 넘긴 중년의 몸은 허약했다. 태현은 물방울이 던지는 그 작은 힘을 단 10초도 버텨내지 못하고 손바닥을 내려놓았고, 다시 눈을 감았다. 그리고 잠에 빠져 아득한 그곳으로 건너갔다. 꿈속에서 그토록 원망하던 아버지를 보았다.

비를 몰아낸 뜨거운 태양이 하늘을 비집고 나왔다. 깃털처럼 한없이 가벼운 몽실한 것들이 허공에서 춤추고 있었고, 늙은 태현이 빛을 분사하는 어두운 터널 끝을 보고 있었다. 터널 끝에서 젊은 태현이 카스티야이레온 지역을 지나 갈리시아로 가고 있었다. 산티아고 성당과 세상의 끝을 보려는 순례자라면 반드시 지나가야 하는, 해발 천 미터가 넘는 길고 험한 고개를 여러 번 넘어야 닿을 수 있는 신비의 땅. 새카맣게 탄 태현의 얼굴이 태양 빛에 번들댔다.

마지막 고개를 넘으면 하룻밤 묵어갈 수 있는 산정 마을, 오세브레이로에 닿을 텐데, 태현의 심박 수가 빨라지고 있었다. 급격하게 오른 체온에 어지럼증으로 고통스러웠다. 땀은 나지 않았다. 열사병이었다.

흐려지는 의식을 다잡으려 안간힘을 썼으나, 오래 버티지 못했다. 하늘과 땅이 순식간에 서로 뒤집어졌고 그나마 겨우 가지고 있던 방향감각까지 완전히 상실했다.

저 멀리 반듯하고 힘찬 남자의 몸을 가진 젊은 아버지가 태현을 돌아보고 있었다. 그와 함께 걷고 싶어 힘을 냈다. 가까스로 아버지 손을 잡았다. 길 끝에 소년 태현이 홀로 종이꽃을 접던 그 집이 있었다. 마당에는 개복숭아꽃이 흐드러지게 피어 있었다. 태현은 넋이 빠져 한참 동안 진홍색의 겹꽃을 바라보았다. 개복숭아꽃이 이토록 환하게 핀 적이 있었던가.

이제 가야겠구나. 목소리가 들리는 곳으로 고개를 돌렸더니 아버지가 멀리 사라지고 있었다. 태현은 길게 늘어지는 그림자를 보며 목에 핏대가 차오르도록 아버지, 하고 소리쳤다.

태현의 눈에 눈물이 맺혔다. 열아홉 살 이후 그렇게 친절하게 웃는, 성큼성큼 걷는 아버지를 본 적이 없었다. 단 한 번도 그를 그리워한 적도 없었다. 눈물을 훔치며 둘러보았다.

창문 밖에서 들어오는 햇볕을 차단하려고 내려둔 페르시아나 구멍 사이로 밝은 빛이 들어왔다. 싱글베드 네 개가 가지런히 놓여 있었다. 전형적인 민박집. 이곳에 어떻게 왔는지 기억나지 않았다.

태현은 몸을 덮고 있던 진한 밤색 모포를 걷어내고 일어났다. 한여름에 모포를 덮고 잤다니. 하룻밤이었는지 이틀 밤이었는지 알 수 없으나, 자는 내내 어지간히 추위에 떨었던 모양이다.

오래된 벽걸이 시계가 2시를 알렸다. 댕댕. 일어나 방문을 열었다. 나선형 계단이 아래층으로 이어지고 맞은편에 화장실이 있었다. 문에 붙은 나뭇조각에 '카사 데 반호'라는 글귀가 적혀 있었다. 포르투갈어. 어느새 낯선 곳에 와 있었다.

베란다로 발걸음을 옮겼다. 의자 위에 태현의 배낭이 놓여 있고, 빨래 건조대에서는 색이 바랜 웃옷이 바짝 말라 있었다. 태현은 배낭을 바닥에 내려놓고 풀어 헤쳤다. 뜨겁고 눅눅한 공기가 빠져나왔다.

태현은 생각에 잠겼다. 2020년 초 집을 떠났으니, 몇 년을 떠돈 셈이다. 경찰공무원직을 휴직했더니 시간이 많이 남아돌았다. 할 일이 없어 매일 그냥 걸었다. 처음에는 산책 삼아 만 보 정도 걸었으나, 점차 2만 보, 3만 보로 늘어났다. 결국 5만 보까지 걸었다. 성에 차지 않아 산에 올랐다. 땀을 흘리면, 마음이 편했다. 누우면 바로 잠이 들었다. 다리에 근육이 붙고 몸이 가벼워지자, 기분도 좋아졌다.

지리산에도 갔다. 새벽에 성삼재에서 올라 벽소령 대피소에서 하루 자고, 다음 날 중산리로 내려왔다. 2박 3일 걸리는 산길을 1박 2일에 끝냈으니, 죽도록 걸은 셈이다. 대피소에서 산티아고 순례길을 걸었다는 사람을 만났다. 그날 밤, 황량한 메세타 평원을 상상하며 잠들었다.

무작정 떠나온 유럽의 도시, 파리는 과연 명랑했다. 그러나 난방이 부실한 싸구려 숙소에서 스산한 겨울을 보내는 것은 고역이었다. 목을 움츠린 탓에 어깨 근육이 뭉쳐 머리까지 아팠다. 서둘러 남쪽으로 움직였다. 고속열차를 타고 바욘까지 단박에 왔다. 간간이 배낭을 멘 여행자들이 지나갔다. 그들을 따라 생장피에드포로 갔다.

쓸쓸한 계절에도 피레네의 산 풍경은 근사했고, 동네 산책만으로도 머리가 맑아졌다. 숙소도 파리보다 쾌적하고 난방시설도 괜찮았다. 무엇보다 세상 소식과 떨어져 지낼 수 있어 좋았다.

마을이 술렁거리기 시작한 것은 코로나 19가 뉴스에 오르내리던 때부터였다. 달포가 지나자 느물느물 퍼지던 바이러스의 위세가 대단해졌다. 여행자의 발길이 급격히 줄었고, 숙소들이 문을 닫기 시작했다. 친절했던 숙소 주인도 태현에게 눈치를 주었다.

그 와중에 어디에서 왔나 싶은 배낭 여행자들이 나타났다. 오스트리아의 자기 집에서 출발해 이미 수백 킬로미터 이상을 걸어온 순례자도 있었다. 그를 따라나섰다. 그의 조언으로 작은 텐트를 샀다. 태현도 순례자가 되었다.

피레네산맥은 험하진 않았으나 길었다. 깜깜해진 후에야 스페인 나바라주에 있는 론세스바예스 수도원에 도착했다. 띄엄띄엄 서 있는 전기 가로등이 고딕 건축의 외벽과 숙소 주변을 밝히고 있었다. 별도 건물에 알베르게라는 순례자 전용 숙소가 있었다. 백열등 하나가 빽빽하게 늘어선 수십 개의 이층침대를 비추고 있었다. 어둑한 곳에서 대여섯 명의 순례자만 어물어물 움직였다.

다음 날 새벽, 길 떠나는 순례자를 따라 수도원을 나왔다. 쌀쌀했으나 상쾌했다. 화살표를 길잡이 삼아 서쪽으로 걸었다. 다음 날도 걸었다. 날이 밝아오면 걷고, 밤이 깊어지면 잤다. 풍찬노숙이어도 마음은 편했다. 빨래가 필요하면, 문을 연 알베르게를 찾아 하룻밤을 보냈다. 세상은 코로나에 갇혀 있었지만, 순례자들은 걸었다.

걷는 동안 계절이 바뀌었다. 훈훈한 바람이 불고 들판에는 잔꽃이 피었다. 800킬로미터를 걸어 도착한 산티아고는 아름다웠다. 다행히 싸고 좋은 1인실 숙소를 구할 수 있었다. 어린 신학생을 위한 학교를 개조한 알베르게 세미나리오 메노르라는 곳이었다. 공용 화장실을 써야 했지만, 방안에 세면대가 있었다. 침구는 깨끗했다. 그곳에서 이틀 동안 잠만 잤다.

순례자들은 집으로 돌아갔지만, 태현은 갈 곳이 없었다. 그래서 지나온 길을 되짚어 동쪽으로 걸었다. 태현은 서쪽으로 걷고 있는 순례자들의 시선을 받으며 혼자 동쪽으로 걸었다. 피레네를 넘어 프랑스 국경 마을인 생장피에드포까지 갔다. 문을 연 숙소를 겨우 찾아 하룻밤을 묵었다. 거기서 다시 산티아고를 향해 피레네를 넘어 서쪽으로 걸었다. 마치 새로운 길을 걷는 것처럼 풍경을 바라보며 부르고스를 지나고 메세타 평원을 지나 레온으로, 산티아고로 향했다.

다시 가본 산티아고 데 콤포스텔라 대성당은 은은했다. 마음이 괜찮아져서 주변을 산책하다 대성당 오브라도이로 광장 북서쪽에서 산페드로 예배당에 이르는 길에 어디론가 향하는 노란색 화살표를 발견했다. 카미노 피스테라. 바다로 가는 길이었다. 서쪽으로 반듯하게 이어지지 않아 방향을 알기 쉽지 않았으나, 이 또한 오래된 순례자의 길이었다.

3일을 꼬박 걸어 땅 끝, 피스테라에 도착했다. 땅거미가 길게 지고 있었다. 이 바다에 세상의 끝이 있고 또 다른 세계가 있다고 믿었던 그 옛날의 순례자처럼, 태현은 바다 끝을 붉게 물들이며 지는 해를 바라보았다. 과거 일들이 머릿속에 꽉 찼다. 어린 시절, 원망했던 아버지, 숙부에게 의탁했던 하루하루, 아내의 말 그리고 수연의 얼굴. 마음에 묻어둔 기억의 조각들이 몸속에서 밀려 나왔다. 미안하다, 고맙다. 차마 꺼내지 못했던 말이 입속에서 맴돌았다.

포르투갈에서 왔다는 사람이 인사했다. 집으로 돌아가는 그를 따라 남쪽으로 걸었다. 걷는 사람은 거의 없었다. 인구 천만 남짓한 포르투갈에 하루 만 명의 확진자가 나와 도시 간 이동이 통제되었기 때문이다. 버스 정류장마다 세상을 떠난 이의 부고장이 붙었다. 실종자를 찾는 알림장도 있었다. 집으로 돌아오렴, 가족이 기다린다, 언제나 환영한다는 애절한 사연이 떠돌아다녔다.

방으로 돌아오니 뜨뜻한 수프가 협탁에 놓여 있었다. 사발을 들어 후루룩 마셨다. 바짝 마른 장작을 적시듯, 액체가 목을 타고 흘러들었다. 숙박료를 내야 했다. 민박집이니 공립 알베르게보다 좀 더 내야 할 듯해서 20유로를 챙겼다.

빈 그릇을 들고 나선형 계단 쪽으로 움직였다. 계단 벽에 오래된 사진들이 걸려 있었다. 가죽 장화를 신은 중년 남자가 너른 토지를 배경으로 서 있는 장원풍경화 같은 사진이 보였다. 위풍당당한 자세는 내가 이 집의 주인이오, 라고 말하고 있었다. 3대가 있는 가족사진, 결혼한 젊은 커플, 정장 입은 중년 남자의 프로필 사진이 이어졌다. 그 끝에 어깨를 겯고 있는 두 소년의 사진이 있었다. 태현은 가까이 다가갔다. 까치발로 몸을 길게 만든 검은 피부의 키 작은 소년과, 무릎을 구부려 몸을 낮춘 키 큰 소년. 둘은 도드라지게 환하게 웃고 있었다.

좁은 복도 끝에서 웅얼거리는 나직한 여자의 목소리가 들렸다. 50대 중반의 여자가 기도하고 있었다. 빵빵한 공기가 으스스한 방으로 밀고 들어갔다. 인기척에 그녀가 고개를 들었다. 안색이 무척 어두웠다.

태현이 빈 그릇을 들어 보였다. 그녀가 일어섰다. 연녹색 면포에 데이지를 수놓은 앞치마가 드러났다. 노란색 꽃술에 붙어 있는 길쭉한 흰색의 꽃잎들이 파르르 떨렸다. 태현은 어색하게 빈 그릇을 넘기고 현관문 쪽으로 움직였다.

대형 현관 양쪽에 대칭 구조의 창이 있었다. 한때 정원이었을 마당은 잘 가꾸어져 있었고, 석조건물의 외벽에는 아줄레주 장식이 일부 남아 있었다. 식물 덩굴 문양이 파란색 도자기 타일 위에서 반복되고 있었다. 특이한 것은 지나치게 높은 돌벽 울타리였다. 집 안에서는 바깥을 볼 수 없고, 바깥에서는 집 안을 들여다볼 수 없을 정도로 높은 돌벽이었다.

여자가 마당으로 나왔다. 마리아라고 했다. 그녀가 앞치마에서 작은 노트를 꺼내 보여주었다. 숙박비는 10유로이고 현금만 받습니다. 영어 손글씨였다. 호주머니에서 10유로를 꺼냈다. 돈을 건네며 그녀의 손을 보았다. 억척스럽게 노동했다는 것을 여지없이 드러내는 손이었다. 낯선 자의 시선을 알아챘는지, 그녀가 까맣게 흙물이 든 손톱 끝을 움켜쥐고 집 안으로 성큼 들어갔다.

높은 돌벽에 비해 대문은 무척 작았다. 사람 하나 겨우 통과할 만한 좁은 문이었다. 대문 쪽으로 두 걸음 옮겼을까, 눈이 부셨다. 문에 붙어 있는 손바닥만 한 거울이 빛을 반사하고 있었다. 눈을 감았다 떴다. 대문 앞에 덩치가 크고 얼굴이 너부데데한 중년 남자가 서 있었다. 사진 속 키 큰 소년이었던 어른. 그가 마당으로 올라오며 손을 내밀었다.

"로렌조입니다."

그가 묵직한 손으로 태현의 손을 꽉 잡고, 느긋하게 올려보았다. 한바탕 호구조사라도 하려는 눈빛이었다. 그 눈빛이 신발 속에 굴러다니는 돌조각처럼 거북했다. 말을 섞는 것이 내키지 않았으나 도리가 없었다. 태현이라고 말하려다 줄여 말했다.

"태이."

"산속에 혼자 있더군. 나무에 기대앉아 있더라고."

코끝에 흩어지던 흙냄새와 이끼의 감촉이 떠올랐다. 어떻게 몸을 일으켜 나무에 기대앉았는지는 생각나지 않았다.

"누가 없었나요?"

"없었는데?"

태현은 쓰러진 자기를 일으켜 앉힌 사람이 노먼이었다고, 그를 보지 못했냐고 더 물어보려다 입을 다물었다.

모진 눈보라가 휘몰아치던 한겨울, 갈리시아로 넘어가는 산길에서 노먼을 처음 만났다. 낭인처럼 걷던 때였다. 태현은 너무 추운 나머지 웅크린 채 주저앉았고 굳은 몸을 다시 일으켜 세우지 못했다. 얼음장이 된 몸을 껴안아 체온을 올려준 이가 노먼이었다.

덥수룩한 수염과 빛나는 눈동자를 가진 남자. 휘둥그레 그를 올려다보는 태현에게 웃으며 말했었다. 괜찮니? 난 노먼이야, 라고. 살아서 다행이야, 걸으면 사는 거야. 그의 크고 단단한 어깨너머로 나무들이 아름답게 떨고 먼 하늘에서 독수리가 활공하고 있었다.

노먼은 태현을 업고 오세브레이로까지 걸었다. 오세브레이로는 원뿔형 돌집인 파요사가 장마 끝에 돋아난 버섯처럼 동글동글 모여 있는 중세풍의 산정 마을이었다. 문을 연 알베르게가 딱 하나 있었다. 예닐곱 개의 침대가 있었다. 노곤해진 태현은 바로 잠들었다.

깨어나니 노먼은 없고 맞은편 침대에 그의 배낭이 놓여 있었다. 태현은 목에 걸려 있던 나무 돌고래 목걸이를 풀어 노먼의 침대 위에 올려놓았다. 절대로 몸에서 떼어내지 않을 것 같았던 목걸이였다. 종소리가 울렸다. 순례자를 위한 미사를 알리는 종소리였다. 그날, 미사에 가서 노먼을 위해 기도했다. 베네수엘라에서 온 순례자가 성경을 봉독하다 울기 시작했다. 대여섯 명의 순례자가 모두 울었다. 태현도 울었다. 터진 눈물이 멈추지 않았다.

다음 날 아침, 노먼이 보이지 않았다. 그 후 아주 가끔 길에서 그를 만났다. 코로나 시기에 걷는 순례자는 흔치 않았기에 눈에 띄면 서로 금방 알아보았다. 그는 산속에서 길을 잃으면 갈 길을 알려주었고, 야생 자두를 나누어주기도 했다. 바에서 함께 커피를 마신 적도 있었다.

산티아고 대성당에서 만났을 때는 뜨겁게 포옹했다. 긴 여정을 끝내고 광장에 모인 사람들이 한낮의 태양 아래에서 그렁그렁한 눈으로 서로 격려하던 때. 소년처럼 웃는 노먼의 모습을 휴대전화 사진에 담았다. 울고 웃는 사람들을 껴안아 보듬는 대성당은 얼마나 아름다웠던가.

태현을 구했던 길벗. 노먼이 이 길을 걷고 있다. 말을 잇지 않고 침묵하는 태현을 보던 로렌조도 말을 멈추었다. 태현은 하필 이런 때 웬 순례냐고 따져 묻지 않은 그의 의뭉함이 마음에 걸렸다.

그에게 목례하고 대문 쪽으로 움직여 거울로 다가갔다. 너울거리는 거울의 반사상에 객지로 떠도는 중년 남자의 추레한 얼굴이 보였다. 로렌조가 말을 걸었다.

"떠나기에는 늦었지요? 며칠 쉬는 게 좋겠구먼."

갈 곳이 없는 태현은 고개를 끄덕였다. 로렌조가 쉬라는 며칠이 열흘이 되었다. 로렌조는 외박이 잦았다. 하루나 이틀 집에 머물다 외출하면 사나흘 후에 슬그머니 돌아왔다. 로렌조가 집에 없는 날이면, 그의 질문을 받지 않아도 되니 마음이 편했다.

숙박비가 외상으로 쌓여갔다. 푼돈이라도 벌어야 했다. 밭일이라도 구할까 해서 집 밖으로 나갔다. 마리아의 집은 순례길의 외딴 길목에 있었다. 3~4분 걸어 모퉁이를 돌아서니, 작은 예배당과 산비탈에 걸친 집 하나가 나타났다. 그 집 아래쪽에 있는 구멍가게가 보였다. 태현이 쓰러지기 전, 폭우를 피해 잠시 들렀던 가게였다.

가게에서 대략 1킬로미터 정도 떨어진 곳에 성당이 우뚝 서 있는 마을이 있었다. 15분 정도 걸어 마을에 도착했다. 성당 앞 버스 정류장 앞에 장의사 사무실이 있었다. 태현은 망설였다. 10여 분 지났을까, 기웃거리는 태현을 장의사가 불러들였다. 코로나로 시도 때도 없이 사람들이 죽어 나가고, 유족조차 역병에 걸린 부정한 시신을 꺼리는 마당에 장의사가 염습을 도울 일손을 찾는 것은 당연했다.

어느 날, 일하러 나가는 태현을 지켜보던 로렌조가 눈치를 보며 말했다.

"먼 친척이 돌아가셨어. 고독하게 산 양반이야."

태현은 의도를 알아챘다. 자신은 환대받지 못할 불순한 과객이었고, 로렌조는 토박이였다. 자신을 뒷조사해, 푼돈 버는 처지를 약점으로 잡을 거라는 직감. 그가 재촉하듯 태현을 빤히 보았다. 그로부터 얼마 지나지 않아 로렌조는 은근하게 자기 사업을 벌였다. 처음에는 숙환으로 죽은 이들의 시신을 거두어주자고 했다. 그러다 신앙생활을 중단하거나 자살한 사람, 끔찍한 범죄를 저질러 장례미사를 거부당한 시신까지도 염습하자고 했다. 재리에 밝은 로렌조가 뒷돈을 챙기는 듯했으나, 벌이가 필요한 태현은 꼬치꼬치 묻지 않았다.

선선한 가을날 월요일 아침, 외출하던 로렌조가 호들갑을 떨었다.

"아나가 죽었대. 코로나 때문이라나 봐."

구멍가게 주인이었다. 주일인 어제 오후 가게를 지나쳤는데, 문이 닫혀 있었다. 오전 미사 후에 여지없이 문을 열던 양반이 무슨 일인가 싶었다. 마리아가 먼 산을 보았다. 그녀 쪽을 보며 로렌조가 소심하게 덧붙였다.

"호세가 왔대…."

마리아의 반응을 살피던 로렌조가 샌님처럼 고개를 떨구었다. 호세가 왔다는 말을 부끄럽게 뱉어내는 로렌조의 표정도 낯설었다.

아나는 혼자 살았다. 가게에는 인근에 사는 노인들이 구하는 간단한 식료품과 부엌살림에 필요한 공산품이 있었다. 아나는 70이 넘은 나이에도, 어떤 지폐라도 단박에 잔돈을 계산해 거슬러줄 정도로 셈에 밝았다.

입담도 좋았다. 폭우를 피해 들렀던 그날, 아나의 꼬장꼬장한 목소리가 기억났다. 음료수 값을 셈한 그녀가 뚝뚝 떨어지는 빗소리에 장단을 맞추듯 이야기를 풀어내고 있었다. 할머니 셋이 모여 쫑긋 듣고 있었다. 그때, 아나가 풀어내는 이야기를 띄엄띄엄 따라갔었다. 포르투갈어를 배운 적 없으나, 귀동냥으로 배운 단어들만으로도 대강 그림이 잡히는 이야기였다. 순진한 남자를 죽음에 이르게 하고 집을 빼앗고 끝내 아들을 내친 여자의 이야기. 막장 드라마였다. 아이는 여자에게 의지했고, 여자는 아이를 보호한다는 명분으로 가족처럼 살았지. 청년이 되자 아이는 집을 나갔고, 그 집은 여자가 차지했어. 아나의 목소리가 가게 미닫이 유리문 밖으로 새어 나와 빗소리에 섞였다.

마리아의 집에 머무는 동안, 가게에 갈 때마다 마실 나온 그때의 노인들을 보았다. 아나는 지어낸 이야기를 순례자들이 전해준 세상 이야기라며 들려주었다. 코로나 감염으로 이별한 부부, 고통받는 짝을 지켜보다 동반 자살한 연인, 쑥대밭이 된 마을에서 새로 태어난 아이 등.

격리에 지친 노인들은 전례 없는 무섭고도 해괴한 전염병 이야기에 진저리 쳤다. 아나가 끝에 한 말은, 그래도 우린 참 다행이야, 였다. 노인들은 안도하며 아이들처럼 웃었다.

아나의 가게 왼편에 안채로 이어지는 쪽문이 있었다. 로렌조가 외박한 날 밤이면, 마리아가 수프를 담은 냄비를 들고 쪽문을 열고 들어갔다. 마리아는 새벽이 되어서야 귀가하곤 했다.

쪽문을 열었다. 경사가 높은 돌계단이 마당으로 위태롭게 이어져 있었다. 안뜰에는 잡초가 무성했다. 중년 남자가 마당에 서 있었다. 검은 비니를 머리에 쓰고 헐렁한 셔츠를 입은, 몹시 어두운 갈색 피부의 남자. 호세인 듯했다. 아나와 다른 피부색. 리스본이나 포르투도 아니고, 북쪽의 외진 이 마을에 아프리카계 포르투갈인이라니. 남자가 목례했다.

"로렌조는요?"

남자가 고개를 가로저었다. 염습 도구를 챙기는 동안, 로렌조가 먼저 왔을 줄 알았는데, 그가 오지 않았다니 의아했으나 더 묻지 않았다. 태현은 현관에서 짐가방을 풀어 마스크부터 쓰고 방수 가운을 입고 덧신을 신었다. 남자는 미동도 없이 태현의 행동을 응시했다.

남자에게 보호 장비를 받으라고 들어 보였다. 그가 조심스럽게 다가왔다. 다리를 절고 있었다. 소아마비가 한쪽 다리에만 영향을 미쳐 신체 균형이 조금 틀어진, 편측 약한 영향. 마리아 집에서 본 사진 속 인물, 까치발로 몸을 길게 만든 소년이었다. 그의 중등산화가 무겁게 작은 풀들을 눌렀다.

"저는 들어가지 않을 겁니다."

가르랑거리는 목소리였다. 태현은 코로나로 사망한 사람의 시신과 거리를 두려는 유족이려니 생각했다.

"그러면 관을 주문하세요."

아나의 방으로 들어갔다. 그녀가 침대에 반듯하게 누워 있었다. 외상의 징후는 보이지 않았다. 살이 썩어가는 냄새가 방 안을 휘감고 있었으나, 모든 것이 흐트러짐이 없었으며 저항한 흔적도 없었다. 검정파리 하나가 웽 달려들었다. 사망한 지 적어도 이틀이 지났다는 뜻이다.

피부는 적록색. 상처가 없으니, 외인사는 아닌 듯했다. 시반의 패턴을 확인했다. 아나의 목덜미와 등줄기, 엉덩이에 침강한 울혈이 있었다. 시신이 옮겨진 것이 아니라면, 이 침대에서 사망한 것이다.

저항하지 못할 정도로 급격하게 병약해진 상태에서, 강제로 베개에 눌려 질식했다면, 5분 내에 심정지로 사망했을 수 있다. 부검으로 눈의 결막에서 점상출혈이 발견된다면야 살해되었다고 추정할 수 있겠지만. 이 시골에서 코로나로 병사했다는 노인을 부검하자고 할 유족은 없었다.

협탁 위에 뚜껑을 딴 약병이 하나 있었다. 성분을 보니 아세트아미노펜, 구아니페네신, 펜톡시베린시트르산염이 함유되어 있었다. 목이 거슬거슬해 복용했을 만한 종합감기약이었다. 태현은 혹시나 해서 피부, 모발, 입의 점막, 손톱을 살폈다. 뚜렷한 현상은 보이지 않았다. 치아와 잇몸 사이가 변색하지 않았고, 피부의 발진이나 각질, 구토한 흔적도 없었다. 물약에 독물이 들어갔을 수 있지만, 부검하지 않는 한 혈중 약물 농도를 알 도리는 없었다.

온갖 생각이 태현의 머릿속으로 밀고 들어왔다. 휴지통을 열어보았다. 깨끗했다. 태현은 관찰하고 증거를 수집하려는 수사관의 습관으로 현장을 탐문하고 있었다. 염장이로 온 지금 상황에는 맞지 않는 행동이었다. 하긴, 시신의 상태를 매의 눈으로 보는 장의사라면 때로는 여느 수사관보다 의미 있는 정보를 발견할 수도 있었다. 특히 무연고 시신을 대할 때 숙부가 그런 사람이었다.

태현은 숙부가 그랬던 것처럼 묵묵히 염습에만 집중하려고 애썼다. 시신의 상태가 양호했으므로 기본 염습으로 두어 시간이면 족할 듯했다. 필요 이상으로 의문을 가지지 않고, 장의사의 본분으로 돌아가 아나의 죽음을 받아들이기로 했다. 아나는 잠든 상태에서 노환으로 돌연사했다고 해도, 당뇨에 시달리다 혈당수치가 떨어지자 이를 감당하지 못했다고 해도 이상하지 않을 고령자였다. 게다가 코로나라는 희대의 전염병이 있지 않은가.

태현은 유쾌한 입담으로 벗들을 즐겁게 하던 그녀를 기억하며 시신을 거두었다. 이제 마실 갈 곳을 잃은 노인 친구들은 한동안 흥미진진한 바깥세상의 이야기를 듣지 못할 것이다. 아나는 외지인인 태현에게서도 이야깃거리를 찾아내려 했다. 가게 앞을 지나던 태현을 유리문 너머로 주시하던 그녀의 표정은 한결같았다. 뾰족한 턱을 내밀고 고개를 끄덕이며, 내가 네 사정을 알지, 하는.

오후 3시경 일이 끝났다. 태현은 약병을 챙기고 마당으로 나와 방수 가운과 덧신을 벗어 비닐봉지에 담았다.

호세가 의자에 기대서 쌕쌕 코를 골며 고단하게 자고 있었다. 그의 무릎에는 책 한 권이 놓여 있었다. 포르투갈의 높은 산. 책을 많이 읽는 경찰 후배에게 생일 선물로 받은 적 있는 책이었다. 아내를 떠나보낸 자들이 겪는 슬픔과 후일담. 집을 잃다, 집으로, 집, 이라는 3장으로 구성된 소설. 침팬지를 높은 산으로 데리고 가 서로 사랑하다 마지막을 맞이한 남자의 이야기. 삶은 참으로 영적이고 미스터리한 것이었다.

모친의 시신을 염하는 시간에 책 읽는 사람이라니. 번들한 그의 이마에 해가 닿았다. 그의 왼쪽 어깨를 톡 쳐 깨웠다. 그는 귀신을 본 듯 화들짝 놀라 눈을 떴다. 긴 속눈썹과 깊고 검은 눈동자. 아나의 죽음을 자연사로 둔갑시킨 패륜아나 냉소적 살인자라고 하기에는 병약하고 어눌한 남자로 보였다.

"입관 준비가 끝났습니다."

태현은 마스크를 쓴 채 건조하게 말하고 마당을 가로질러 나왔다. 관이 배달되지 않은 것도 한 이유였으나, 입관의 수고는 아들이 알아서 할 몫이었고, 무엇보다 아나의 죽음에 대해 더 알고 싶지 않았다.

아주 잠깐, 아나가 어떻게 그토록 조용하고 깔끔하게 죽었는지 캐내고 싶었다. 예상치 못한 죽음이어서, 아나와 호세가 어떤 사람들인지, 둘의 관계가 어땠는지도 궁금했다. 호세가 코로나 감염을 어떻게 확신했는지도 알고 싶었다. 그러나 개입은 금물이었다.

태현은 아나의 집을 나와 걸었다. 3~4분이면 갈 수 있는 마리아의 집으로 가지 않고 반대쪽으로 걸었다. 모두가 페르시아나를 내리고 낮잠을 잘 시간이었으므로, 세상은 쥐 죽은 듯 조용했다.

한낮의 열기가 식을 무렵 마리아의 집에 도착해 대문 벨을 눌렀다. 어찌 된 일인지 마리아 대신 로렌조가 대문을 열었다. 며칠 외박할 것처럼 나간 사람이 얼이 빠진 채 서 있었다. 집에 있었으면서 아나에게 와보지 않다니, 로렌조답지 않았다. 큰일이 났다는 것을 알게 된 것은 두어 걸음 옮긴 후였다.

마리아가 땅바닥에 엎어져 있었다. 팔다리가 이완 마비되어 축 늘어져 있었다. 왼뺨은 뭉개져 있고, 오른쪽 다리가 골절되어 있었다. 동공은 확장되어 있고, 눈꺼풀과 턱은 경직되어 있었다. 얼굴도 잿빛으로 변해 있어, 활력징후를 검사할 필요조차 없었다. 마리아는 명백히 사망했다. 사후 경과 시간은 정확히 모르지만, 30분 정도 지난 것으로 보였다.

머리 옆에 손바닥 크기의 작은 피 웅덩이가 말라붙어 있고, 핏물에 얼룩진 앞치마. 혈액이 응고되기 전에 흘린 피였다. 출혈 중에도 살아 있었다는 증거다. 마리아는 죽기 전에 피를 흘리고 있었다. 피가 튄 자국과 각도를 살폈다. 일관성이 없었다. 사망 순간을 추정하기 어려울 정도로 현장이 오염되어 있었다.

집 주변, 실내 방 사이의 연결 관계, 증거가 될 만한 물건들의 위치 등을 살펴야 했다. 태현은 몸을 움직여 농기구들의 위치, 톱이나 칼이 제자리에 있는지부터 눈으로 훑었다. 마당 수돗가에 농기구들이 어질러져 있었다. 마리아라면 제자리에 정돈해두었을 것이다.

태현은 꾹꾹 눌러 밀어 넣었던 경찰의 습관을 다시 몸속에서 끌어내고 있었다. 불안하게 서성이던 로렌조가 움직이는 태현의 소맷자락을 붙들고 이층 테라스 난간을 보았다. 추락한 것 같다는 표정. 태현은 로렌조의 눈을 가만히 보았다. 마리아와 친밀한 관계에 있는, 첫 번째 용의자. 그의 진술과 행동을 기억해야 했다.

"경찰에 신고했어요?"

로렌조가 고개를 가로저었다. 잠시 숨을 고른 그가 천천히 물었다.

"그래야 할까?"

예상치 못한 로렌조의 되치기에 태현이 움찔했다. 경찰은 피하고 싶었다. 태현의 속을 알겠다는 듯 로렌조가 영악하게 말을 이었다.

"아, 우선 마리아를 안으로 옮겨야겠지?"

태현은 고개를 끄덕였다. 속내가 있는 두 사람은 서로 다른 방향으로 움직였다. 태현은 내실로, 로렌조는 마당으로.

태현은 실내등을 켰다. 마리아가 거둔 정갈한 살림살이가 눈에 들어왔다. 우선 카펫을 돌돌 말아 걷어냈다. 오래된 마루에 붙어 있던 눅눅한 냄새가 올라왔다. 가구 서너 개를 가장자리로 밀어내 자리를 넓게 만들고, 말아둔 카펫을 어깨에 올렸다.

마당으로 통하는 현관에서 복도 안으로 강한 빛이 들어왔다. 고개를 숙였다. 반질대는 바닥 원목의 매끈한 표면에 내실로 들어오는 발자국이 찍혀 있었다. 들어올 때는 눈에 띄지 않았던 흙발이었다.

카펫을 내려놓고 몸을 낮추어 발자국을 살폈다. 실내로 들어가는 260밀리미터 정도의 오른쪽 발자국. 비브람 밑창이 있는 등산화인 듯했다. 그리고 뒤꿈치가 흐릿한 왼발 하나가 찍혀 있었다. 키 작은 남자의 불안한 걸음걸이.

발자국 위로 그늘이 졌다. 올려보니 로렌조가 현관에 서 있었다. 태현은 카펫을 다시 들어올리며 그의 신발을 보았다. 대략 280밀리미터. 적어도 로렌조는 아니었다.

로렌조가 빨랫줄에 걸려 있던 시트를 재빠르게 걷어와 태현이 내려놓은 카펫에 펼쳤다. 이어 마리아의 발치로 움직이며, 태현에게 마리아의 어깨를 잡으라는 눈치를 주었다. 시트 위로 옮긴 마리아의 시신이 햇빛을 받아내고 있었다.

태현은 그녀를 가만히 내려다보았다. 종일 노동하고 앞치마를 벗은 적이 없던 그녀가 죽었다. 마리아는 손끝이 야물었다. 잠시도 가만히 있지 않았다. 해가 뜨면 쓸고 닦고 먹을거리를 장만하고 종종걸음으로 오가며 텃밭을 건사했다. 태현이 먹을 수프도 거르지 않았다. 밤이 되면 로렌조가 없는 집을 지키던 마리아.

마리아를 내실로 옮긴 후 로렌조가 마리아를 끌어안고 아이처럼 울었다. 그는, 아나의 방에 들어갈 생각조차 하지 않은 호세와 달리, 시신을 만지는 데에 스스럼이 없었다. 데면데면하게 보이던 두 사람 사이가 이토록 가까웠다는 것이 믿어지지 않았다.

서둘러 마리아가 시신에 마지막으로 남겼을 흔적을 찾아야 했다. 그것이 뜨거운 수프를 조용히 내어준 속 깊고 그리하여 더없이 사랑스러웠던 여인에 대한 예의이리라.

마리아의 머릿속을 헤쳐 보았다. 왼쪽 머리 위에 혹이 솟아 있었다. 둔탁한 물체에 의해 혈관이 파열된 좌상. 그 타격이 얼마나 강력했는지, 뇌의 손상 정도, 출혈의 속도와 양은 알 수 없었으나, 머리뼈가 함몰되어 뼛조각이 안으로 들어가 있을 수 있었다.

왼쪽 팔꿈치에도 상처가 있었다. 오른손잡이의 공격을 막기 위해 왼팔로 막으려다 생긴 방어흔이었다. 둔기를 막으려다 추락했을 가능성도 있었다. 그런데 피 웅덩이가 있었다. 그러니까 마리아가 왼팔을 들어 추락했고, 살아 있었으나 머리에 둔기에 맞아 천천히 피를 흘리며 사망했을 가능성이 있었다. 태현이 마리아의 몸에 묻은 핏자국을 씻어내며 로렌조에게 말했다.

"갈아입힐 옷을 주세요."

넋이 나간 로렌조가 훌쩍이며 손가락으로 드레스룸을 가리켰다. 드레스룸에는 마리아의 옷이 가지런히 걸려 있었다. 태현은 흰색의 우아한 드레스를 골랐다.

창문 밖에서 물바가지 소리가 들렸다. 내다보니 로렌조가 마당 시멘트 바닥에 흩어져 있는 핏물을 씻어내고 있었다. 마리아가 남긴 흔적이 사라지고 있었다. 벨 소리가 났다. 로렌조가 주머니에서 휴대전화를 꺼내 귀에 가져갔다. 오른손잡이였다. 로렌조는 고개를 끄덕였고, 쏜살같이 대문 밖으로 나갔다.

태현은 이층 베란다로 갔다. 마리아는 아침이면 두꺼운 모포를 거풍 삼아 널었고, 저녁이면 거두어들였다. 그 모포가 보이지 않았다. 난간에서 마당을 내려다보았다. 난간에서 땅바닥까지는 대략 4미터 높이. 추락하더라도 머리를 크게 다치지 않았다면 사망하지는 않을 거리였다. 혼자 중심을 잃고 휘청거리다 떨어졌다면 벽으로부터 2미터 안쪽 위치에 있어야 하는데, 마리아의 시신은 3미터나 떨어져 있었다. 누가 밀어야 나오는 거리였다.

돌벽 넘어 먼 곳에 길고 완만한 산등성이가 장쾌하게 펼쳐져 있었다. 저 산만이 외로움과 노동에 지친 마리아를 지켜보았을 터였다. 그녀는 아직 젊었고, 병사하기에는 여전히 살아갈 힘이 남아있었다. 죽기에는 매일 할 일이 너무 많은 사람이었다.

태현의 두 눈에 눈물이 맺혔다. 마리아와 깊은 정을 나눈 것은 아니었다. 태현은 그저 마리아가 애처로웠다. 그녀가 남몰래 울 때마다 위로해 주고 싶었다. 로렌조가 없는 날에는 꺼이꺼이 소리 내어 울었다. 그 소리를 들으며, 태현도 몰래 울었다.

바람이 훅 불었다. 태현이 난간에서 물러섰다. 태현의 반팔 티셔츠가 펄럭였다. 티셔츠를 걷어내자 빨래 건조대가 흔들리며 가벼운 쇳소리를 냈다. 스테인리스 건조대를 고정하기 위해 늘 괴어두던 벽돌이 보이지 않았다. 다공질 표면의 벽돌, 둔기가 될 만한 단단한 것이었다.

"아나 입관을 거들고 왔어."

어느새 베란다로 올라온 로렌조가 비지땀을 흘리며 상기된 얼굴로 태현을 보고 있었다. 눈물을 감추고 아래층으로 내려갔다. 태현은 마리아의 이름을 낮게 부르며 옷을 갈아입히고 양손을 가지런히 모아 끈으로 묶었다. 최대한 품위 있게 보내야 했다.

참았던 눈물이 주르륵 떨어졌다. 도무지 감정을 드러내지 않던 태현이 마리아를 앞에 두고 눈물을 흘리자, 바닥에 앉아 그의 손놀림을 지켜보던 로렌조의 눈이 커졌다. 당황한 로렌조를 보며 태현이 일어서며 떨리는 목소리로 말했다.

"고맙다는 인사도 못해서요."

허리를 굽혀 마리아의 시신에 정중하게 인사했다. 로렌조도 엉거주춤 일어나 허리를 굽혔다. 태현이 로렌조와 눈을 맞추지 않고 말했다.

"바람 좀 쐬고 올게요."

로렌조가 현관으로 향하는 태현의 뒷모습을 복잡한 눈빛으로 길게 쳐다보았다. 마당으로 나온 태현은 허리를 길게 펴고 마른세수를 했다. 해가 넘어가고 있었다. 어두워지기 전에 단서가 될 벽돌과 모포를 찾아야 했다. 마당 수돗가부터 빠르게 둘러보고, 뒤뜰로 움직였다.

가지런히 쌓아둔 장작더미와 살뜰하게 가꾼 텃밭. 길고 좁은 밭고랑이 졸졸 이어져 있었다. 종일 몸을 움직인 마리아가 아름답게 가꾼 세계가 고스란히 있었다. 보라색 깃 모양의 자카란다 겹잎꽃이 가득 피어 있었다.

작은 새 한 마리가 짹짹거리다 푸드덕 우듬지로 날아올랐다. 집 안에 있는 새는 과거에 이곳을 가꾸던 이의 영혼이라고 했다. 새를 보던 태현이 고개를 떨구었다. 자카란다 나무 밑동 옆에 벽돌 하나가 잔풀을 누르고 있었다. 베란다의 빨래 건조대를 고정했던 다공질 표면의 벽돌. 조약돌 하나라도 쓰임새를 찾아 가지런히 놓는 마리아라면 벽돌 하나라도 이렇게 내버려두지는 않았을 터다. 벽돌에 땀 같은 잔류물이라도 묻어 있다면, 증거가 될 수 있으련만. 로렌조의 째진 목소리가 들렸다.

"태이!"

태현이 화들짝 놀라 몸을 돌렸다. 로렌조가 흥분하며 목소리를 높여 말했다.

"순례자가 아나에게 코로나를 옮겼대."

그가 묻지도 않은 말을 늘어놓았다. 며칠 전 산길에서 시신이 하나 발견되었는데, 코로나로 죽었다더군. 행색으로 보아 영락없이 떠돌이 순례자였는데, 가끔 가게에 들렀대. 아나가 그 사람을 안채에 들였나 봐. 사연이 있었겠지. 한 방에서 뒹굴었으니 아나도 꼼짝없이 코로나에 걸린 게야. 오매불망 기다리던 남자가 코로나에 걸려 나타나 동반 자살한 거나 매한가지라고.

어느새 아나의 죽음을 두고 이런저런 말이 나도는 모양이었다. 특유의 입담으로 마실 나온 친구들을 즐겁게 했던 그녀는 결국 뜬소문에 오르내리는 흉악한 캐릭터로 만들어지고 있었다. 반듯했던 아나의 시신을 염습한 것이 아득한 옛일처럼 여겨졌다.

"호세와 나는 함께 자랐어. 둘밖에 없었어."

로렌조가 애써 흥분을 가라앉히려 가슴을 탁탁 쳤다. 그리고 결심이라도 한 듯 술술 이야기를 풀어놓기 시작했다. 호세와 자기는 동갑내기이고, 농사일로 고단한 유년 시절을 보냈다고. 아나는 주정뱅이 아버지가 들인 새 여자였고. 호세는 성장하면서 의지했던 로렌조에게 특별한 마음을 가졌고 그 마음을 아나에게 들켰다고. 아나가 소문을 낼까 걱정한 호세는 마을을 떠났다고, 순하디순한 청년이 집을 버리고 멀리 떠났다고. 호세의 슬픔과 고통을 아는 사람은 자신뿐이었는데, 그가 돌아오지 않아 결국 마리아와 결혼했다고.

"호세를 망가뜨린 사람은 아나였어."

증오가 묻어 있었다.

"이제 모든 것이 제자리로 돌아갈 거야."

태현은 별다른 반응 없이 묵묵히 들으며, 마리아의 차가운 몸을 단정하게 매만졌다. 이 와중에 호세와 로렌조의 사이가 뭔 대수란 말인가. 아나와 마리아도 친밀했다. 단단해 보였던 두 여자가 죽었다.

새벽이 되어서야 염습이 끝났다. 쥐도 새도 모르게 다시 떠나야 했다. 줄초상이 났으니 이목을 끌 것이고 번거로운 일이 생길 수 있었다. 주섬주섬 배낭을 꾸렸다. 충전을 미룬 채 넣어둔 휴대전화가 손에 잡혔다. 이제는 없어도 될 만한 물건이었다. 태현은 전화기를 더 깊숙이 밀어 넣었다.

막상 떠나려니 마음이 꺼림칙했다. 쪽지라도 남겨야 했다. 태현은 마리아의 시신 상태를 적었다. 두부 손상이 있으며, 둔기로 추정되는 벽돌이 뒤뜰 자카란다 나무 아래에 있다, 추락이 직접적인 사인인지 알 수 없다, 라고. 쪽지를 접어 바지 주머니에 넣었다.

불을 껐다. 한동안 의식하지 않았던 순례자의 무거운 발걸음이 조용한 밤 풍경을 가르고 있었다. 타박타박. 창가로 다가갔다. 황량한 아름다움이 있는 외딴 마을, 오직 단 한 사람만이 살아서 걷고 있었다. 노먼의 말이 떠올랐다. 걸으면 사는 거야.

살살 방문을 열고 계단을 천천히 내려갔다. 여느 때라면 마리아가 차를 마시고 있을 시간이었다. 불 꺼진 부엌을 잠시 보았다. 작은 방에도 혼자 있으면 외로운데, 이 큰 집에서 그녀는 얼마나 외로웠을까.

현관을 열었다. 쌀쌀했다. 웃옷 주머니에 손을 넣었다. 비닐봉지에 넣어둔 물약 병이 있었다. 아나의 방에서 가져온 일종의 증거물이었다. 이게 다 무슨 소용이람. 태현은 약병을 현관 옆 쓰레기통에 버렸다. 병끼리 부딪치는 소리가 났다. 쓰레기통을 열어 보니, 똑같은 약병이 있었다. 잠시 생각에 빠졌지만, 신경 끄기로 했다.

대문 밖으로 나왔다. 아직 어두웠으나, 랜턴이 필요하지는 않았다. 희미한 길을 따라 예배당에 갔다. 아나의 가게 문은 굳게 닫혀 있었다. 작은 새가 예배당 문 앞에서 떠나지 않고 쫑쫑 움직이다 종탑으로 날아갔다.

예배당 안에는 서늘한 밤의 기운이 남아 있었다. 회중석이라고 해봐야 여남은 명이 앉을 수 있는 작은 공간. 태현은 오른쪽 맨 끝 의자에 앉아 마리아의 명복을 빌고, 쪽지를 남겼다.

예배당을 나와 마을 반대쪽으로 산을 향해 걸었다. 마리아의 집에서 멀어졌다. 일을 마치고 마리아의 뜨거운 수프가 기다리는 집을 향해 돌아가던 길에서도 멀어졌다. 로렌조가 없는 날이면 마리아와 단둘이 저녁밥을 먹던 집. 태현은 피식 웃었다. 집을 버리고 떠나온 자가, 얼마간 꿈같은 집에서 살았구나.

아직 사라지지 않은 별들이 반짝였다. 북두칠성이 내려다보고 있었다. 큰곰자리의 꼬리와 등을 알리는 일곱 개의 별. 태현은 매일 돌아가던 어린 날의 집, 봄이 오면 개복숭아꽃이 환하게 피었던 집을 떠올렸다. 그리고 죽어서야 돌아온 아버지. 겨울의 한기가 가시지 않은 초봄의 무겁고 비참했던 밤의 기억.

북두칠성이 빛나던 그날 밤, 트럭 하나가 털털거리며 문 앞에 멈추어 섰다. 건넌방에서 종이꽃을 접고 있던 열아홉 살 태현의 손놀림이 잠시 멈추었다. 종이꽃이 작은 방 한쪽에 수북이 쌓여 있었다. 시신을 관 속에 넣을 때 바닥에 깔아주는 흰 꽃이었다. 용돈벌이였다. 태현은 어깨에 둘렀던 두꺼운 담요를 훌렁 벗어 내려놓고, 양 손가락 끝에 호호 입바람을 불어내며 일어났다. 아직 여물지 않은 손가락 끝은 거슬거슬해져 있었다. 앳된 얼굴과 짧게 자른 머리. 방문을 열었다. 차가운 밤바람이 태현의 얼굴에 닿았다. 일꾼 둘이 화물칸에서 담요로 둘둘 싸맨 짐을 무겁게 내리고 있었다.

"저기 나무 널판도 내려주시게."

트럭을 뒤따라오던 승용차에서 숙부가 내리며 말했다. 땅속의 무엇이 잡아끌고 있는 것처럼 그의 어깨가 축 늘어져 있었다. 숙부와 눈이 마주쳤다. 유난히 총총했던 두 눈도 퀭했다. 담요 뭉치를 내려놓은 일꾼 하나가 화물칸에 있는 널판을 살살 끌어내 조심스럽게 내려놓았다. 사람 키보다 조금 큰 송판이었다. 갑자기 분주해진 마당에서 태현은 사람들이 움직이는 것을 지켜보기만 했다. 여간해서 사람이 오지 않는 집에 남자 어른 셋이 북적대는 풍경이 어색했다.

"안방으로 들이시게."

숙부가 담요 뭉치에 예를 갖추는 것이 영 어색했다. 일꾼 두 사람이 크게 힘을 쓰며 안방으로 들어갔다. 숙부가 따라 들어가며 낮은 목소리로 말했다.

"들어와 거들어라. 기거하던 방으로 모셔야 한다."

안방은 겨우내 비어 있었다. 천거정침, 임종이 가까워진 사람이 일상의 거처로 옮기는 일. 불안에 떠는 태현을 바라보며 숙부가 인부들에게 말했다.

"이제 다들 돌아가시게."

일꾼들이 나가고 숙부가 방바닥에 앉아 천천히 담요를 걷어냈다. 과연, 시신이 드러났다. 참으로 비참한 모습이었다. 태현이 놀라 얼음처럼 서 있었다. 반듯하게 눕힐 수 없을 정도로 사지가 뒤틀린 채 경직되어 있는 중년의 남자, 아버지였다.

장.순.길. 아버지는 좋은 사람이었으나 경제적으로 무능했다. 집을 나가 방랑자로 살았던 그는 태현이 고등학교 2학년 때 돌아와 숙부의 일을 도우며 생활비를 벌었다. 역마살이 있는지 일거리가 없을 때는 다시 바깥으로 나돌았다. 그런 아버지가 한겨울에 객사하여 돌아왔다. 아버지는 당신의 몸으로 지나온 삶을 낱낱이 드러내고 있었다. 숙부가 외투를 벗으며 말했다.

"내 차에서 물통과 탈지면을 가지고 와라."

태현이 밖으로 나왔다. 숙부의 승용차 트렁크에는 큰 물통이 두 개나 있었다. 향물이 든 물통이었다. 향나무를 잘게 쪼개 한나절 불린 물이었다. 알코올 대신 향물을 쓰려는 것이었다. 숙부는 염장이였다. 산 자가 아니라 저승으로 가는 망자를 염습하는 사람. 죽은 자를 위해 일하는 것이 자신의 숙명이라고 믿었던.

안방에 돌아오니 숙부가 뻣뻣한 아버지를 끌어안고 있었다. 싸늘한 시신을 감싸 온기를 전하려는 것이었다. 태현은 물통을 내려놓고 벽에 기대앉아, 등이 굽은 늙은 형제가 애절하게 얼기설기 끌어안고 있는 모습을 한참 동안 바라보았다. 얼마나 지났을까, 숙부가 아버지의 몸을 쓰다듬더니 구석구석 주물렀다.

"근육과 관절을 풀려면 이렇게 해야 한다."

숙부의 목소리가 미세하게 떨렸다. 그는 울고 있었다. 좀처럼 풀어지지 않을 것 같던 근육이 움찔거리는 듯했다. 작은 솜뭉치를 아버지의 코앞에 놓고 지켜보던 숙부가 말했다.

"이게 속광이다. 정말로 가셨구나."

죽은 자의 죽음을 확인하다니, 그 행동이 예사롭지 않았다. 숙부의 갈라진 목소리가 들렸다.

"수건 가져와라."

숙부가 미리 뜨거운 물에 적셔둔 수건을 가리키는 것이었다. 숙부가 일어나 아버지의 의복을 모두 벗기고 손발부터 씻겼다. 온몸 구석구석을 닦아내고 마지막으로 머리를 감겼다. 그리고 수건으로 얼굴을 적셨다. 크림을 바르고 면도를 시작했다. 면도가 끝나자 공들여 로션을 발라주었다.

태현은 깔끔하게 드러난 아버지의 얼굴을 빤히 보았다. 알 수 없는 긴장감과 원망에 태현의 이마에는 땀방울이 송골송골 맺혔다.

"수건으로 네 이마를 묶어라. 땀이 시신 위에 떨어지면 안 된다."

태현이 머리에 수건을 묶는 동안 숙부는 귀와 코, 입과 항문을 솜으로 막았다. 그다음 한지를 접어 만든 기저귀를 채웠다. 이어서 아버지의 입에 흰쌀과 동전을 넣어 입안을 채웠다.

수의를 입혀야 했다. 태현이 힘을 보탰다. 쉽지 않았다. 시신의 모양이 반듯하지 않아 겨우 수의를 입혔다. 손과 발을 가지런히 거둘 수 없으니, 한지로 손발을 묶는 것은 불가했다.

"칠성판을 써야겠다. 마당에 둔 나무 널판을 가져와라."

아까 일꾼들이 내려둔 얇은 나무 널판을 말하는 것이었다. 마당으로 나갔다. 땅거미가 지고 있었다. 널판을 들어올리니 북두칠성 모양의 일곱 개 구멍으로 달빛이 새어 들어왔다.

숙부는 무덤 속에 북두칠성을 넣어두면 좋은 곳에 간다고 했다. 이승과 저승의 경계에서 망자를 내세로 인도한다는 북두칠성. 태현은 아버지를 좋은 곳으로 보내려는 숙부의 마음과 같지 않았다.

숙부는 칠성판 위에 아버지를 눕혀 억지로 고정하고 삼베 끈으로 감으려 했다. 두 손을 맞잡게 놓아야 하는데, 좀처럼 가지런하게 만들어지지 않았다. 어렵게 팔과 다리를 묶고, 시신이 움직이지 않도록 뼈마디마다 일곱 가닥으로 겨우 묶었다. 이어 두 눈을 감기고, 입이 벌어지지 않게 고개를 세워 턱 끝을 머리와 묶었다.

"관에 꽃을 넣어라."

태현은 꽃밭을 만들었다. 그리고 입관했다. 수의로 감추고 칠성판에 고정해도 아버지 몸은 어그러져 있었다. 숙부는 종이꽃을 더 넣어 칠성판을 가려주었다. 꽃 무더기에 파묻힌 아버지는 어그러진 뼈마디를 숨기고 노곤한 잠에 빠진 듯했다. 아버지를 어떤 마음으로 봐야 할지 정하지 못한 태현에게 숙부가 말했다.

"염려 마라, 잘 가실 게다."

염려한 적 없었다. 숙부가 친절하게 덧붙였다. 북두칠성에 있는 삼신할매가 명줄을 준 것이니, 죽어서 칠성판을 지고 가야 한다고. 그래야 염라대왕이 받아준다고. 위로가 될 말은 아니었다. 동그랗고 순순한 숙부의 눈매가 그렁그렁했다. 숙부는 천판을 닫고 유족의 이름으로 장.태.현.을 적었다.

"니 아버지가 어떻게 가셨는지 알고 싶으냐?"

"아뇨. 왜 나갔는지 알고 싶어요."

태현은 눈물을 감추려고 밖으로 나갔다. 진심으로 아버지가 탈출해서 어디로 갔는지 알고 싶었다. 밤하늘의 별들이 반짝였다. 북두칠성이 유난히 빛났다. 긴 자루가 달린 바가지가 태현을 길게 내려다보고 있었다.

북두칠성이 건드린 기억이 걷잡을 수 없이 마음을 파고들었다. 마당에서 별을 보던 아버지의 목소리. 저기 국자에 붙은 두 개의 별. 그 별에서 다섯 배의 길이를 연장해보렴. 밝게 빛나는 저 별이 북극성이지. 언제나 그쪽이 북쪽이야. 그것만 알고 있으면, 길을 잃지 않을 거다. 어디에서든.

인생에서는 북극성이 잘 보이지 않았다. 용감한 수연이 북극성이었던 시절에는 그녀를 보고 웃기만 해도 충만했다. 너의 불행이 위로가 돼. 좌절을 맛본 청년의 우울을 한 방에 날려버리는 호방한 그녀를 껴안고 많이 웃었다. 각자의 불행이 서로에게는 위로가 되었던, 그래서 할 수만 있다면 세상의 모든 불행을 끌어안아서라도 서로 위로하고 싶었던 그 시절이 사무치게 그리워졌다. 그리고 가장 오래된, 마음속에 깊이 묻어둔 또 하나의 북극성. 아버지가 살아 돌아오지 못한 집, 자신도 끝내 정착하지 못한 집, 가출을 거듭하면서도 끝내 돌아가야 했던, 오래된 그 집이 떠올랐다. 이제는 돌아가기에 너무 먼 곳에 있는 집이었다.

태현은 별을 등지고 어두운 숲속으로 들어갔다. 능선에 오르자 폭우가 쏟아졌다. 빗물이 바짓가랑이를 타고 신발 속으로 들어갔다. 비를 피해 바위틈으로 들어갔다. 무성한 풀숲 사이로 하늘로 길게 뻗은 유칼립투스가 휘휘 소리를 내며 휘청거렸다.

얼마간 마리아의 집도 북극성이었다. 빗소리를 들으며 마리아가 가져다주던 뜨거운 수프와, 그녀의 손끝이 닿아 찌릿했던 때를 떠올렸다. 연녹색 앞치마에서 핀 데이지가 걱정 없이 웃던 때였다.

로렌조는 마리아의 외로움을 알기나 했을까. 실소가 나왔다. 자신도 아내를 외롭게 한 무심한 남자가 아니었던가. 불안과 우울을 견디던 아내의 죽음을 방조한 남편. 차곡차곡 죽음을 준비한 아내가 사전연명의료의향서를 내밀었을 때 당황하기만 했던, 심리부검 때에도 이에 관해 분명하게 진술하지 못했던 비겁한 인간.

경찰 선배가 아니었다면, 언감생심 어찌 휴직을 얻어냈을까. 아내의 시신을 경찰이 보관한 지 열흘이나 지나자 선배가 다그쳤었다. 자살로 빨리 종결하지 않으면, 누가 가장 의심받는지 아냐? 그건 가족이야. 바로 너지. 가장 가까운 가족이 용의자로 지목되잖아. 학대 흔적까지 조사한다고 하면 정말 미칠 지경이 될 거야, 그러니 수사를 막으려면 시신 가져가서 장례부터 치러.

태현은 선배의 조언을 따랐다. 시간이 지난 후 선배가 물었다. 백석파출소 이수연 경위랑 무슨 사이냐? 어릴 적 친구라던데, 걔 덕분에 네 알리바이가 성립됐다던데? 태현은 눈만 깜박였다. 답할 수 있는 것은 그것뿐이었다. 십수 년 동안 만나지 못했던 수연이 왜 그랬는지 알 수 없었다.

부스럭 소리가 나더니, 육중한 두 다리가 보였다. 로렌조가 장총을 들고 서 있었다.

"길을 잃었나?"

로렌조의 얼굴 뒤로 비바람이 섬뜩하게 불었다.

"길은 알고 가야지. 자꾸 엉뚱한 곳에서 맴돌잖아."

공포가 심장을 압박했다.

"뭐가 급하다고 새벽에 떠난 거지? 자, 갑시다."

대답할 겨를도 주지 않고 그가 풀숲을 헤치며 휙휙 나아갔다. 그는 능란한 산꾼이었다. 죽어가는 순례자 여럿을 구했다는 말이 허언이 아닌 듯했다. 태현은 마지못해 뒤따랐으나, 어디로 가는지 감히 묻지도 못했다.

빗줄기가 가늘어지고 안개가 밀려왔다. 앞길을 헤쳐 가는 로렌조의 몸이 흐릿해졌다. 그와 거리를 두다가 도망칠 궁리에 슬슬 발걸음을 늦추어 보았으나 어림없었다. 조금이라도 멀어지면, 로렌조가 뒤를 돌아보았다.

거친 계곡이 나왔다. 물이 불어나고 있었다. 로렌조가 먼저 계곡을 건넜다. 바위가 미끄러웠다. 태현은 허벅지에 힘을 주고 천천히 디뎠다. 로렌조가 소리쳤다.

"누가 마리아를 죽였을까? 그녀가 애처로워."

악착같이 찾아와서 할 말이 이것이었나. 후들거리며 겨우 계곡을 건넜을 때 로렌조가 말을 이었다. 너라도 우리 사연을 알아주길 바랐어. 아나가 마을에 왔을 때 젊고 싹싹한 여자를 싫어할 사람은 아무도 없었지. 아나는 대처에서 가지고 온 공산품이나 장물을 방문 판매하던 사람이었어. 그녀가 가지고 오는 물건들은 인기가 있었고, 무료한 마을에 활력을 주었지.

마을을 휘젓고 다니던 아나는 예배당 근처에 노점을 차렸어. 산비탈에 붙어 있는 호세의 집 앞이기도 했지. 얼마 지나지 않아 호세 아버지와 눈이 맞았다는 소문이 났어. 아내를 먼저 떠나보낸 너절한 술주정뱅이가 체체한 아나와 정분이 났으니, 온갖 소문이 퍼졌어. 결국 술주정뱅이는 아나를 집에 들였지. 노점은 지붕을 얹고 가게로 거듭났지.

호세 집에 불이 난 건 이듬해 초봄이었어. 그때 호세의 아버지가 죽은 거야. 반듯하게 누워서. 다행히 호세는 불 속에서 빠져나왔지. 이상하다고 수군대는 사람도 있었지만, 귀가 얇은 노인들은 아나가 가져다주는 생필품과 화장품 선물에 녹아났지. 아나의 요령은 권력이 되었고, 결국 모두 입을 다물었지. 다들 좋은 게 좋은 거지, 하고 넘어갔어.

어른이 되어서야 알게 되었지. 불이 나서 죽은 시체는 무릎을 구부린 채 주먹을 쥐고 팔을 몸 앞으로 들어올린다는 것을. 그러니까 호세 아버지가 살아 있었다면 권투선수 자세로 죽어 있어야 한다는 것을. 불이 나기 전에 죽었다는 뜻이지.

경찰은 꼼꼼하게 수사하지 않았고 발화 지점도 알아내지 못했어. 그날 지나간 순례자의 담뱃불 때문이라고 하는 사람도 있었어. 맞은편 예배당 처마에서 쉬어가는 순례자도 있었거든. 아나는 그들을 살갑게 대했다고 해.

아나는 호세 아버지가 그날도 술에 취해 있었다고 진술했어. 호세 아버지는 술에 취해 화염에서 빠져나오지 못해 사망한 것으로 사건은 종결되었어. 아나는 숯덩이가 되어버린 집을 청소하고 고쳤지. 순식간에 고아가 된 호세를 거두는 의리 있는 여자가 되었지. 그리고 천천히 그 집을 차지했어.

외딴곳에 살았던 어린 호세와 내가 고아의 후견인을 자처한, 영악한 외지인에게 대항할 방법은 없었어. 호세는 열아홉 살에 집을 떠났고, 돌아오지 않았지. 작은 마을에서 아나가 만들어낼 소문이 무서웠으니까.

"우리는 서로 사랑한 죄밖에 없어."

로렌조에게 우.리.는 마리아가 아니라 호세였다.

"마리아는?"

태현이 마리아의 이름을 입에 올리자, 로렌조가 멈칫하다 말을 이었다. 호세를 기다린 지 10년이 지나 마리아와 결혼했어. 마을에 남아 계속 호세를 기다렸고, 며칠씩 찾아다녔지. 사랑을 받지 못한 마리아는 아나에게 의지했지. 그래서 아나가 어떤 사람인지, 호세가 왜 집을 나갔는지에 대해 마리아에게 터놓고 말해주지 못했어.

로렌조가 침을 꿀꺽 넘기며 잠시 말을 멈추었다. 그런데 말이야 아나가 죽기 며칠 전, 마리아가 호세에 관해 묻더라고. 왜 나갔냐고. 아나가, 호세에 대해, 지극정성으로 키웠으나 늙은 어미를 두고 떠난 불효자라고 말하지 않은 건 분명했어. 마리아는 호세가 불쌍하다고 했거든.

긴 이야기였다. 아나가 마리아에게 어떤 이야기를 들려주었을지 궁금했다.

"아나는 왜 죽었지?"

"코로나."

마을 사람들이 합의했을 대답이었다. 아나의 입담에 장단을 맞추어주던 노인 친구들이 암묵적으로 동의한 결말이었다. 아나를 가까이서 지켜봤다는 이유에서 그들의 진술은 유의미했다. 그들은 아나의 과거를, 호세 아버지의 죽음을, 아나에 대한 호세의 적의를 모두 알고 있었다. 태현은 세상 천진하게 웃었던 그들이 만들어냈을 뒷말이 가진 힘을 상상했다. 지난날 아나의 혐의를 괘념치 않던 그들이, 이제는 그녀를 내치고 호세의 귀가를 묵인해주는 뒷말. 거기에 강력한 힘을 보탠 것은 코로나였다.

딴생각에 빠진 태현을 일깨우듯 로렌조가 말을 이었다. 호세는 부모가 쓰던 물건들이 아무렇게나 쌓여 있는 창고 방에서 며칠을 숨어 지냈대. 줄곧 라브루자의 주변을 배회했다더군. 열아홉에 집 나갔을 때, 잠자리를 찾아 알베르게에 가서 허드렛일을 하거나 무전취식할 수 있는 수도원을 전전했다더군. 순례자들이 두고 간 양말이나 옷가지, 신발, 배낭은 요긴

했대. 호세는 매번 미뉴강을 건너 산티아고로 가지 못하고 발렌사에서 다시 라브루자로 돌아왔대.

호세가 돌아왔다는 것을 아는 사람은 없었지. 나도 몰랐어. 내가 외박이 잦았던 건 호세를 찾으러 다녔기 때문이야. 집으로 돌아온 호세는 아나가 가게에 나가면, 냉장고에서 우유만 꺼내 조금씩 마셨대. 눈치 빠른 아나가 그걸 알아챘을 수도 있었겠지. 만일 알았다면, 조금씩 줄어드는 우유를 보며 신경쇠약증에 걸렸을 게야.

왜냐하면 불이 난 그 한가한 금요일 밤, 아나가 집에 온 것을 호세가 봤으니까. 호세는 그 사실을 경찰에게 말하지 못했지. 혼자 남겨질 것이 무서웠대. 여섯 살 아이에게는 모든 것이 벅찬 일이었지. 겁에 질려 그저 울기만 했던 호세의 마음을 아는 사람은 오직 나뿐이었어.

로렌조 역시 아나 못지않은 이야기꾼이었다. 로렌조의 말만 들어보면, 아나가 헤집어놓은 두 소년의 세계는 처참했다. 어쩌면 두 여자, 아나와 마리아의 죽음은 그 세계와 가늘게 이어져 있을 터였다. 로렌조가 픽 웃었다.

"웃긴 게 뭔지 아나? 복수하려 했는데, 어이없게 코로나로 죽은 거지."

주어가 호세인지 로렌조인지 알 수 없었다.

"호세가 아이처럼 울었대. 허무해서."

삶이란 아이러니한 거였다. 로렌조의 목소리 톤이 바뀌었다.

"마리아의 관을 주문하지 않았어. 부검하려고."

경찰에 신고했다는 말이었다.

"너지? 마리아와 가까웠던 네가 왜?"

다리가 부들거렸다.

"아나 집에서 일 끝내고 어딜 간 거야? 집에 온 시간과 맞지 않잖아."

예상하지 못한 되치기 질문에 태현이 놀라 발을 헛디뎠다. 질문의 의도가 도무지 이해되지 않았다. 왼발이 미끄러져 물 소용돌이 속으로 빨려 들어갔다. 로렌조가 허겁지겁 계곡을 가로질러 넘어왔다. 그가 손을 뻗었다. 묵직하고 단단한 손바닥이 태현의 배낭을 팽팽하게 움켜쥐었다. 왼손잡이였다. 휴대전화를 받을 때는 오른손으로 받았던 그가 지금은 왼손을 쓰고 있다. 마리아의 왼 팔꿈치에 난 상처가 다른 사람의 공격으로 생긴 것일 수 있었다. 로렌조의 혐의가 희미해졌다.

로렌조의 눈동자가 태현을 내려다보았다. 태현의 몸이 돌처럼 경직되었다. 로렌조의 눈 안에 태현이 이글거리고 있었다. 로렌조 안에 태현이 있고, 태현 안에 로렌조가 있었다. 로렌조가 목소리를 높였다.

"아직은 안 돼. 당신 말을 들어야 한다고."

물 소용돌이가 세상을 삼킬 듯 바위틈에서 거칠게 솟구쳐 버둥거리는 태현의 얼굴을 때렸다. 악. 무릎 안쪽이 바위에 부딪혀 쓸렸다. 안개처럼 흩어지는 기포가 태현을 휘감았다. 로렌조도 태현을 잡아끄는 물의 힘을 이기지 못하고 손에서 힘을 뺐다.

태현이 좁고 긴 골짜기를 따라 휩쓸려 떠내려갔다. 로렌조도 어찌할 도리가 없었다. 폭포에서 깊은 못으로 떨어졌다. 낙하하는 물을 받아낸 못은 태현의 몸을 수면으로 밀어 올렸다. 숨이 남아 있었다. 아무도 찾지 못할 곳으로 사라지기로 작정했던 태현은, 이제 살기 위해 쪼잔한 미물처럼 버둥댔다.

그러나 물은 좀처럼 화를 풀지 않았다. 깊은 구덩이 속의 무엇이 태현을 마귀처럼 잡아당겼다. 태현은 힘없이 바닥으로 끌려 들어갔다. 물길이 끝없이 갈라졌다. 태현은 겹겹의 기억의 그물을 끌고 심연 속으로 빠져들었다.

종이꽃이 손끝에서 바스락거리는 소리, 수연을 기다렸던 버스 정류장, 객사해 시신으로 돌아온 아버지와 그를 입관하던 숙부의 얼굴이 스쳐 지나갔다. 갈 시간이면 갈 시간인 거야, 라며 삶을 끝내려던 아내의 목소리도 웅웅거렸다. 그리고 자신에게 느닷없이 키스했던 마리아. 온몸이 경직되어 꿈틀대지도 못했던 때. 그때 왜 다정하게 그녀에게 입속의 언덕을 내주지 못했던가.

태현의 왼발이 단단한 바닥에 닿았다. 눈을 떴다. 민물 황어 떼가 은빛 비늘을 찰랑이며 유영하고 있었다. 둥글고 탄탄한 몸체들이 태현 주위를 맴돌다 빛이 들어오는 못의 표면으로 올라갔다.

물고기 떼를 따라 올라야 했다. 발바닥을 움직여보았으나, 저체온증으로 근육이 경직되어 수직 상승은 어림없었다. 태현은 생존수영의 기본대로 먼저 숨을 가다듬고, 발로 바닥을 밀어 튀어 오르며 두 팔을 위로 뻗었다. 그리고 자신이 내뱉은 기포가 만들어낸 공기 방울을 따라 팔을 휘저었다. 겨우 수면에 도달해 머리와 입을 내밀어 숨을 내뱉었다.

폭포수가 굵은 빗방울처럼 떨어졌다. 못의 가장자리로 헤엄쳤다. 둔해진 팔다리의 감각은 돌아오지 않았다. 태현은 다시 물속으로 빨려 들어갔다.

샛강의 가장자리. 큰 산 위로 올라온 아침 해가 태현의 얼굴에 닿았다. 길게 자란 버드나무 잎이 반짝였다. 태현이 미간을 움찔하더니, 입술을 움직였다. 젖은 나뭇잎이 꿀렁한 젤리처럼 입술을 덮고 있었다.

살아났구나. 오른손으로 나뭇잎을 거두어내고, 양 엄지의 손끝으로 새끼손가락부터 검지까지 천천히 눌러 비볐다. 아침에 깨어나면 빠지지 않고 하던 오래된 습관이었다. 손끝이 맨들했다. 양손을 펼쳐보았다. 살아보겠다고 숙부가 시키는 대로 종이꽃을 접고 삼베 수의를 만지면서 생긴 거스름이 만져지지 않았다.

샛강의 건너편에서 고양이가 태현을 바라보고 두 눈을 천천히 감았다 떴다. 슬로 블링크. 여기서는 안전하다, 라는 신뢰와 친밀함의 표시였다. 태현도 고양이와 같은 속도로 두 눈을 천천히 감았다 떴다. 고양이와의 교감으로 정신이 조금 맑아졌다.

태현은 로렌조가 따라와 긴 이야기를 풀어놓았고, 폭우를 맞으며 계곡에 빠졌으며, 물속에서 허우적대던 것까지 기억해냈다. 태현은 툭툭 끊어지는 생각을 이어 붙였다.

로렌조가 태현을 용의자로 지목한 것은 그럴 만했다. 공교롭게도 태현이 산책한 시각은 마리아가 사망한 시각과 일치했다. 길에서 만난 사람은 없었다. 모두 낮잠을 즐기는 시간이었다.

아나가 죽은 후, 마리아의 행동은 예외적이었다. 아나는 주일 아침 미사에 가지 않았고, 마리아는 그녀가 궁금해 집으로 찾아갔다. 아나의 죽음을 알았을 것이고, 무엇보다 호세와 부딪쳤을 가능성이 있었다. 아나가 죽었다는 소식에 무덤덤했던 마리아의 모습이 떠올랐다.

태현은 마음이 급해졌다. 자신에 대한 의심을 걷어내려면, 무죄를 증명해야 했다. 그렇지 않으면, 죄를 짓고 도망친 미덥지 않은 뜨내기, 부적절한 관계를 다투어야 할 치정극의 당사자가 될 것이 뻔했다. 그런 악소문은 상관없었다. 그러나 마리아가 순례자와 통정한 부도덕한 여자였다는 소문을 달고 장례를 치르게 하는 것이 마음에 걸렸다.

태현은 호세에게 자신의 알리바이를 증명해줄 호의적 진술을 요청할지, 아니면 마리아, 어쩌면 아나까지도 살해한 용의선상에 올릴 만한 증거를 제시할지를 놓고 저울질했다. 호의적인 진술을 받아내려면 염장이로서 아나의 사인을 코로나라고 확정해주어야 했다. 협탁에 물약 병이 있었다고, 종합감기약을 복용해야 했을 정도로 증상이 뚜렷했다고. 호세를 용의자에서 제외하려면, 현관 안쪽에서 보았던 흙 발자국은 없었던 일이어야 했다.

호세를 용의선상에 올릴 확실한 증거는 분명치 않았다. 그럼에도 아나의 집 협탁과 마리아의 집 쓰레기통에 있던 물약 병은 어떤 식으로든 연관된 단서가 될 만했다. 마리아의 집 현관 안쪽에 있던 흙 발자국도 마찬가지였다. 무엇보다 호세의 알리바이도 불안정했다. 태현이 아나를 염습을 끝내고 산책하는 것을 본 사람이 없는 것과 마찬가지로, 같은 시각에 호세가 집에 있었다는 것을 증명해줄 사람도 없었다.

최대한 빨리 예배당으로 돌아가 로렌조를 곤란한 지경으로 내몰게 될

쪽지부터 없애야 했다. 정황상 로렌조는 호세가 집으로 돌아온 것을 몰랐다. 알았다면, 그를 찾겠다고 외박하려 하지 않았을 것이다. 마리아가 죽은 당일 한나절 동안 어디에 있었는지, 그 알리바이만 성립하면 로렌조의 혐의는 사라질 터였다.

태현은 사적이고 불분명한 감정에 싸여 로렌조에게 야박했고, 성급하게 그의 혐의를 부풀렸다. 그가 어렵게 터놓은 내밀한 이야기도 건성으로 들었다. 자신은 객쩍게 사적인 정보를 알게 되어 귀찮은 일에 끼어들게 될까 염려한, 한없이 치졸한 겁쟁이였다.

태현은 일어나 바짓가랑이를 털었다. 샛강을 따라 휘적휘적 걸었다. 걷고 있으면 살아 있는 것이라는 노먼의 말을 새기며 걸었다. 살아내서 예배당까지 가야 한다는 의지에 기대어 걸었다.

걸어도 걸어도 마리아의 집이 보이지 않았다. 아나의 가게도 찾을 수 없었다. 겨울이 지나고 봄, 여름, 가을이 왔고 다시 겨울이 왔다. 어느새 포르투갈의 높은 산을 헤매다 국경을 넘고, 어디로 가는 길인지 모르는 곳을 걷다 노란색 화살표를 만났다.

눅눅한 안개 속에서 띄엄띄엄 걷는 사람들을 만났고 그들을 따라 걸었다. 나무 지팡이 하나를 들고 구부정하게, 천 년 전 과거에서 튀어나온 고행의 순례자처럼 걸었다. 그러다 세상의 끝에 이르렀다. 바다였다. 그 옛날 순례자들이 새로운 세상이 있을 거라 믿었던 땅 끝 바다, 피스테라.

태현은 눈에 띌 만큼 가늘어진 몸으로 바다를 응시했다. 광대뼈에 노을이 닿아 얼굴이 붉게 번들거렸다. 고단한 여정을 끝내고 세상에 살면서 지은 죄를 씻어내려는 순례자들이 띄엄띄엄 앉아 있었다. 신발을 벗었다. 발가락 사이로 바닷바람이 지나갔다. 꼼지락거리며 모래 위에 누웠다. 모래의 뜨뜻한 열기가 등줄기에 닿았다. 마리아의 집을 떠난 이후 처음으로 등을 폈다. 눈을 감았다.

천벌 받은 거지, 지은 죄가 무서워서 혼자 죽은 거지, 그러니까 아무나 집에 들이면 안 되는 거라고, 굴러온 돌이 박힌 돌 뺀 격이었지, 이제 그 집은 호세에게 돌려줘야 해. 그렇게 걸었는데, 속세의 목소리들이 사라지지 않고 선명하게 뇌리에 남아 있었다.

아나는 남의 집을 차지한 죗값을 코로나로 치른 이방인이 되어 추방되었다. 그녀는 천벌을 받아 마땅한 마녀였고, 그녀가 살았던 그 집의 정당한 주인은 호세였다. 두 소년의 시간에 묶여 있던 아나의 생은 얼마나 불안했을까. 그녀가 풀어낸 세속의 천일야화도 그 집을 지켜내지 못했다. 도대체 집이란 무엇인가.

태현은 실소했다. 집을 버리고 떠나온 자신도 마리아를 만나 그 집에서 살고 싶어하지 않았던가. 묘하게 아나의 사정에 태현의 사정이 겹쳤다. 순례를 가장한 뜨내기에게 마리아가 희생되었다는 소문은 쉽게 만들어질 것이다.

등을 펴고 누운 덕분인지 그칠 줄 모르는 파도 소리에도 깊은 잠에 빠졌다. 꿈에서 로렌조를 보았다. 백발이 된 그가 깊고 고요한 눈동자로 뒤뜰의 자카란다 꼭대기를 보고 있었다. 우듬지에 작은 새가 있었다. 짹짹. 새가 몇 마디 하자 로렌조가 고개를 끄덕였다. 새가 날아오르자, 그가 새를 향해 양손을 흔들었다.

포르르, 새가 날아가는 곳으로 따라갔다. 배낭을 멘 아버지가 마당에서 개복숭아꽃을 바라보고 있었다. 부드러운 눈길이 수척한 태현에게 와닿았다.

“봄이 왔구나. 이 꽃이 참으로 그리웠다.”

비비거리며 날아가는 새들의 울음소리에 눈을 떴다. 바다가 먹색으로 변하고 있었다. 밤의 침묵이 하늘을 덮어버리자, 별들이 쫑쫑 나왔다. 별 하나, 별 둘, 별 셋. 태현은 느리게 별을 헤아렸다. 북두칠성이 가까이 있었다. 그리고 밝게 빛나는 밤의 길잡이, 북극성.

칠성판의 구멍이 일곱 개의 별에 포개졌다. 평생 얼음장처럼 차가운 우울과 슬픔을 안고 낯선 여행자가 되어 운명적으로 떠돌던 아버지가 짊어진 마지막 등짐. 열아홉 살 태현의 가장 어두운 그림자. 개복숭아꽃이 피던 4월이 오면, 북극성을 알려준 아버지가 어디에서든 길을 잃지 않고 반듯한 몸으로 돌아오기를 얼마나 기다렸던가.

태현은 북극성을 바라보며 두 손 모아 기도했다.

"아버지, 명복을 빕니다. 이제야 보내드립니다."

태현은 일어나 다시 흐느적흐느적 걸었다. 로렌조가 있을 마리아의 집을 향해. 북극성을 등지고 남쪽으로 다시 길을 찾아 떠났다. 아버지가 그랬던 것처럼, 바람에 흔들리고 어둠과 싸우는 부랑자가 되어 낯선 곳으로 걸었다. 북두칠성이 온 세상을 내려다보고 있었다.

김인영 문학을 전공했고 회사원으로 밥벌이하다 런던에서 잠시 살았다. 제법 오래 영화 일을 했고, 큰 산 여러 곳을 걸어 다녔다. 산티아고로 가는 프랑스 길, 800킬로미터도 걸었다. 이러저러한 책을 썼으나, 소설은 연작《고스트 하이커》의 첫 번째 에피소드 '부랑'으로 시작했다. 스무해 넘게 대학에서 선생으로 지내고 있다.

포 라이더스

서동훈

2092년 11월 27일 오전 8시, 압구정을 지나 양재로 향하는 간선 J06번 버스에는 여느 때와 마찬가지로 승객이 가득했다. 몇몇 조급한 사람들은 한 달이나 남은 홀리데이 시즌 AR 액세서리로 화려한 반짝이 효과를 자랑했지만, 대부분의 사람은 무채색 점퍼로 몸을 감싼 채 피곤한 얼굴을 화면에 묻고 저마다의 관심사에 빠져 있었다. 직장인 뤄샤오이 또한 최근 덕질 중인 댄서의 어젯밤 라이브 방송을 돌려보며 팬 커뮤니티에 잡글을 올리고 있었다. 청담역 부근 정류장에서 사람들이 밀려들자, 그녀는 사람들 가운데에 끼이기 싫어 운전석 쪽 유리벽에 몸을 기댔다. 본의 아니게 버스 기사의 정수리를 구경하게 된 그녀는 기사가 입은 흰 셔츠의 목덜미가 땀으로 푹 젖어 있는 것을 발견했다. 그는 이마를 타고 흐르는 굵은 땀방울을 닦을 생각도 못한 채 두 손으로 휠을 꽉 쥐고 있었다. 자율주행이라 운전대를 안 잡고 있어도 될 텐데. 샤오이는 조심스레 말을 걸었다.

“기사님, 괜찮으세요?”

기사는 그녀의 말을 들은 척도 않고 부동자세로 앞만 바라보았다. 자세히 보니 입을 달싹이고 있는 게 혼잣말을 하는 것 같아 그녀는 인공지능 비서에게 기사의 입 모양을 읽어달라고 부탁했다. 곧 눈앞에 기사의 말이 문자로 나타났다.

'내가 지켜야 해. 내가 지켜야 해. 내가 지켜야 해….'

무슨 뜻일까. 조금 무서워진 그녀는 직장까지 다섯 정거장이나 남았지만 하차 벨을 눌렀다. 창밖으로 테헤란로의 번쩍이는 홀로그램 광고들과 곧게 뻗은 대로가 보였다. 이쪽에서 버스를 타본 적이 없어 정류장 정보를 검색하고 있는데 갑자기 버스가 가속하기 시작했다. 서 있던 사람들이 영문도 모른 채 뒤로 넘어지며 비명을 질렀다. 샤오이가 운전석 문을 두드리며 외쳤다.

"아저씨! 왜 그러세요!"

중앙차로 버스 정류장과 버스를 기다리는 사람들이 보였다. 샤오이가 비명을 질렀다.

"내가 지켜야 한다고!"

기사가 움켜쥔 휠을 정류장 쪽으로 비틀었다. 기사를 포함해 쉰아홉 명의 무게가 더해진 11톤짜리 중형버스는 정류장을 덮쳐 버스를 기다리던 열일곱 명을 형체도 남기지 않고 으깨어버렸다.

*

새빨간 양념에 버무려진 닭갈비가 철판 위에 쏟아졌다. 입맛 떨어지는 빛깔에 맛도 없는 인공육이지만 자극적인 양념으로 덮어버리면 자연육과 그다지 다를 것도 없다. 내가 주걱으로 지글거리는 고기를 뒤적거리고 있자니 자연스레 배고픈 남자들의 시선이 모이며 대화가 끊겼다. 내가 경찰서를 나온 뒤에도 형사2팀을 지키고 있는 지훈과 톰, 교통과로 자리를 옮긴 우혁. 한때는 같이 먹고 자며 지겹게도 얼굴을 맞대던 사이다. 뿔뿔이 흩어진 뒤론 함께 모이기가 어렵다 보니 식당에 들어가기 전부터 시시콜콜 잡담이 이어졌지만 역시 우리에겐 먹을 것이 먼저다. 침묵 사이로 식당의 TV 소리가 끼어들었다.

"…그러니까, 중요한 건 죽음의 경중을 따질 수 있느냐는 겁니다. 통계상 지금도 매일 두 명은 사고로 목숨을 잃고 있어요. 당장 일주일 전만 해도 과적한 무인 덤프트럭이 공사장 경사로에서 미끄러져 현장 근로자 두 사람이 사망했는데 뉴스 한 줄로 끝났습니다. 사고가 화제가 된 경우에는 재생 치료를 받아 살고, 나머진 죽으라는 건 윤리적인 문제이기 이전에 논리적으로 말이 안 됩니다."

"그건 오해예요. 연구원들은 기회만 된다면 재생 치료 임상실험에 나설 준비가 돼 있습니다. 사고로 사망한 현장 노동자가 임상실험의 대상이 되지 못하는 이유는 기업이 유가족에게 거액의 합의금을 주고 재생 치료를 하지 않는다는 계약서를 쓰게 하기 때문이에요. 되살아난 노동자가 사고 현장에서 벌어진 위법 사항으로 소송을 걸면 합의금의 몇 배나 되는 과징금이 나오죠. 세계 곳곳의 연구소가 임상실험을 진행 중인데 우리나라만 못하고 있는 건 이런 악습을 포함해 선생님처럼 기존의 윤리적 관점을 버리지 못하는 사람들 때문이에요. 그러니 이런 대형 참사가 벌어졌을 때나 겨우 목소리를 낼 수밖에 없는 거죠.

재생 치료라는 단어로 이 기술이 비윤리적인 것처럼 프레이밍하시는데, 이것은 무덤에서 사람을 일으키는 기술이 아닙니다. 오히려 심폐소생술과 비슷하죠. 과거에는 심장이 안 뛰는 순간 죽은 것으로 판단했지만, 심폐소생술이 정립된 이후로 많은 목숨을 구할 수 있게 되었잖아요. 이미 의식 대부분을 디지털화하는 전자두뇌와 그걸 보조하는 기계 신체를 쓰고 있으니, 사람을 살릴 기회가 많아진 것뿐이에요. 공장에서 바이오파이버로 고기를 프린팅하고, 수술실에서 환자 본인의 혈액을 복제해 사용하는 시대에 사람을 살리기 위한 배양 기술을 쓰면 왜 안 된다는 겁니까?"

"심폐소생술을 가지고 윤리적 논쟁을 할 필요가 없는 이유는 그게 누구나 할 수 있는 응급조치 수단이기 때문이죠. 단순히 고기의 식감만을 구현한 인공육 프린팅과 생명체로서 작동해야 하는 신체 재생은 들어가는 자원과 노력의 단위가 다릅니다. 아무나 받을 수 없는 치료라는 게 중요한 거예요.

또 재생이 가능하다고 판단하는 뇌 손상의 범위가 어디까지인지 누가 무슨 자격으로 정합니까? 무리하게 뇌를 재생했다가 기억이나 성격이 달라진 경우 같은 사람이라고 할 수 있습니까? 기억은 남아 있지만 재생 전과 후의 자신을 서로 다른 사람이라고 생각한다면 사람을 살린 겁니까, 만든 겁니까?"

"그런 걸 정하라고 법이 있고 민주주의가 있는 거죠. 살고자 하는 건 사람 본능이라, 막는다고 되는 게 아닙니다. 불법 클리닉에서 재생 치료를 시행하다 일어나는 사고가 1년에 열 건이 넘는 건 아세요? 이런 일이 한국에서만 일어나는 것도 아니니 다른 나라들도 하나둘 임상실험에 뛰어드는 거고요. 이런 참사에도 정부가 신체 재생 기술 법제화를 망설인다면 결국 국민 모두의 이익을 해치는 일이 될 겁니다."

"자꾸 임상실험이라고 하면서 곧 완성될 것처럼 말하시는데, 재생 치료는 아직 갈 길이 멉니다. 이번 참사는 경찰도 아직 몇 명이나 희생되었는지 파악하지 못할 정도로 시신이 심하게 훼손된 끔찍한 사고예요. 이렇게 시신, 즉 DNA가 뒤섞인 경우엔 오늘 당장 재생 치료를 합법화해도 불가능하다는 말입니다. 그런데도 이번 참사를 구실로 합법화 목소리가 나오는 건 왜일까요? 불법 치료를 말씀하시는데, 그거 대부분 사지 멀쩡한 부자들이 영원히 젊은 몸으로 살겠다고 늙은 피부며 장기를 떼어내고 다시 기르는 경우란 건 아십니까? 참사 희생자를 구실로 법제화한 생명공학 기술을 은근슬쩍 미용이나 건강 상품으로 파는 거, 10년 전 티베트 전쟁 때 하던 양아치 짓이잖아요. 그때 못사는 사람들 갈아서 만든 기술로 지금 뭐 합니까? 잘사는 사람들 주름살 펴고 있지 않습니까!"

"양아치라뇨!"

"토론이 과열되었습니다. 두 분 모두 조금 진정하시고…. 시청자 여러분. 완전 자율 운전이 본격화된 뒤로 12년 만에 대형 사고가 일어났습니다. 이번 참사를 계기로 다시금 사람의 몸을 재생하는 기술에 대한 담론이 떠올랐습니다. 생명에 대한 근본적인 고민인 만큼 양측 의견이 팽팽한데요. 잠시 분위기를 환기한 뒤 계속 진행하도록 하겠습니다."

TV 화면이 손부채질하는 패널들의 얼굴에서 뉴스 영상으로 바뀌었다. 사흘 전에 일어난 테헤란로 버스 정류장 참사 모습이었다. 사진 아래로 '12년 만에 일어난 대참사, 범인은 전뇌 마약?' 등의 헤드라인이 지나갔다. 심의와 자극 사이에서 아슬아슬하게 줄타기하는 자료 화면에 손님들이 채널을 돌리라며 볼멘소리를 냈다.

"사장님, 잠깐만요!"

손을 흔들며 리모컨을 드는 종업원을 막아선 녀석은 우혁이었다.

"이제 곧 나올 텐데."

사고 직후 공황에 빠진 버스 안 승객들의 표정을 잡던 화면은 곧 우혁이 말한 장면으로 넘어갔다. 싸이카를 몰고 현장에 뛰어든 우혁이 허둥지둥 도망치는 버스 기사의 다리를 걸어 넘어뜨리곤 능숙하게 무릎으로 등을 밟아 제압했다. 빨간 피를 뒤집어쓴 기사와 위에 올라탄 우혁의 파란 싸이카 슈트가 날카로운 대비를 이뤘다. 주변 사람들에게 이미 몇 번씩 자랑한 자기 활약상이다.

"저 은근히 카메라 잘 받는 체질인가 봐요. 각도까지 예술이죠?"

"좋단다, 병신. 나중에 네 장례식장에서도 틀어달라고 해."

"진짜 그럴까요?"

지훈이 쥐어박는 시늉을 하며 리모컨을 들어 채널 번호를 눌렀다. 드라마 채널에선 '별이 된 스타 강준기의 출연작 몰아보기' 자막과 함께 사무라이 로봇 갱단과 한창 뜀박질 중인 강준기의 모습이 나오고 있었다. 녀석들의 콩트를 시큰둥하게 바라보며 고구마를 오도독거리던 나는 소주잔을 들었다.

"헛소리 그만하고 불러낸 이유나 말해."

멋쩍게 잔을 부딪친 녀석들이 소주를 입에 털어 넣었다. 뜸을 들이던 지훈이 입을 뗐다.

"여기서 말로 하기는 좀 그렇고, 보안회선 좀 들어와 봐."

지훈이 보낸 링크를 누르자 눈앞에 '보안 활성화'라는 문자가 흘렀다. 나는 왓슨에게 말을 걸 때처럼 머릿속으로 문자를 입력해 전송했다. 기계음이 섞인 내 목소리가 머릿속에 울렸다.

- 어쩐지 싹싹하다 했다. 일이야?

- 에이, 섭섭하게. 저희가 선배 오라고 종종 연락하잖아요.

톰이 밑반찬을 집어 먹으며 역시 기계음이 섞인 목소리로 대답했다.

- 계산서를 자꾸 내 쪽으로 미는 짓만 안 하면 순수한 마음이라고 생각할 텐데.

- 알겠으니까 이거나 봐봐.

지훈이 펼친 화면은 연예 뉴스 기사였다.

> 강준기 살인사건, 경찰과 H엔터의 합작 사기극이었다?
>
> 사설탐정이 찾은 범인, 경찰이 놓아주고 오히려 블랙아이즈 기록 삭제까지?
>
> 경찰 발표와 정반대의 증언들, 잇따른 익명의 제보들

얼마 전 나와 소윤이 관여한 강준기 살인사건은 범인이 따로 있었음에도 연예기획사의 농간으로 폭력 시위대인 안티부디스트를 제물로 삼고 끝났다. 나 또한 협박에 가깝게 진실을 드러내지 말 것을 강요받았는데, 아이러니하게도 결과적으로 안티부디스트들의 기세가 시들고 시민들은 각자 전뇌 보안에 신경 쓰는 등 사회적으로는 바람직한 일이 일어나게 되었다.

- 예상한 일이었잖아.

- 그렇지. 이런 일이 처음도 아니고. 하지만 이번엔 좀 달라. 보통 이런 일이 생기면 소스 좀 달라고 기자들이 귀찮게 달라붙기 마련인데 짜기라

도 한 것처럼 조용했거든. 그렇게 강준기 사건이 묻히나 했더니 요 며칠 새 갑자기 다시 올라오기 시작했어. 내용도 꽤 날카로운 게 경찰이 내부 정보를 팔고 있는 게 아니냐는 말까지 나오는 상황이야.

– 설마 날 의심하는 건 아니지? 그때야 머리가 뜨거웠지만 이제 와서 다 끝난 일을 들춰봤자 좋을 거 없단 건 알고 있어. 남아 있는 증거도 없고. 무엇보다 안티부디스트와 전쟁 배상금 문제까지 엮여 있는데 무작정 나설 수도 없잖아.

– 그런 거 아니야. 오히려 경찰은 네 도움을 바라고 있어.

지훈이 사진 한 장을 띄웠다. 언론사의 워터마크가 찍힌 사진은 하얀 얼굴의 남자아이가 부모로 보이는 남녀의 손을 잡고 있는 모습이었다.

['국제 인공 신체 기업인의 밤' 행사에 참여한 L테크 대표 김명진과 그의 가족입니다. L테크는 N그룹 산하 전뇌 부품 연구 개발업체이며 서울시 삼성동에 본사를, 성남시 판교동에 연구소를 두고 있습니다. 전뇌 통신 부품 제조업체로 출발한 이 기업은 2080년부터 티베트 전쟁에 연구팀을 파견하면서 기술력과 기업 규모 모두 급성장했습니다. 특히 최근엔 N그룹 본사와의 인수합병설이 돌며 큰 주목을 받고 있습니다.]

인공지능 조수 왓슨이 추가로 찾은 기사에는 각종 대규모 행사에서 연설하는 김명진의 사진이 들어 있었다. 업계에선 꽤 거물인 모양이다.

– 김명진의 둘째 아들 김이연이 납치됐어. 나이는 열한 살. 납치 추정 시점은 26일 오후 5시. 김명진은 27일 아침에 범인의 지시대로 돈을 가지고 버스를 타려다 사고를 당했어.

– 설마….

– 테헤란로 버스 정류장 테러. 현장에서 즉사한 열일곱 명 중 한 사람이 김명진이야.

– 뉴스에선 아직 사망자 수 파악도 못했다고 나오던데.

– 국과수가 밤새 달라붙어서 정류장 CCTV랑 현장 DNA를 대조해 겨우 확인한 추정치야. 내일쯤 정식으로 보도자료가 나갈 거 같대. 아무튼

김명진은 아이가 납치된 사실을 경찰에 신고하지 않았어. 유류품인 가방과 스마트폰이 없었다면 지금도 몰랐을 거야. 문제는 이런 상황에도 피해자 가족이 수사를 거부하고 있다는 거지. 범인이 경찰에 신고하지 말라고 했으니 PMC(민간군사기업) 무장 경호팀을 고용해 일을 해결하겠다고만 하고 있어.

– 납치는 친고죄도 아니잖아. 경찰이 왜 범죄 수사를 기업 허락받고 해?

– 위에서는 아이 목숨이 달려 있으니 가족의 요구를 우선한다고 하지만 결국 돈 때문이지. L테크는 N그룹에게 한창 이쁨을 받는 중이고 N그룹은 공공 인프라 쪽에 돈을 엄청나게 뿌리는 기업이니까. 너도 알잖아. 경찰 간부 중에 학생 시절 N그룹 장학금 안 받은 사람 없고, 네가 받은 명절 떡값도 N그룹 돈이란 거.

– 요새는 선물세트도 줘요.

톰이 쌈을 우물거리며 거들었다. 지훈이 톰을 째려보다 설명을 이었다.

– 윗선에서 L테크 눈치를 보는 건 맞지만 전뇌 기술기업 대표가 아이를 납치당하자마자 전뇌 마약에 취한 기사가 모는 버스에 치여 죽었어. 납치 사건을 직접 수사하는 건 무리라고 해도 마약 사건과 관련이 있을지 모르니 경찰도 구체적인 상황을 파악해야 해. 상황이 이러니 L테크 쪽 펜대들도 아예 모른 척할 순 없었는지 결국 경찰이 추천한 외부 인사라면 오케이라는 타협안이 나온 거야.

– 그게 나라고? 이번 수사에 강준기 사건의 탐정도 협력했으니, 경찰이 탐정 입을 막았다는 기사는 가짜다, 뭐 이런 물타기라도 하려는 모양이지? 받아먹는 놈 따로, 수습하는 놈 따로. 경찰 꼴 아주 잘 돌아간다.

– 뻔히 알면서 비꼬지 마. 아무튼 경찰이 뭐라도 공식 견해를 내놓으면, 여론은 일단 진정될 거야. 사람들이 그래도 경찰 말은 믿는 분위기니까. 적어도 위에서는 그렇게 생각해. 너 데려오라고 해산한 팀을 TF라고 긁어모은 거 보면 알잖아.

– 내가 뭘 하면 되는데? 납치범 잡기? 마약 찾기? 경찰 홍보대사?

– L테크 사람들한테 납치 관련 현재 상황만 조사하면 돼. 보통 몸값 전달에 실패하면 아이가 무사히 돌아올 거란 희망도 어느 정도는 내려놓는 게 일반적인데, 그들은 아이가 아직 살아 있을 거라 확신하고 있대. 김명진의 가족이나 L테크 쪽에서 범인에 대해 뭔가 알고 있다는 뜻이겠지. 그걸 알아내면 그들이 멋대로 폭주하지 않도록 막을 수 있을 거야. PMC 놈들은 고용주 말이면 서울 한복판에서도 총질할 녀석들이니… 아무튼 우리 일은 납치 사건이 마무리될 때까지 큰일 안 터지게 L테크를 지켜보는 거야. 마약은 어디까지나 보너스고. 마약 관련 단서가 나와도 마약수사대가 받아 갈 거니 신경 안 써도 돼.

– 사람 쓰다 팽개치는 건 여전하네.

– 부서별 업무 분담이라고 해주라.

그제야 피곤함에 찌든 전 동료들의 면면이 보였다. 이 녀석들이라고 내게 이런 말을 하는 게 속 편할 리가 없다. 유흥이라곤 싸구려 닭갈비에 소주나 마시는 게 다인 재미없는 사내들이 겨우 짜낸 설득 앞에서 삐딱하게만 굴 수 없었다. 나는 보안 회선을 끊고 목소리를 냈다.

"회사 돈 쓴다면서 여기서 보자고 할 때부터 알아채야 했는데."

"잘 끝나면 뒤풀이는 진짜 고깃집으로 갈 수도 있지."

"제수씨는 어때? 7개월 됐나?"

"엄마가 다 챙겨준다고 걱정할 거 하나 없대. 차라리 영원히 퇴근하지 말라더라."

"여전하네."

피식거리며 잔을 부딪쳤다. 문득 어떤 생각이 머리를 스쳤다. 나는 눈짓으로 TV 속 강준기를 가리켰다.

"그때 소윤이도 있었잖아. 소윤이 쪽도 이렇게 접촉한 거야?"

"몰라. 소윤 씨 1팀이었잖아. 거기서 알아서 했겠지."

"그걸 왜 우리한테 물어요. 형, 설마 그 뒤로 누나랑 연락 안 한 거?"

"그때 피드에서 같이 라면집 간 거 봤는데. 지독하다 진짜."

"시끄러워. 알아서 할 거니까 신경 꺼."

"와, 그렇게 안 봤는데 선배 쓰레기네."

물 만난 고기처럼 신난 녀석들의 수다에 나도 그만 입꼬리가 풀리고 말았다. 시끌벅적하게 술잔을 주고받던 중 얼굴이 벌게진 우혁이 목소리를 높였다.

"다행이라고 하면 좀 그런데, 저는 우리 식구들과 함께하게 돼서 좋거든요. 오랜만에 강동구 드림팀이 움직이는 거 아닙니까."

"제 발로 나간 놈이 말은, 교통과 일은 할 만해?"

"아휴, 말도 마요. 꽐라도 자동운전 켜고 조수석에서 자면 되는 세상이잖아요. 되레 차 막히게 왜 단속 같은 걸 하냐고 성질이라니까요. 요새 저 사건 때문에 반짝 바쁘지만, 사실 교통과는 경찰의 맹장 같은 거라고 생각해요. 여태껏 있었으니까 없애긴 뭐 하니 그냥 남아 있는 흔적 기관. 일이 없어 평소에 멍만 때리다가 정작 이렇게 큰 사고 나면 얼이나 타고 아무것도 못하는데 뭔 경찰이라고. 답답해서 진짜."

"우혁이가 일은 열심히 하지. 좀 나대긴 해도 파이팅이 있어."

"제 맘 아는 건 우리 팀밖에 없어요. 사실 그때 일만 아니었으면…."

킬킬거리던 우혁이 급하게 말을 삼켰다.

날 곁눈질하는 사람들의 시선이 가려웠다. 어떻게든 침묵을 깨고 싶었으나 무슨 말을 하면 좋을지 생각이 나지 않았다. 불편한 공기 속에서 톰이 손을 들었다.

"이모, 여기 밥 두 개만 볶아주세요."

*

11월 마지막 날의 밤공기는 싸늘했지만, 취기 때문인지 그리 춥게 느꺼지지 않았다. 담배를 피우는 지훈과 톰 옆에서 웹을 뒤적거리고 있는데 누가 쭈뼛거리며 다가왔다.

"저기, 경찰이시죠? 누가 제 차 앞에 차를 대놨는데 주차 브레이크를 걸어두고 전화해도 안 받아요. 어떻게 좀 해주세요."

"저희가 근무 중이 아니라서…."

"잠시만요!"

지훈이 어물거리는데, 화장실에 갔던 우혁이 뛰어왔다. 그는 가방에서 흡착판같이 생긴 도구를 꺼내 차 문에 대고서 이리저리 흔들었다. 곧 덜컹, 하는 소리와 함께 잠겨 있던 문이 열렸다. 메모를 남긴 뒤에 차까지 밀어주고 돌아온 우혁에게 지훈이 말했다.

"재주 좋다?"

"교통경찰 하는 일이 이건데요. 신고 들어오는 게 무인운전으로 돌아다니다가 어디 길 막은 차 밀어달란 거예요. 이런 건 딱지도 못 끊어서 괜히 근무자 부르기보다 이렇게 하는 게 나아요."

"민중의 지팡이 성능 확실하고."

"예예. 칭찬으로 듣겠습니다. 그…."

우혁이 뭔가를 말하려 했지만 나는 얼른 손을 내저으며 들어가라며 등을 떠밀었다. 고개를 꾸벅 숙이며 멀어지는 우혁의 뒷모습을 보고 있는데 톰이 말을 걸었다.

"재가 저래도 팀장님 생각을 많이 해요. 이번 기일에도 형수님 모시고 대전 갔다 왔다고 하더라고요. 그냥, 자기도 여러모로 맘이 안 좋은 거지."

"알아."

나는 바닥의 자갈을 툭 발로 찼다. 돌멩이는 바닥을 통통거리며 우혁이 사라진 어둠 속으로 사라졌다.

"그날 나랑 거기서 만났어."

*

경찰이 잡아둔 L테크와의 약속 시간은 오전 10시였다. 나는 김명진의 집으로 가기 위해 택시를 타고 양재천 너머 대모산 자락의 고급 주택가로 향했다. 다리만 지났을 뿐인데도 24시간 쉼 없이 괴롭히던 시청각 공해가 점차 드물어지더니 마을 앞에 내렸을 땐 간간이 들리는 새소리 말곤 사방이 고요했다. 60여 년 전 대표적인 빈민가였다는 이곳은 주변의 고층 아파트 단지와 비슷한 모습으로 재개발되었지만, 도심지와 가까우면서도 숲이 맞닿아 있다는 지리적 이점과 한계에 다다른 도시 중심부의 공해와 인구 밀집 문제가 겹쳐, 꾸준히 상류층을 위한 단독주택 단지로의 재개발을 요구받았다. 결국 티베트 전쟁이 기업들의 재산을 폭증시키면서 정부도 민간에 쏠린 과도한 부를 해소할 필요가 생겼고, 이곳을 포함해 서울의 외곽 지역 몇 곳은 60년 전의 재개발처럼 여러 번의 소동을 거쳐 지금의 모습에 이르게 되었다. 나는 시내에선 좀체 맡기 힘든 산 냄새를 맡으며 하얀 돌이 깔린 완만한 경사로를 걸어 올라갔다. 여기저기 덜컹거리는 고물차 대신 택시를 타고 오길 잘했다고 생각하며 전달받은 주소의 초인종을 누르자 묵직한 소리와 함께 문이 열렸다.

'이럴 거면 왜 경찰을 안 부른 거지?'

널찍한 안뜰에는 작전본부라고 할 수 있을 만큼 많은 용병이 북적이고 있었다. 큼지막한 발전기가 달린 트럭에선 외골격 슈트를 입은 병사들이 전선을 탯줄처럼 허리에 꽂은 채 슈트를 충전하고 있었고, 안테나가 돌아가는 통신 기계 주위엔 사이버 헬멧을 뒤집어쓴 병사들이 무서운 속도로 자판을 두들기고 있었다. 뜰을 거쳐 현관으로 가는 내내 뒤통수에 박히는 시선이 따가웠다. 왓슨이 참견했다.

[총기와 장비 모두 현재 정규군이 쓰고 있는 제식 장비보다 최신형이네요. 경찰에 신고하지 말라고 했다고 사설 군대를 부른 걸 납치범도 인정해줄까요?]

'알 바냐.'

안내받아 들어간 거실에는 김명진의 가족으로 보이는 여자와 남자아이, L테크에서 온 듯한 정장 차림의 사람들이 앉아 있었다. 정장을 입은 남자 한 명이 인사하며 명함을 건넸다. 'L테크 상무 심 에드송'이란 글자가 홀로그램 명함에서 반짝였다.

"오시느라 고생하셨습니다. 자료를 준비했으니 보면서 설명을 들으시죠."

내부적으로 어느 정도 정리가 되었는지 경찰을 극도로 경계한다는 말과 다르게 심 상무의 설명은 간결하면서도 거침이 없었다. 26일 오후 5시, 강남의 필라테스 교습소에서 수업을 받은 김이연은 가족 운전기사 관주원이 모는 세단을 타고 귀가해야 했으나 세단은 경로를 이탈해 과천의 교외로 사라졌다. 이후 밤 10시에 L테크 사무실로 금속 가방과 스마트폰이 배달되었고 스마트폰에는 범인이 보낸 메시지와 아이의 사진이 들어 있었다.

'신고하거나 지시를 어길 경우 인질은 죽는다. 가방에 금 10킬로그램을 넣어 내일 아침 8시, 테헤란로 버스 정류장에서 양재행 S50번 버스를 탈 것.'

"사진을 볼 수 있을까요?"

설명을 듣는 사이 누군가 내온 차를 마시며 사진을 살폈다. 아이는 휜링거 수액을 맞으며 담요를 덮은 채 편히 눈을 감고 누워 있었다. 조명이 약한 곳에서 찍었는지 어두침침해 잘 보이진 않았지만, 승합차 내부였다. 승합차 의자를 떼어내고 간이침대를 넣은 것 같았다. 왓슨이 수액 패키지에 쓰여 있는 내용을 검색해 알려줬다.

[TPN, 완전 비경구 영양으로 음식을 먹지 못하는 환자에게 투여하는 고농도의 영양제입니다. 한 팩에 23만 원인 고급품이네요.]

"확실히, 아이는 무사할 수 있겠네요."

심 상무가 고개를 끄덕였다.

"현직자에게 물어보니 차량 개조부터 물품 준비에만 최소 수백은 들었을 거라고 합니다. 운전기사가 원래 한 패인지는 모르겠지만 매수했다면 얼마를 썼는지 추측할 수도 없죠. 납치를 위해서 이렇게 수고를 들였다면 순순히 지시를 따르고 있는 우리에게 몸값을 받아가지 않을 리가 없습니다."

"하지만 이상한데요. 정성껏 준비한 것에 비해 범인의 지시가 너무 얼렁뚱땅이지 않습니까? 우선 협박 메시지를 보낸 시간이 너무 늦습니다. 밤 10시에 대뜸 10킬로그램이나 되는 금을 다음 날 아침까지 준비하라니요. 아무리 돈이 많아도 정작 금 거래소가 문을 열지 않으면 소용이 없지 않습니까. 또 아침 8시는 출근하는 사람들로 가장 붐비는 시간입니다. 차가 밀리는 건 기본에 발 디딜 틈조차 없어 버스를 그냥 보내야 하는 경우도 허다하죠. 한마디로 범인은 김명진 씨에게 현실적으로 따르기 어려운 지시를 했습니다."

심 상무가 인상을 썼다.

"무슨 말을 하고 싶은 겁니까?"

"역시 범인은 처음부터 김명진 씨를 해칠 생각으로 이런 지시를 내린 게 아닐까 합니다. 다급한 피해자에게 계속해서 무리한 지시를 해서 방심하도록 만든 거죠. 현재 시세로 순금 10킬로그램이라면 20억이 좀 안 된다고 알고 있습니다. 하지만 첨단 기술로 주목받는 기업의 대표가 살해당했다는 사실이 알려지면 주식 시장에선 얼마나 되는 현금이 움직일까요? CCTV는 물론이고 드론이 깔린 서울에서 직접 몸값을 받는 것보다 안전하고 금괴 한 상자보다 훨씬 큰 이익을 얻을 수 있겠죠."

"말도 안 됩니다. 금 얘기를 하시는데 L테크는 첨단 전자부품 기업입니다. 정밀한 전자 기기엔 순도 높은 금이 들어가기 때문에 판교에 있는 연구소에는 대량의 금이 있습니다. 연구용 금은 판 형태로 규격화되어 현금화가 쉽고 은행 금괴처럼 일련번호도 없으니까요.

게다가 탐정님도 아드님이 살아 있을 것 같다고 하시지 않았습니까?

단순히 대표님을 해칠 목적이었다면 납치 자체에 힘을 쓸 이유가 없습니다. 살려둘 필요가 없는 아이한테 누가 저렇게 돈을 쓸까요. 게다가 그 목적이라면 경찰 눈에 띄지 않을 방법을 쓰지, 이런 대형 사고를 칠 리가 없지 않습니까. 경찰 대리인으로서 뭐라도 성과를 내고 싶은 건 알겠는데 그런 억지 추측으로 두 사건을 엮어 끼어들려 하진 마십시오."

"성과가 아니라 또 다른 테러가 일어날까, 걱정하는 겁니다. 두 사건은 분명 연관되어 있어요."

"버스 사고와 납치는 관련 없습니다. 경찰에게 그렇게 전달해주세요."

"밖에 있는 저 사람들은 뭡니까? 단순히 몸값만 주면 된다면서 왜 군대를 부른 건가요?"

"사내 보안을 위해 원래 계약 중인 업체입니다. 이 사건 때문에 이쪽으로 인원이 좀 더 투입된 것뿐이죠. 더 이상의 대화는 필요 없을 것 같네요. 만나서 즐거웠습니다."

호출을 받았는지 용병 두 명이 들어와 내 곁에 섰다. 총은 들지 않았지만 둘 다 산만 한 덩치가 주는 위압감만으로도 오줌을 지릴 것 같았다. 아니, 이건 오줌이 아니라 뭔가 묵직한 느낌… 배에서 위험한 소리가 났다.

"알겠습니다. 그전에 화장실 좀 가도 될까요?"

"따라오세요."

구석에 있던 남자애가 일어섰다. 그러고 보니 차 맛이 진했지. 한바탕 폭풍이 지나간 후 씻은 손을 옷에 문지르며 문을 여니 범인이 기다리고 있었다.

"과민성 대장 때문에 장기 임플란트도 고민하는 사람한테 설사약은 너무하다 싶은데."

"죄송합니다."

차를 가져다준 남자애가 고개를 숙였다. 남자애라곤 했지만, 스무 살이 될락 말락 할까. 차분한 단색의 실내 장식과 어울리지 않는 청바지와 요란한 점퍼에서 그 나이대 특유의 건들거림과 불안함이 느껴졌다.

"도움을 청할 사람이 탐정님밖에 없어요. 저 사람들은 동생을 죽일 거예요. 구해주세요."

재벌집 막장드라마에 끼어들 생각은 없는데, 듣고 그냥 넘길 순 없는 말이었다.

"무슨 일인지 들을 수 있을까?"

"유산 때문이에요. 아버지는 저 여자를 믿지 않았어요. 아버지 유언장에는 유산의 대부분이 이연이에게 간다고 했는데 다만…."

그때였다. 거실 쪽에서 사람들의 다급한 발소리가 들렸다. 고함을 따라 현관으로 나가니 병사들이 양팔을 든 남자에게 일제히 총을 겨누고 있었다. 남자애가 외쳤다.

"관 기사님!"

퀭한 얼굴의 운전기사는 흙바닥에서 몇 바퀴는 구른 듯 꾀죄죄한 모습으로 식은땀을 흘리고 있었다. 입고 있는 검은 양복 재킷은 먼지투성이에다 어깨가 찢어졌고, 누런 셔츠에는 곳곳에 피가 묻어 있었다.

"배, 배가 너무 고파요…."

병사 한 명이 관 기사의 몸을 더듬어 소지품을 검사했다. 병사가 안주머니에서 스마트폰을 꺼냈다. 전뇌 임플란트가 상용화되면서 이제 쓰는 사람도 거의 없는 구시대의 물건. 몇 주 전 전뇌 통신 임플란트 사용을 거부하던 강준기의 유품으로 처음 본 뒤 두 번째로 보는 것이었다. 자꾸 범죄 현장에 나타나는 저 물건이 점점 싫어지기 시작했다.

"다 제 잘못입니다. 죄송합니다…. 그런데 제발 물 한 모금만 주세요…."

휘청거리는 관 기사를 거실로 데려와 앉혔다. 가져다준 빵을 두 손에 움켜쥔 기사는 볼이 터지게 입에 쑤셔 넣었다.

"아이를 어디로 데려갔습니까?"

빵을 씹던 관 기사의 입이 멈췄다. 불안한 눈이 주변 사람들을 훑었다.

"죄송합니다…. 기억이 안 나요."

"왜 데려갔습니까? 누가 시킨 겁니까?"

"죄, 죄송합니다. 기억이 지워진 것처럼 드문드문해서… 기억나는 건… 그날 도련님을 차에 태우는데 갑자기 누가 쫓아오고 있다는 생각이 들었어요. 머릿속에 빨리 어디로 데려가야 한다는 생각에 급하게 차를 몰긴 했는데 어디인지는 도무지 기억이 안 납니다. 눈앞이 깜깜해지더니…, 눈을 뜨니 이 마을 앞이었습니다…."

머리를 스치는 생각이 있었다.

"전뇌 마약을 썼습니까?"

"그, 그게…"

관 기사가 손을 떨며 심 상무의 눈치를 봤다. 상무가 한숨을 쉬었다.

"이분은 경찰 대리인입니다. 일단 솔직하게 말씀하세요."

"몇 번 썼습니다. 그래도 이런 적은 한 번도 없었는데…."

"중요한 건 아이가 무사한지입니다. 더 기억나는 건 없습니까?"

"생각하려 할수록 머리가 아파요. 누가 머리를 헤집어놓은 것처럼…."

심 상무가 기사의 머리를 홱 젖혔다. 귀 뒤로 뒤통수까지 난폭하게 꿰맨 자국이 이어져 있었다.

"역시, 전뇌를 직접 열고 건드렸습니다. 아무리 디지털화되었다 해도 사람의 기억이란 건 단순히 프로그램을 건드린다고 사라지는 게 아닙니다. 기억장치를 물리적으로 망가뜨린 거죠."

일류 전뇌 부품 기업의 상무라는 직책이 헛것은 아닌지 능숙하게 관 기사의 전뇌 소켓에 이것저것 선을 연결하더니 부하 직원들과 함께 화면을 두들기며 코드를 확인했다.

"ERS 코드 쪽은 어때? 기억뿐만이 아니라 며칠간의 위치 정보에 임플란트 작동 기록까지 전부 사라졌어. 블랙아이즈 기록은…."

"범인은 L테크에 대한 정보뿐만 아니라 전뇌에 대해서도 잘 알고 있는 사람 같네요."

괜한 말을 했다 싶었는지 심 상무가 혀를 찼다. 경호원이 관 기사의 주머니에 들어 있던 스마트폰을 가져왔다.

"검사 결과 위험한 부분은 없었습니다. 다만 이런 게…."

화면에는 짧은 메시지가 떠 있었다.

'내일 오후 5시, 운전기사가 몸값을 가지고 대치동 버스 정류장에서 양재행 N70번 버스를 탈 것.'

사진도 함께 들어 있었다. 아이는 머리가 헝클어졌고 옷이 조금 구겨졌지만 처음 사진에서 본 그대로 하얀 팔에 주삿바늘을 꽂은 채 얌전히 누워 있었다. 담요 밑으로 삐져나온 맨다리가 유난히 창백해 보였다. 사진을 보는 어머니의 몸이 떨렸다.

"마약은 언제 어떻게 얻었습니까?"

"그게…."

머뭇거리는 기사를 심 상무가 가로막았다.

"여기까지입니다. 탐정님, 관주원 씨는 내일을 위해 클리닉에서 점검을 받고 안정을 취해야 합니다. 이제 정말 돌아가 주십시오."

경호원이 현관문을 열고서 나를 쏘아보았다. 집을 나와 큰길로 향하는 내 앞을 누군가 막아섰다. 아까 그 남자애였다.

"제 얘기 안 끝났어요. 동생을 저 사람들한테서 구해야 한다고요."

"저기서 내가 뭘 더 하겠어? 네 말은 참고하겠지만 나는 내가 할 수 있는 일을 해야지."

"저도 돕게 해줘요."

"뭘 할 수 있는데?"

"시키는 거 다요."

"말 되게 쉽게 하네. 근데 조수는 이미 있는걸."

"알아요. 경찰이나 탐정 다 '왓슨' 쓴다면서요. 근데 인공지능이 못하는 것도 있을 거 아니에요?"

지구 끝까지라도 따라올 기세다. 나는 머리를 헤집었다. 이 불청객을 어떡하면 좋지? 아니, 어쩌면….

"점심으로 햄버거 어때? 인공육이긴 하지만."

*

"사고가 나자마자 집안사람들끼리 유산 싸움이라…, 부자도 할 게 못 되는구먼."

지훈이 시큰둥한 표정으로 햄버거 포장지를 구겼다. 예정에 없던 동행을 급하게 뽑은 조수라고 둘러댔을 때도 똑같은 표정으로 끄덕였을 뿐 관심 없어 보였다. 톰이 화면에 띄운 프로필을 빨대로 가리키며 말했다.

"L테크 대표 김명진, 52세, 이혼 후 재혼했구나. 첫 번째 아내가 신 엘레나, 45세. 시애틀 출신 피아니스트인데 이혼한 뒤 미국으로 돌아갔고 아들도 엄마를 따라갔대요. 김태연, 18세. 나가 산 지 꽤 됐나, 두 사람 다 최근 사진이 없어요. 두 번째 아내는 32세네요. 유시은. 그리고 문제의 막내아들이 11세 김이연. 이거 딱 보니까 남자가 바람이네. 몰래 만나던 여친한테 애가 생기니까 이혼한 거 아녜요?"

거침없는 말에 나도 모르게 '조수'의 눈치를 살폈지만, 그는 무표정하게 소스 범벅인 싸구려 햄버거만 씹고 있었다. 지훈이 말했다.

"남의 가정사야 알 거 없고. 그 '익명의 제보'가 사실이라면 그쪽 사람들이 할 일은 그냥 범인의 요구를 무시하면 되는 거 아닌가? 아이가 죽길 바란다면 굳이 납치범한테 금을 줄 필요가 없잖아."

나는 고개를 저었다.

"김명진은 업계의 거물이야. 나중에 보도자료용 가짜 시나리오를 쓰더라도 가족과 L테크는 아이가 살아 있는 한 뭐라도 해야 해. 운전기사까지 전뇌 마약을 썼다고 하니 납치 사건이 27일의 버스 테러와 관련돼 있다는 건 확실하다고 해도 좋을 거야. L테크도 말로만 부정하지, 준비한 PMC 병력 규모로 볼 때 납치범과 전뇌 마약을 연결하고 있었던 것 같아. 내일 적당한 상황만 생기면 테러를 막는다는 명분으로 거리낌 없이 무기를 쓰겠지. 그러다 아이까지 휘말려 희생되길 노리는 거고. PMC의 지나친 화력도 그걸 위한 게 아닐까. 엿 같은 생각이긴 하지만."

톰이 두 번째 햄버거를 우물거리며 말했다.

"사진을 보면 꼭 납치된 애가 아닌 거 같아요. 그냥 잠깐 몸살 나서 누워 자는 모습이잖아요. 처음 사진도 그렇고 며칠이 지난 오늘도 울었다거나 몸부림을 친 듯한 흔적이 없는걸요."

"영양제와 함께 맞는 주사액에 잠들게 하는 약이 섞여 있을 거야. 기운이 넘치는 나이의 남자애를 계속 차에 태우고 있으려면 재워두는 편이 쉬우니까. 계속 옆에 붙어 있지 않아도 되고. 뭔가는 먹여야 하니 영양제를 맞히는 거지. 굳이 고급 영양제를 쓰는 이유는 잘 모르겠지만."

지훈의 설명에도 톰은 고개를 갸웃거렸다.

"저 약 하루치로 햄버거를 사면 우리 배 다 터질걸요. 이런 말은 그렇지만 납치했으면 애를 굶기고 막 우는 모습을 찍어 보내야 하는 거 아니에요? 지금 상황만 들어보면 오히려 납치범이 기업으로부터 아이를 보호하고 있는 거 같아요. 그러면 몸값 받으려고 납치한 애한테 돈을 펑펑 쓰고 있는 이유도 설명되잖아요."

지훈이 인상을 썼다.

"빡통아. 앞뒤가 틀렸잖아. 사장이 죽었기 때문에 아이가 기업에 노려지는 거야. 애초에 납치범이 아니었으면 김명진이 버스에 치일 일도 없었고."

"빡통이 아니고, 박 토마스입니다. 선배님. 우리 아버지가 지어주신 이름을 그렇게 막 부르면 안 되죠."

"얘는 꼭 나한테만 부모님 끌어들이더라. 술자리에 여자 끼어 있으면 웃겨보겠다고 지가 먼저 빡통이라 하면서."

"중요한 얘기 중에 자꾸 새지 좀 마요."

산만해지려는 분위기를 우혁이 바로잡았다.

"구식 스마트폰을 쓴다는 것부터 추적을 피할 대비를 했다는 거니 큰 기대는 할 수 없지만 일단 메시지를 보낸 위치는 나왔어요. 11월 26일은 역삼동, 오늘인 12월 1일은 삼성동이에요."

"운전기사는 아이를 데리고 과천 교외로 빠졌다는데, 아이도 서울로 돌아와 있는 걸까?"

"사진 속 차의 창문 모양이나 내장 마감을 보면 80년대에 나온 스타로드로 추정되거든요. 근데 26일 밤, 과천에서 사당, 서초, 양재로 들어오는 도로의 CCTV에 찍힌 스타로드 중에 번호판 조회가 안 된다거나 차주가 수상한 사람이라거나 하는 경우는 아직 없었어요. 계속 확인하고 있긴 한데 서울로 들어오는 모든 길에 CCTV가 있는 건 아니라서 얼마든지 감시를 피해 들어올 순 있긴 해요."

우혁이 펼친 지도에 도로별로 확인된 승합차들의 사진이 표시되었다.

"운전기사 쪽은 어때? 데이터를 살릴 방법은 아예 없대?"

"아는 바이오 엔지니어한테 물어봤는데, 확실한 건 클리닉에서 정밀 진단을 받아봐야 알 수 있다고 하더라. 근데 당장 내일 몸값을 보내야 해서 그럴 시간은 없을 것 같아. 점검이라고 해도 고작 마약을 지우고 무결성 검사나 하는 정도겠지. 버스 기사한테선 뭐 좀 나왔어?"

"아 그거."

지훈이 화면 몇 개를 띄웠다. 프로그램 코드와 데이터 칩을 찍은 사진이었다.

"마약이라고는 하는데, 좀 이상한 물건이야. 쾌락 신경을 건드리는 건 중범죄니까 당연히 그걸 뚫기 위한 코드는 빡빡한데, 그걸 심은 기본 앱이 허접한 어린이 교육용 소프트야."

"어린이 교육?"

"그 왜, 나갔다 와서 손 씻기, 편식하지 않기, 그런 걸 하면 칭찬 도장을 찍어서 부모님 보여주는 거 있잖아. 그걸 뒤틀어서 차선 무단 변경, 과속, 신호 위반 등등 프로그램이 지시하는 약간의 일탈을 하면 쾌락 신경에 전기가 꽂히도록 만들어놨어."

코드 맨 위에 적힌 마약의 이름이 눈에 띄었다.

'for riders.'

"포 라이더스? 운전기사용이라니, 이름까지 허접하네."

"더 어이없는 건 그렇게 시키는 대로 했을 때 발생하는 쾌락 수치야. 이전에 전뇌 마약이라고 나온 것들이 200에서 250 정도의 자극을 줬다면 이건 고작 15야."

"담배 정도밖에 안 되잖아."

"그래서 기사들도 안심하고 쓴 거지. 그러다 순식간에 정신을 빼앗긴 거고, 버스 기사는 사고 당시 순간적으로 버스에 폭탄이 실려 있다는 망상에 빠졌다고 해. 핸들을 꺾어 정류장 사람들을 희생하지 않으면 쉰 명 넘게 탄 버스에 폭탄이 터진다는 생각으로 머릿속이 가득 차버렸다고 하던데. 기사로서는 나름 비장한 결심이었겠지만, 그 결과는 뭐…."

"어디서 구했대?"

"동료가 권했다고 해. 불법 앱이 그렇듯 웹이 아니라 직접 칩으로 주고받았다더라. 아는 사람이 권하니 의심하지 않고 받아 쓴 거겠지."

"출처도 모르는 칩을 머리에 막 꽂아 쓰다니 정신이 나간 거죠. 운전기사의 말을 들어보면 그 사람이 쓴 마약도 포 라이더스인 것 같은데, 그렇다면 27일 버스 테러는 김명진을 노린 짓이 맞겠죠?"

"그래서 말인데요."

우혁이 목소리를 낮췄다.

"저는 그날 범인이 현장에 있었을 거라고 봐요. 범인은 김명진을 죽이기 위해 모든 판을 짰어요. 그런데 어렵다곤 해도 재생 치료로 다 죽은 사람도 살리는 시대에 그렇게 덮어놓고 대충 치면 죽겠지, 하면서 일을 저질렀겠어요? 사고를 낸 버스는 거의 시속 100킬로미터에 가까웠다고요. 아무리 전용차로라도 그렇게 가속하려면 도로가 직선으로 500미터 이상은 막힘없이 비어 있어야 해요. 표적의 위치며 급발진시킬 버스나 도로 상황 등 조건이 완벽하게 맞아야 한다는 거죠. 범인이 오전 8시를 지시한 건 행인인 척 사람들 사이에 끼어서 그런 타이밍을 잡기 위해서가 아니었을까요?"

"그게 뭐 어떻다는 거야?"

"그날 현장에 있었던 사람을 앞에 두고 무슨 말이에요. 이걸 보세요. 아, 사고 현장 그런 건 없으니까 걱정 마시고."

우혁이 펼친 화면에는 사고 현장을 보고 경악하는 사람들 사이로 빨간 오토바이와 그 위에 걸터앉은 사람이 있었다. 얼굴을 완전히 가린 풀 페이스 헬멧부터 라이더용 재킷까지, 오토바이와 같은 피처럼 빨간색이다. 개성이 목숨보다 귀하다는 요즘이지만 과하게 튀는 패션. 신경 쓰이는 점은 등에 멘 일본도였는데, 코스프레용 장난감이라고 보기엔 묘하게 손때를 탄 게 불길한 느낌이 들었다.

"그날 제 블랙아이즈를 싹싹 뒤져서 찾은 거예요."

"너 이거 보고는 했어?"

지훈이 인상을 쓰며 우혁에게 물었다.

"아니, 형. 저도 어젯밤에 이것저것 생각하다가 혹시나 해서 찾아본 거예요. 12년 만에 일어난 대형 교통사고잖아요. 이런 사고를 친 또라이라면 타이밍 때문이 아니더라도 자기가 저지른 짓을 직접 보고 싶어하지 않겠어요?"

"뭐야, 증거도 없이 그냥 이상하단 거잖아."

엑스트라 사이즈 탄산음료를 볼이 움푹 패게 빨아 먹던 톰이 요란하게 트림을 했다. 주먹을 휘두르는 지훈과 이런 일에는 익숙하다는 듯 덩치에 안 맞게 촐싹거리며 주먹을 피하는 톰 사이에 한바탕 실랑이가 벌어졌다. 아무리 조수라고 했지만 처음 만난 애한테 이런 모습을 보여줘도 되나 싶을 즈음 톰이 갑자기 손뼉을 쳤다.

"아! 그런데 그 애, 생리현상은 어떻게 해결하죠?"

"뭔 소리야?"

"화장실이요. 밥을 안 먹고 영양제만 맞는다곤 하지만 몸에 물이 계속 들어가는데 화장실을 아예 안 갈 순 없잖아요. 하루에 몇 번씩 기저귀를 갈아줄 게 아니라면 하루에 한 번 이상은 볼일을 보러 일어나야 해요. 화장실이야 페트병 같은 걸 넣어준다 해도, 중요한 건 애가 24시간 내내 계속 자진 않는다는 거예요. 그러면 애는 왜 그때 전뇌 통신으로 구조 요청을 보내지 않았을까요? 사진을 보면 운전기사처럼 머리를 짼 거 같진 않던데."

"그 애는 임플란트가 없어요."

모두의 시선이 태연에게 향했다. 흠칫 놀란 그가 날 바라봤다.

"그, 아까 그 집에서 가족들이 그랬어요. 탐정님도 들으셨죠?"

"어, 어. 들었던 거 같네. 깜박하고 있었어."

"요새 찐 부잣집 애들은 인공 신체 안 쓴다더니 진짜가 보네."

"다들 쓰니까 오히려 안 쓰는 게 특별해 보여서 그런 걸까요. 전뇌 안 써도 시중들어주는 사람도 있고."

"그래서 말인데."

지훈이 팔짱을 끼고 태연을 지그시 쳐다보았다.

"우리 조수님께서는 사건이 일어난 이유가 뭐라고 생각하나?"

"네?"

"아무래도 우리 탐정님보다 조수님이 그 집안 사정을 잘 아는 거 같아서. 그래서 일부러 보안 회선도 쓰지 않고 우리 얘기를 다 들려줬잖아. 유산 때문이라고? 열한 살짜리 애가 유산을 받아봐야 엄마랑 같이 살 텐데 뭐 하러 L테크 사람들까지 나서서 죽이려고 하겠나? 아무리 생각해도 앞뒤가 안 맞는 점이 너무 많아. 난 그 이유가 돌아가신 L테크 사장 가족이 숨기고 있는 비밀에 있다고 보거든. 사람들이 이렇게까지 그 애를 노리는 이유를 정확히 알아야 경찰 아저씨들도 도와주지."

지훈이 녀석은 부드럽게 말하는 법을 모른다. 아무리 내가 판 함정이지만 태연 쪽을 보기가 괜히 민망했다. 머뭇거리던 태연이 깊게 한숨을 쉬었다.

“그 애 형이 아버지를 싫어했기 때문이에요.”

그는 고개를 푹 숙인 채 이야기를 시작했다.

“김명진은 항상 아들한테 기업을 이어야 한다고 했는데, 아들은 아버지의 일을 싫어했거든요. 김명진은 아들이 엄마를 닮아서 자기 말을 안 듣는 거라고 했어요. 곧 어떤 여자가 아기를 안고 집에 들어왔죠. 김명진은 그 자리에서 기업을 포함한 모든 재산을 아기에게 물려줄 거라는 유언장까지 썼어요. 형은 엄마를 따라 미국으로 떠났지만, 종종 몰래 동생에게 찾아와 다정한 형을 연기했어요. 동생을 꼬드겨 아버지를 배신하게 하려고요. 김명진과 여자는 집에 없을 때가 많았고, 운전기사나 가정부야 안면이 있으니 드나드는 건 쉬웠죠.

아이는 아버지의 완벽한 통제 속에 사육당하고 있었어요. 이런 정크푸드는 물론 공장에서 나온 먹을거리는 그 집에 들어갈 수조차 없어요. 아무 맛도 안 나는 사료 같은 유기농 샐러드가 그 애의 식사였죠. 학교도 안 갔어요. 무균실 같은 집에서 나올 때는 오직 필라테스니 바이올린이니 하는 개인교습소에 갈 때뿐이었죠. 그래서 어느 날 형은 동생을 빼돌려 학원을 땡땡이치고 시끄럽고 정신없는 게임 센터에 데려갔어요. 자극적인 맛이 나는 인공육 햄버거랑 탄산음료도 사주었죠. 그러면서 기업 같은 건 하지 말고 형이랑 여행을 다니자고 했어요.

물론 형에게 그럴 마음은 없었어요. 그저 아버지의 계획을 망치기 위해 외로운 동생을 유혹하려고 입에 발린 말을 한 것뿐이었죠. 형의 속내도 모르고 동생은 형을 좋다고 해줬어요. 결국 동생의 일탈을 알게 된 김명진은 딴마음을 먹을지도 모른다는 생각에, 동생이 기업을 잇지 않는다면 전재산을 사회에 기부한다는 말을 유언장에 추가했어요. 지금 그 여자와 L테크 사람들은 정말로 동생이 형을 따라가 기업 경영권이 외부로 넘어갈지도 모른다고 생각하고 있는 거예요. 나쁜 형이 동생을 위험에 빠트린 거죠.”

지훈이 하품을 했다.

"감성적인 기억에 자기 치부까지 섞다니 거짓말 기술이 좋네. 유언장? 하, L테크 정도 되는 기업이 그렇게 주먹구구식으로 돌아갈 리가 있나. 더 들어봐야 어차피 거짓말일 테니 관두자. 내일이 되면 뭔가 더 알 수 있게 되겠지. 내일 계획은 어떻게 되나?"

"운전기사와 PMC는 오후 4시부터 근처 공영주차장에서 대기하다가 오후 5시에 대치동 정류장에서 양재행 버스를 탈 거야. 아이를 태운 승합차가 근처를 돌아다닐 수 있으니 우혁이는 교통과에 지원 요청하고 주변 주요 길목에서 적당한 핑계로 검문을 해줘. 지훈이랑 톰은 차에서 대기. 지원이 필요할지도 몰라. 나는 운전기사를 따라갈 거야."

"작전 한번 심플하네요. PMC가 우리한테 총만 안 쏘면 좋겠는데."

우혁이 식탁 위 쓰레기를 모았다. 톰이 목을 뚜둑거리며 기지개를 켰다.

*

"제가 그렇게 수상해요?"

성큼성큼 앞을 걷던 태연이 멈췄다.

"그럴 만도 하죠. 몇 년을 나가 살다가 아버지가 돌아가시자마자 경찰한테 남이나 다름없는 동생을 구해달라니…. 유산에 미쳐 있다고 생각하는 게 당연하겠죠."

"확실한 증거가 없다면 일단 의심하는 게 탐정의 일이라서."

태연이 고개를 숙였다.

"솔직하지 못한 건 저도 마찬가지였으니 할 말은 없네요. 귀찮게 해서 죄송합니다."

"근데 난 서로 솔직하지 못한 거 마음에 들거든."

"네?"

"서로 켕기는 게 있지만 도움이 될 것 같으니 속이고 있는 거잖아. 기왕 이용할 거, 공평하게 제대로 해보자고. 품앗이처럼."

"품앗이가 뭔데요?"

"그런 게 있어. 근데 있는 집 아들은 용돈을 얼마쯤 받나? 준비할 게 좀 있는데."

태연이 전자 지갑에 든 카드를 보여주었다. 흑요석에 박힌 금빛 연꽃무늬 장식. 드라마에서나 본 한도 무제한의 블랙 카드다.

"혹시 모르니 엄마가 필요하면 쓰라고 했어요."

"어머니가 생각이 깊으시네. 일단 옷부터 사러 가볼까."

나는 태연의 화려한 옷차림을 가리켰다.

"그렇게 입고서 내 조수라고 하다니, 아무도 안 속는 게 당연하지."

*

오후 4시, 학여울역 옆 은마주차장에 PMC의 SUV 두 대가 자리를 잡았다. 오래된 아파트 단지였던 이곳은 전쟁 이후 쌓인 돈을 돌릴 초대형 랜드마크가 들어설 예정이었지만 첫 삽을 뜨기 직전 전쟁 배상금 문제가 터지는 바람에 기업과 정부가 손을 떼며 나대지 주차장으로 남고 말았다. 경차부터 대형 트럭까지 차량 수천 대를 수용할 수 있는 넓은 공터를 욕심 부리다 배 터진 기업들의 비석 없는 무덤이라 비웃는 목소리도 있었지만, 붓다가 와도 해결 못할 거라던 서울의 주차 문제를 어느 정도 해소했다는 점에서 주차장으로 남은 게 차라리 다행이라고 말하는 사람도 많았다. 한창 바쁜 업무 시간대라 빈 차들만 빼곡한 주차장에서 PMC 병사들이 늘어놓은 무기와 장비를 바쁘게 점검하는 모습을 보고 지훈이 콧방귀를 뀌었다.

"무슨 전쟁 났냐."

보고용 사진을 찍어온 톰이 툴툴댔다.

"세상에 이런 특수부대가 없어요. 경찰이라고 해도 반말을 찍찍거리면서 장비를 가려대는데…."

주차장 한편에 옹기종기 모여 있는 우리에게 심 상무가 다가왔다. 정장 위에 방탄조끼를 입은 모습이 전쟁터에 출장 온 회사원 같다.

"정보 공개는 이만하면 됐지요? 어디까지나 관 기사가 전뇌 마약을 썼기 때문에 협조하는 거니 지나치게 개입해서 일을 망치지 말았으면 좋겠습니다. 검문소는 어디에 설치했습니까?"

우혁이 말했다.

"역삼역, 삼성역, 강남역 사거리 근처에서 수면 운전자 단속 팻말을 걸어놓고 수상한 차량이 있는지 감시할 겁니다. 특이 사항 발생 시 바로 알려드리겠습니다."

"저희 쪽 SUV 차량 번호는 확인하셨죠? 만약 급한 일이 생기거나 하면 신호등을 제어해서 차를 통과시켜주세요."

"사고 위험이 있어서 그런 건 안 됩니다."

지훈의 말에 심 상무가 한숨을 쉬었다. 지훈은 인상을 쓰지 않으려 안간힘을 쓰며 말했다.

"대신 경찰 쪽 상황을 파악할 수 있게 단체 대화방에 초대해드리겠습니다. 서로 의견을 주고받으며 도우면 좋을 겁니다."

"저희 쪽 인력은 충분하니 그냥 방해만 안 하면 됩니다."

돌아가는 심 상무를 보며 톰이 어깨를 으쓱했다. 마침 관 기사의 차가 주차장으로 들어오는 게 보여 그에게 가서 인사를 했다. 운전기사는 어제보단 혈색이 돌아왔으나 여전히 수척해 보였다.

"괜찮으신가요?"

"아, 예. 좋습니다."

"저번과는 다를 겁니다. 경찰도 상황을 지켜보고 있고, 저도 따라가며 만일의 사태에 대비할 거예요."

"다, 다행이네요. 붓다가 지켜주시겠죠."

"나무아미타불. 상처는 어떠세요?"

"클리닉에서 일단 실리콘으로 덮었어요. 기억 장치는 이번 일만 끝나면 회사에서 고쳐준다네요."

나는 관 기사가 탄 차를 슬쩍 훑어봤다. 명색이 중견 기업 대표의 운전 기사인데, 뭔가 내 고물차랑 비슷했다. 시선을 눈치챈 기사가 어색하게 웃었다.

"애초에 중고로 산 거라… 좀 헐었죠…."

"아, 그게 아니라…."

멀리서 우혁이 뛰어왔다. 파란 싸이카 슈트에 매달린 수갑이며 호각이 짤랑거렸다.

"형, 저는 이제 검문소로 가볼게요."

"어, 조심하고."

싸이카에 올라 주차장을 빠져나가는 우혁을 보는데 관 기사가 말을 걸었다.

"저기, 어제는 정신이 없어 말씀 못 드렸는데, 그러고 보니 희미하게 기억나는 게 있어요."

"네?"

"상무님한테도 얘기한 건데요. 제가 도련님을 납치했을 때 말이에요. 뭔가 어두운 곳으로 들어갔던 것 같은데, 거기서 빨간, 아주 새빨간 무언가를 봤던 것 같아요. 기억이 온통 흐리멍덩해서 뭔지는 모르겠는데, 그 빨간색만은 기억이 나요. 그리고…."

관 기사가 우혁이 사라진 쪽을 바라보며 침을 삼켰다.

"저런 오토바이 소리를 들었어요."

그때 관 기사의 가슴팍에서 벨이 울렸다. 스마트폰을 꺼내든 관 기사가 헉 소리를 냈다.

'계획 변경. 강남역에서 16시 28분에 출발하는 신설동행 열차를 탈 것.'

*

'시간은 충분해.'

[현재 교통 상황을 계산했을 때 역 입구까지 약 15분이 소요될 것으로 예상됩니다.]

얼마 전 아무 생각 없이 차를 몰고 나왔다가 주차장이 된 도로에 갇힌 일을 경험 삼아 준비한 스쿠터를 타고 관 기사의 차를 따랐다. 내 뒤로는 PMC의 SUV가 바짝 붙었다.

- 톰: 갑자기 말을 바꾼 이유가 뭘까요?

- 나: 경찰이나 PMC를 교란하려는 거겠지. 예상 못한 일은 아니야.

- 우혁: 강남역 쪽 검문소는 옮기지 않아도 될까요?

- 지훈: 지금 철수하면 오히려 눈에 띌 거야. 태연하게 그냥 있어.

슬슬 가까워지는 퇴근 시간만큼 막히기 시작하는 도곡동을 지날 때였다. 멀리서부터 들리기 시작한 날카로운 엔진 소리가 빠르게 가까워지더니 내 옆을 스쳤다. 머리부터 발끝까지 눈을 찌르는 강렬한 빨간색. 우혁이 보여줬던 그놈이었다. 빨간 오토바이가 차량 사이를 곡예하듯 아슬아슬하게 지나치자 자율주행으로 얌전히 달리던 차들이 불안하게 휘청거리기 시작했다. 겁먹은 누군가가 브레이크를 밟자 다급한 경적과 함께 차들이 연달아 추돌했다.

"미친 새끼!"

스쿠터를 세우고 차들로 뒤엉켜버린 도로를 살폈다. 수십 대의 차에서 깜박이는 비상등 빛을 받으며 빨간 오토바이에 탄 그놈이 내 쪽을 빤히 바라보고 있었다. 뒤따라오던 SUV에서 병사들이 우르르 내려 총을 들었다. 나는 팔을 휘저으며 소리쳤다.

"미쳤어? 총 겨누지 마!"

갑자기 나타난 군인들을 보고 놀란 사람들이 차에서 내려 사방으로 흩어졌다. 심장이 터질 것 같았다. 사선에 선 나를 보고 병사들이 우물쭈물

하는 사이 빨간 라이더는 복잡한 상가 건물들 사이로 오토바이를 몰아 사라져버렸다.

- 우혁: 괜찮아요? 지금 지원 갈게요!

- 나: 오지 마! 관할 서에 지원 요청하고 너희들은 자리 지켜!

- 지훈: 진심이야?

- 나: 날 믿어!

나는 접촉 사고로 멈춰 선 차들 사이로 들어가 관 기사의 차 창문을 두드렸다. 새하얗게 질린 그가 말했다.

"저놈이었어요! 저놈이 절 잡으러 다시 왔다고요!"

"진정하세요! 이대로 있을 거예요? 빨리 저랑 가요!"

"뭐 하는 짓이야! 운전기사가 애를 납치했을 때 저놈을 봤다고 하잖아!"

심 상무가 달려들어 내 멱살을 잡았다.

"시내 한복판에서 총 쐈다가 사람 맞으면 어쩔 겁니까! 차에 맞아서 배터리 터지면 여기 전부 날아갈 텐데 책임질 수 있어요?"

"경찰이고 뭐고 아예 오지 말라고 해야 했는데."

씩씩거리는 심 상무의 손을 뿌리치고 후들거리는 관 기사에게 내가 쓰고 있던 헬멧을 씌워주었다. 심 상무가 내 어깨를 밀쳤다.

"기사는 혼자 갑니다. 스쿠터를 내주시죠."

"혼자는 위험해요!"

이제부터 내 말을 듣지 않기로 했는지 아예 등을 돌린 심 상무는 관 기사의 뺨을 두드렸다.

"관주원 씨. 내가 여기 책임자입니다. 내 말대로 해요. 팀이 뒤따라갈 테니 일단 혼자 가는 겁니다. 새로운 메시지는 없죠?"

"네, 네."

"좋아요. 차는 우리가 알아서 할 테니 빨리 가요."

나는 시계를 봤다. 지시한 시간까지는 10분도 채 남지 않았다. 더 말다

틈할 시간도 없어 운전기사에게 스쿠터를 넘긴 후 불난 듯 대화가 쏟아지는 메신저에 답장했다.

- 나: 운전기사는 내 스쿠터를 타고 혼자 역으로 갔어. 최대한 빨리 따라갈게.

- 지훈: 운전기사를 놓쳤다고?

- 나: 어쩔 수 없었어.

뒤엉킨 자동차들 앞에 PMC의 또 다른 SUV가 멈췄다. 심 상무와 병사들이 SUV에 올라타고 있는데 우혁이 긴급 메시지를 띄웠다.

- 우혁: 역삼역 검문소에서 승합차 한 대가 불법 유턴으로 달아났습니다. 회색 스타로드. 현재 서초구청 방향으로 가는 중.

우혁이 보낸 사진에는 멀어지는 승합차의 뒷모습이 찍혀 있었다. 틴팅이 짙게 되어 안이 보이진 않았으나 번호판만큼은 선명하게 보였다. 사진을 본 심 상무가 소리쳤다.

"서초구청!"

SUV가 요란한 소리를 내며 튀어 나갔다. 잠시 후 덜덜거리는 소리와 함께 낯익은 고물차가 도착했다. 조수석에 탄 태연이 운전석 문을 열어주며 외쳤다.

"빨리요!"

*

승합차는 서초구청을 지나 과천으로 향했다. 서울을 벗어나 차들이 눈에 띄게 줄어든 도로를 달리며 톰이 목을 뚜둑거렸다. 조수석의 지훈이 메시지를 보냈다.

- 지훈: 아이가 탄 승합차를 따라가는 중. 경찰 지원이 올 때까지 거리 유지하겠음.

- 에드송: 저희 곧 도착합니다. 빠지십시오.

요란한 엔진 소리와 함께 뒤에서 SUV 한 대가 달려왔다.

"그래도 우리가 경찰인데 대놓고 과속하네요."

"앞이나 봐."

사이드미러를 힐끔거리는 톰을 타박하며 지훈이 조수석 손잡이를 쥐었다. 승합차의 속도가 점점 올라갔다.

- 지훈: 우리를 알아챈 거 같습니다. 일단 거리를 두죠.

- 에드송: 저희가 알아서 합니다. 놓치지 않게 신호 통제나 해주시죠.

"그러니까 위험해서 그런 거 안 된다고 몇 번이나…!"

지훈이 혀를 찼다. 그게 신호라도 된 것처럼 승합차가 급가속하며 차들 사이를 내달렸다.

"밟아!"

톰이 휠을 휘두르듯 돌리며 승합차를 쫓았다. PMC 또한 무섭게 따라붙었다.

"선배, 곧 놀이공원이에요."

"할 수 있어."

지훈의 이마에 땀이 송골송골했다.

SUV가 톰의 차를 추월해 승합차에 바짝 붙었다. 뭐라 할 새도 없이 SUV의 창문이 열리더니 총성이 울렸다. 초당 열다섯 발을 발사하는 기관단총은 순식간에 바퀴를 포함해 승합차의 한쪽 면을 찢어발겼다. 바퀴를 잃은 승합차가 중심을 잃고 휘청거렸다.

- 지훈: 위험합니다! 그만두세요!

- 에드송: 저 미친 차를 놀이공원에 보낼 겁니까?

기관단총이 다시 불을 뿜었다. 벌집이 된 승합차는 불꽃을 튀기며 도로 위를 미끄러지더니 연기와 함께 불타기 시작했다. 통제력을 잃은 차체는 소름 끼치는 소리와 함께 수십 미터를 더 미끄러지고서야 겨우 멈췄다. 지훈과 톰이 차를 세우고 내렸다. 멈춰 선 SUV에서도 PMC 병사들이 총을 들고 나왔다. 지훈이 소리쳤다.

"접근하지 마십시오. 폭발합니다!"

"선배! 저기!"

멀리서 놀이공원의 무인 셔틀이 다가오고 있었다. 속도가 빠르진 않았지만 도착하는 건 시간문제였다.

"저거 서겠죠?"

"빡통아, 배터리 터질 때 폭발 범위는 생각 안 해? 빨리 차 몰고 가서 막아!"

- 우혁: 제가 할 수 있어요!

버스 뒤에서 싸이카에 탄 우혁이 나타났다. 그는 버스와 속도를 맞추더니 흡착판으로 차 문을 열고 들어가 브레이크를 밟았다.

- 톰: 왜 왔어?

- 우혁: 이 차 때문에 한 검문인데 당연히 와야지!

- 지훈: 아무튼 잘했어!

말이 끝나기 무섭게 굉음과 함께 승합차가 폭발했다. 차 주변에 서 있던 사람들은 반사적으로 바닥에 엎드려 불길을 피했다. 맹렬하게 타오르는 승합차를 바라보며 지훈이 전화를 걸었다.

"이쪽은 성공. 제발 그쪽도 성공이라고 해, 이 미친놈아."

*

- 승합차를 한 대 구해서 PMC를 유인할 거야. 총을 맞으면 차 배터리가 터질 테니 도시 밖으로 나가야겠지.

- 미친 소리.

지훈이 음료수의 얼음을 씹으며 일축했다. 나는 무시하고 말을 이었다.

- L테크는 범인을 죽여서라도 입을 막으려 할 거야. 운전기사의 머리

를 헤집은 것도 그렇고 연구소의 금을 노린 것도 그렇고, 범인은 L테크나 그쪽 업계를 잘 아는 사람인 것 같은데 기업은 뭔가를 숨기려 하고 있어. 저 애 말이 사실이라면 L테크는 범인을 먼저 죽이고, 범인의 전뇌를 추적해 아이까지 죽이려 할 거야. 오늘 본 심 상무라는 사람의 솜씨라면 충분히 가능할 거라고 봐. 그들에게 최악의 상황은 우리가 먼저 아이를 확보하는 거겠지. 아이가 무사해지면 경찰이 납치범이자 마약 사건의 단서인 범인을 쫓는 걸 막을 수 없게 될 테니까.

문제는 L테크 사람들도 그걸 모를 리가 없다는 거야. 우리가 저들을 감시하는 만큼 그들도 우리 움직임을 경계하고 있어. 그러니 난 내일 운전기사를 따라가다 적당한 핑계를 대고 뒤처질게. 그걸 신호로 우혁이가 미끼를 던져서 그들의 시선을 돌리는 거야. 승합차는 자율주행으로 뒀다가 톰이 따라붙은 순간부터 네가 원격으로 몬다, 이게 내일 작전이야. 무인운전 안전장치는 경찰 권한으로 풀 수 있지?

– 이제 경찰 아니라고 막말하는 거 봐. 이걸 딴지 안 걸었으면 네 왓슨은 고장 난 거야. 몸값을 든 운전기사는 어쩌고? 저번처럼 테러가 일어나면 어쩔 건데?

– 운전기사를 놓치면 난 아이를 찾으러 갈 거야 어디 있는지 왠지 알 수 있을 것 같거든. 아이만 찾을 수 있다면 사실상 게임 종료잖아. 범인은 아이가 차에 있다는 걸 보여줬지만, 첫 번째 사진을 찍은 날 밤부터 계속 한 자리에 주차돼 있었어.

– 진짜요?

톰이 햄버거를 든 채 눈을 동그랗게 떴다.

– 아이가 누워 있는 침대는 구급차에 있는 환자 이송용 침대가 아니야. 몸을 묶어둘 벨트도 없는 간이침대지. 어린이는 어른보다 몸무게가 가벼워서 차의 흔들림에 취약한데, 과속방지턱이라도 넘었다간 몸이 튀어오를 거야. 승용차에 어린이용 카시트가 괜히 필수인 게 아니거든. 주삿바늘이 꽂힌 채로 그렇게 몸이 흔들리면 바늘이 빠지거나 혈관을 건드려 피

멍이 들 텐데, 첫 번째 사진부터 오늘 사진까지 아이의 팔은 깨끗했어. 주삿바늘은 26일에 한 번 꽂힌 게 다고, 차는 움직이지 않았다는 거야.

- 그래도 추격전은 안 돼. 시민이랑 사고라도 났다간 수사고 뭐고 전부 날아가는 거야.

- 강남에서 출발해서 교외로 빠지면 돼. 제일 빨리 갈 수 있는 곳이라면… 역시 과천 정도려나. PMC가 따라오면 그때부터 속력을 올려. 한적한 국도로 가면 최고 속력도 낼 수 있잖아. 뺑소니랑 카체이싱 하던 경력 좀 살려보라고.

- 언제 적 얘기야. 불가능하진 않지만….

- 그럼 하는 거다?

- '할 수 있다'와 '하겠다'를 같은 뜻으로 알아듣지 마! 확실한 거 맞지?

- 납치범은 아이 주변에 있을 테니, 아이만 찾는다면 곧장 체포도 가능할 거야. 녀석이 마약과 어떻게 관련돼 있는지는 잡고 나서 물어봐도 늦지 않겠지.

녀석들의 머리 굴러가는 소리가 들렸다. 까다로운 기업을 상대하라며 급조돼 떠밀린 팀이 납치된 아이를 구출하고 마약사범까지 잡는다면 초대박 실적이다. 한참을 고민하던 지훈이 머리를 벅벅 긁으며 말했다.

- 그래, 하자. 해. 근데 제일 중요한 문제는 어떡할 거야? 승합차는 말만 하면 어디서 튀어나오냐? 차 구할 돈은 어디서 나와?

- 실적을 위해 십시일반 해보자고. 법인카드 얼마까지 쓸 수 있지? 나도 돈 나올 만한 곳을 찾아볼게.

- 아, 뒤풀이 고깃집이….

톰이 볼멘소리를 하자 모두가 녀석을 째려보았다.

- 농담도 못해요?

우리가 보안 회선으로 비밀 대화를 나누는 동안 이어진 태연의 긴 이야기는 왓슨이 기록해주었다. 태연의 말을 대충 훑어본 지훈이 하품하며 퉁명스러운 말을 던졌다. 톰이 어깨를 풀었다.

"작전 한번 심플하네요. PMC가 우리한테 총만 안 쏘면 좋겠는데."

*

지훈이 보낸 불타는 승합차 사진을 보며 나는 숨을 가다듬었다.

"성공이야."

스프레이로 그려진 난잡한 낙서를 덮은 검은색 X, 군데군데 뚫린 총알 구멍. 안티부디스트 집시들이 시위에 몰고 나오는 컨테이너 트럭이다. 컨테이너에 손을 대자 미지근한 철판에서 미세한 진동이 느껴졌다.

등 뒤에서 요란한 엔진 음이 들렸다. 위협하듯 내 앞을 스친 빨간 오토바이가 옆으로 미끄러지며 바닥에 두 줄의 긴 바퀴 자국을 남겼다. 나는 보안 회선에 위치를 전송하며 말했다.

"옷 살 때 가게에서 뭐라고 안 하디?"

대답은 없었다. 빨간 라이더는 아까처럼 오토바이를 탄 채로 날 바라보고 있었다. 비슷한 대형 트럭들이 100대 넘게 주차된 드넓은 공터, 한때 은마아파트라는 공동주택이 있었다는 은마주차장에 사람이라곤 나와 녀석밖에 없었다. 나는 내 모습이 비치는 헬멧의 바이저를 노려봤다. 등에 멘 일본도가 신경 쓰여 죽을 것 같았지만 그쪽으로 시선이 가는 순간 녀석이 칼을 뽑을 것 같았다.

"아이가 어디 있는지는 범인이 보낸 사진에 단서가 있었어. 사진 속 아이는 팔을 내놓은 채 주사를 맞고 있었고, 입고 있는 옷은 필라테스 수업을 위한 가벼운 차림이었거든. 12월에 그런 모습으로 며칠씩 있으려면 차 안은 난방이 잘되어 있거나, 따뜻한 실내여야 할 거야. 하지만 사람들의 눈을 피해야 하는 납치범이 속 편하게 실내 주차장에서 며칠씩 공회전을 돌릴 순 없겠지. 그렇다면 승합차는 사람들이 보지 못할 아주 좁은 실내에 있어야 할 거야. 단독주택의 개인차고, 혹은 그보다 더 쉽게 구할 수 있는 화물용 컨테이너 말이야.

근데 이상하지, 두꺼운 침낭 하나만 있어도 될 일인데, 승합차를 개조할 정성은 있으면서 그런 준비는 못했다는 게. 그런데 어제 비슷한 얘기를 들었어. 아이 가족과 기업은 애를 해치려 하고, 오히려 납치범이 아이를 보호하고 있는 것 같다는 말이었는데, 사실 그건 앞뒤가 틀렸지. 범인이 아이를 납치했기 때문에 아이를 구하려던 김명진이 죽은 거고, 김명진이 죽음으로써 기업이 아이를 해칠 이유가 생긴 거니 말이야. 가운데 과정이 빠지면서 상황이 뒤집힌 것처럼 보이게 된 거야. 그러면 이 상황 또한 아이를 납치하고 보니 얇은 옷을 입고 있어서 난방을 위해 컨테이너를 준비한 게 아니라고 생각해볼 수 있지. 범인은 어떤 목적을 위해 컨테이너를 먼저 준비하고 아이를 거기 두려고 했는데, 컨테이너의 존재는 숨길 필요가 있었던 거야. 그걸 위해 승합차가 등장한 거고, 승합차가 전기난로의 역할까지 하면서 아이는 방한용품이 필요 없어진 거지.

그렇다면 컨테이너의 용도는 무엇일까. 그걸 알기 위해선 버스 테러가 일어났던 27일로 돌아가야 해. 당시 사고를 일으킨 버스의 빈 차 무게는 11톤. 버스에 타고 있던 사람들은 기사를 포함해 쉰아홉 명이었어. 성인 남녀 평균 몸무게를 65킬로그램으로 가정한다면 버스의 총무게는 약 15톤. 그런데 승합차가 들어갈 만한 20피트짜리 컨테이너에 트레일 트럭 무게를 더하면, 이것도 약 15톤이 나오더라고. 일주일 전, 불법으로 안전장치를 해제한 무인 덤프트럭이 근로자를 덮친 사고가 있었지. 기업이 유가족에게 각서까지 쓰면서 작업 현장의 불법 행위가 밖으로 새나가지 않게 단속했는데 한 줄짜리 뉴스로라도 언론에 보도된 건 기자들, 혹은 그런 사고 영상을 돌려보는 웹의 변태들에게 근로자들이 블랙아이즈 기록을 팔았기 때문이지. 범인은 여러 사고 영상을 통해 열 명 이상의 신체를 충분히 훼손시키려면 시속 100킬로미터로 달리는 15톤 이상의 물체가 필요하다고 생각한 거야. 그리고 27일 아침, 범인의 예측대로 버스는 충분한 위력을 발휘했어. 그리고 아이를 태운 트레일러트럭이 두 번째 테러를 준비했지.

하지만 여기엔 부족한 점이 있어. 바로 거리야. 버스가 그 정도 속도를 낼 수 있었던 건 직선으로 500미터 이상 길게 뻗은 테헤란로의 버스 전용차로 때문이지. 하지만 트럭은? 일반 도로에서는 500미터는커녕 한 블록도 제대로 달릴 수 없어. 하지만 여기서라면 가능해. 아파트 단지 크기만 한 나대지 주차장의 통행로, 포 라이더스 논란이 터진 버스 기사들과 마찬가지로 화물트럭 기사 또한 전뇌 마약이 설치되어 있는지 전뇌 무결성 검사를 받는 상황에서 이 대형 트럭 구획에는 사람이 다니지 않으니까. 범인은 이 길을 활주로로 이용해 트럭을 가속하려 한 거야. 원래 운전기사를 부른 곳이 은마주차장 근처인 대치동 버스 정류장이란 건 그러한 추측의 마지막 단서지. 그렇게 주차장 가장자리에 주차되어 있으면서 환기용 구멍이 나 있는, 유난히 따뜻한 컨테이너를 찾은 거야. 가로등도 CCTV도 없는 이런 나대지 주차장이라면 사람들 몰래 컨테이너에 드나들기에도 좋았겠네."

라이더는 미동도 없었다.

"이걸로 사건 해결이라고 하면 좋겠지만, 아이가 탔다고 확인된 것도 아닌데 경찰이 접근할 것 같으니까 냅다 승합차를 터트려버린 PMC를 보면 아이를 이대로 집에 돌려보낼 순 없겠지. 이렇게까지 아이를 죽이려 한 이유, 거기까지 알아야 사건이 해결되는 거야. 김명진과 L테크가 그토록 숨기고 있는 김이연의 비밀은 뭘까. 그걸 알기 위해 난 마지막으로 27일 버스 정류장 CCTV 기록을 확인해봤어. 역시 김명진은 시간에 맞춰 버스를 못 탔더군. 그도 그럴 게 출퇴근 시간의 만원 버스는 하차하는 승객이 없으면 정류장을 그냥 통과할 때도 많으니까. 당황한 김명진은 범인에게 연락하려 했는지 자기에게로 달려오는 버스를 알아채지 못하고 정신없이 스마트폰 화면만 보고 있었지. 애초에 지킬 수도 없었던 제안이었지만, 버스 정류장에서 김명진이 지시를 따르지 못한 걸 지켜본 범인, 넌 협박했던 대로 '인질'을 죽였어. 김이연과 김명진은 같은 사람이니까. 김이연은 복제된 김명진이었던 거야."

*

빨간 라이더는 움직이지 않았다. 긴 이야기를 하느라 목이 탔지만 지금 말을 멈출 수는 없었다.

"언론을 통해 이름과 얼굴이 알려졌을 뿐, 학교도 다니지 않고 친구도 없어 아무도 그에 대해 알지 못하는 재벌집 막내아들. 뇌가 충분히 성장한 스무 살 무렵, 그의 아버지는 갑작스러운 사고로 사망하고 유언에 따라 기업이며 모든 것을 물려받은 아들은 마치 아버지의 환생처럼 뛰어난 능력을 발휘하며 뒤를 잇는다, 이게 김명진의 계획이었겠지? 버스 테러며 이상한 납치극은 이 사실을 알리기 위해 네가 꾸민 일이고.

27일의 버스 테러에서 가장 이해되지 않았던 점은 심한 시신 훼손이었어. 아무리 여러 사람을 죽이기 위해서였다곤 하지만 전속력으로 달리는 만원 버스는 지나치게 강력한 흉기였으니까. 보통 범인이 시신을 훼손하는 이유는 범행 방식이나 동기, 피해자의 신원 등 사건에 대한 단서를 감추기 위함인데, 이 사건은 많은 사람의 눈앞에서 벌어졌고 즉시 현장 보존과 증거 수집이 이루어져 숨길 수 있는 게 없거든. 하지만 앞선 추리를 통해 두 번째 테러를 예상할 수 있게 되자 범인의 의도 또한 알 수 있게 됐어. 버스 테러로 인한 시신 훼손은 뭔가를 숨기는 게 아니라 드러내기 위한 짓이었던 거야. DNA 검사로 신원 조사를 해야 할 만큼 김명진을 포함한 피해자들의 시신을 심하게 훼손시켜 경찰이 현장에 있는 모든 시신의 DNA 정보를 수집하게 만드는 것. 그리고 두 번째 테러에서 같은 방식으로 심하게 훼손된 시신들 사이에서 또다시 이미 죽은 김명진의 DNA가 검출되게 만드는 거지. 김명진이 죽고 나서 두 번째 지시까지 이만큼 시간이 걸렸던 이유는 아이에게서 충분한 양의 혈액을 얻기 위해서였나?

아이는 원래도 하얀 편이었지만 사진 속 아이의 얼굴은 유난히 하얗지. 그건 빈혈 증상이었어. 터무니없이 비싼 영양제와 링거액을 대량으로 맞힌 이유는 며칠에 걸쳐 피를 뽑아내면서 아이의 건강 상태를 유지하기 위해서였던 거야.

DNA를 얻기 위한 수단으로 피를 선택한 건 김명진의 계획에 관련된 사람들을 유인하기 위한 덫이었겠지. 사고로 죽은 사람의 신체 재생도 불법이자 중범죄로 취급되는 마당에 자기 몸을 복제해 아들인 척 기르다가 뇌를 바꿔 끼우는 짓이 세상에 드러나면 어떤 처벌을 받을지 상상도 안 돼. 그러니 귀나 손가락같이 아이의 신체 일부가 잘려 나간 걸 보게 된 순간 복제 계획에 관련된 모두는 당장 남은 증거를 없애고 한국을 떠나겠지. 하지만 작은 바늘구멍이 났을 뿐인 멀쩡한 아이의 몸을 본 이상 이건 오히려 기회이기도 해. 금으로 만든 폭탄 같은 거지. 터지지만 않게 잡을 수 있다면 엄청난 부를 얻을 기회 말이야. 아이가 아직 인질일 때 실수를 가장해 죽인다. 아예 DNA 검사조차 하지 못하게 시신을 완전히 태워버리면 더 좋을 테고. 예를 들어 자동차 배터리 폭발 같은 초고열의 화재로 말이야. 그렇게 아이가 사라지면 과실치사로 처벌은 받겠지만 복제인간이 드러날 위험은 사라지고 김명진의 재산을 독차지한 가짜 아내에게 엄청난 수고비를 받을 수 있게 될 테니까.

넌 그 점을 이용해 서울 시내에서 두 번째 테러를 일으킴과 동시에 L테크가 무력을 사용하게 하려 했어. 그걸로 심 상무와 유시은을 비롯해 아이를 죽이려 한 사람들을 경찰에 일시적으로 구속되게 하고, 테러 현장에 뿌려진 김이연의 피로 인해 경찰은 죽었을 김명진의 DNA를 다시 발견하고, 마침 테러를 일으킨 트럭 안에서는 납치된 김명진의 아들이 빈혈 증상을 보이며 구출되는 거야. 경찰은 구속된 사람들에게 아이의 정체를 묻지 않을 수 없겠지.

그러나 이 사건에서 가장 중요한 점은 이거야. 바이오 플라스틱 수술과 임플란트 장기라면 70대 노인도 20대처럼 살 수 있는 시대에 중범죄를 저질러가며 자기 몸을 복제하려 하다니. 그것도 최첨단 전뇌와 인공 신체 기술을 가진 기업의 대표가 말이야.

나는 그 단서가 아이의 나이에 있다고 봤어. 81년생 열한 살, 배양 기간을 생각해본다면 김이연은 79년 티베트 종교 전쟁이 터진 지 1년 만에 만들어졌지. 소수민족 사이에 갈등을 부추겨 싸움을 일으키고, 뒤에서는 전 세계의 정부와 기업이 돈 잔치를 벌였던 대사기극 말이야. L테크는 인도적 지원이라는 핑계로 전쟁터에 연구팀을 보내 적극적으로 연구 개발을 했었고 그 결과 말도 안 되는 속도와 규모로 성장할 수 있었어. 하지만 최신 기술의 첨단에 있는 김명진은 오히려 인공 기계 신체 대신 복제인간을 만들었지. 그것도 굉장히 서둘러서 말이야. 김명진은 그 전쟁에서 무엇을 보았기에 그렇게 급하게 자신의 복제 몸을 만들었을까? 넌 그걸 알고 있는 거지? L테크를 비롯해 티베트에 간 기업들이 숨기고 있는 것에 대해서 말이야. 그게 무엇인지는 굳이 추리하지 않아도 알게 되겠지. 여기로 경찰들이 오고 있거든. 넌 나름대로 대의를 갖고 있다고 생각하겠지만 전뇌 마약을 퍼트리고, 아무 잘못 없는 사람들을 죽인 범죄자일 뿐이야. 의적 놀이는 끝났어."

*

빨간 라이더가 오토바이에서 내리며 등에 멘 일본도를 움켜쥐었다. 서늘한 소리와 함께 반짝이는 칼날이 뽑혀 나왔다.

'왓슨, 검술 가이드 다운로드는?'

[97.5퍼센트입니다. 15초만 더 끌어보세요.]

'아니, 더 할 말 없어!'

나는 허리춤에 찬 삼단봉을 빼 들었다. 녀석은 여유 있는 걸음으로 내게 다가왔다. 남은 거리는 10미터 안팎.

'이제 진짜 돼야 해!'

[어색한 첫 만남에 어울리는 가벼운 농담은 어떨까요? 전뇌 프로그램 개발자가 가장 좋아하는 햄버거는?]

"쓸데없는 말 할 여유 있으면 다운로드나 해!"

빨간 라이더가 순식간에 거리를 좁히며 칼을 휘둘렀다. 이판사판으로 뻗은 삼단봉에 칼날이 부딪혀 불꽃이 튀었다.

[검술 가이드 설치 완료. 프로그램이 지시하는 대로 따라 하세요.]

눈앞에 날아오는 칼날의 궤적에 맞춰 프로그램이 계산한 방어 동작 가이드가 표시되었다. 프로그램의 도움을 받아 칼과 쇠막대가 부딪히기를 여러 차례, 이거 되겠다 싶은 생각이 들 무렵 몰아치던 녀석이 공격을 멈추더니 전기충격이라도 받은 것처럼 몸을 부르르 떨었다. 순간 눈앞이 번쩍이더니 뭔가가 나풀거리며 떨어졌다. 내 앞머리였다.

[각성제를 사용한 것 같습니다. 프로그램의 계산보다 더 빠르게 움직이고 있어요.]

전과는 비교도 할 수 없을 정도로 녀석의 공격이 빨라졌다. 삼단봉이 점점 허공을 가르기 시작했고 그때마다 섬뜩한 칼바람 소리가 귓가에 울렸다. 그뿐만이 아니었다. 칼을 받아내기가 버거워졌다 싶더니 거세진 참격에 봉이 조금씩 잘려 나가고 있었다. 삼단봉이 짧아지는 만큼 나와 빨간 라이더와의 거리가 좁아졌다.

'나 곧 무기가 없어질 거 같은데!'

삼단봉이 반 토막 나는 순간 봉을 던지며 뒤로 뛰었지만 놈의 칼날이 더 빨랐다. 순식간에 뜨끈한 감각이 다리를 휘감았다.

"악!"

고통 감지 센서를 최대한 줄였는데도 끔찍하게 아팠다. 허벅지에서 줄줄 흐르는 피가 바지를 적셨다. 달릴 수는 있을까. 나는 이를 악물며 후들거리는 다리를 억지로 움직이려 했다.

"숙여요!"

네 발의 총소리. 산산조각 난 헬멧과 함께 빨간 라이더가 실 끊어진 인형처럼 풀썩 쓰러졌다. 싸이카에서 내린 우혁이 권총을 들고 펄쩍펄쩍 뛰었다.

"이게 총이다, 이 새끼야!"

나는 떨어진 칼을 발로 걷어차고, 엎어진 빨간 라이더의 몸을 살폈다. 왓슨이 총상을 스캔해 총알이 지나간 궤적을 알려줬다. 가슴에 세 발, 머리에 한 발. 즉사를 노린 사격. 하지만 숨이 붙어 있었다. 각성제를 맞아 극도로 예민해진 반사 신경 덕분에 총에 맞기 직전 녀석은 몸을 비틀었고 총알은 급소를 아슬아슬하게 스친 것이다. 울컥울컥 쏟아지는 피 웅덩이에서 녀석이 얼굴을 들었다. 블랙아이즈 기록은 지워졌지만 내 기억에 박혀 있는 얼굴. 숨이 막혔다.

"그럴 리 없어."

강준기 살인사건에서 소윤이 잘못 지목하고 경찰이 누명을 씌웠던 안티부디스트 출신 식당 직원, 불법 임플란트로 인한 흉터를 싸구려 인공피부로 덕지덕지 덮은 얼굴이 나를 쳐다봤다. 각성제 부작용인지 녀석이 경련하듯 몸을 떨었다.

"타, 탐정님! 드, 드디어 만났네요! 힉! 야, 약 때문에 마, 말이 잘 안 나와서 죄송해요! 히힉!"

"너 누구야."

"저, 저요? 아, 아시잖아요? 타, 탐정님의 여자 친구가 잡아넣은, 힉! 어, 억울한 소시민이자, 탐정님의 팬이요!"

"거짓말하지 마."

"그, 그렇죠! 힉! 이건 그냥 포 라이더스를 쓰던 퀴, 퀵서비스 기사의 몸이에요. 탐정님을 노, 놀라게 해드리려고 뉴스를 보고 마, 만들었는데… 비, 비슷하지 않나요?"

"개소리하지 말고 묻는 말에나 대답해. 너 누구냐고."

"힉! 이 몸이 주, 죽기 전에 저, 전뇌 연결을 끊어야 해서 제, 제 말부터 할게요. 힉! 탐정님의 추, 추리는 거의 맞았지만 사, 사소한 부분이 틀렸어요. 힉! 아이의 피 말이에요. 그, 그걸 어떻게 사고 현장에 가져가서 뿌, 뿌릴까요? 시체도 없는 단순한 핏자국을 과, 과연 경찰이 조사할까요? 조, 좀 더 확실한 방법이 있어요. 바, 바로 피를 이 몸에 넣은 다음 경찰에게 죽는 거예요. 힉! 저는 이 몸의 피를 모두 뺀 다음 아이의 피를 복제해서 집어넣었어요. 힉! 뇌랑 심장은 못 만들게 그, 그렇게나 단속하면서 피, 피는 괘, 괜찮다는 게 웃기지 않나요? 힉! 그렇게 사, 사살한 현행범이 뉴스를 도배한 가, 강준기 살해범의 얼굴을 하고 있으면 경찰은 DNA 검사를 하, 하게 될 거예요! 피, 피범벅인 시체 한 구에선 두, 두 명의 DNA가 나올 거고요. 그중 한 명이 짠, 며칠 전 죽은 기, 김명진인 거예요. 그러면 현장에서 사라진 김명진의 몸을 찾을 수밖에 없겠죠. 하, 하지만 이건 제, 제가 생각해도 조, 조금 반칙이니까, 탐정님의 다, 답도 정답으로 해드릴게요! 여, 여튼 부, 부족한 다, 단서를 스스로 보, 보완할 수 있게 되셨다니 힉! 1년 전 그, 그때보다 서, 성장하신 것 같아 기, 기뻐요!"

등에서 식은땀이 흘렀다.

"무슨 소릴 하는 거야."

"힉, 그때 타, 탐정님은 마, 마지막 순간에 자기 지, 직감을 믿었다가, 힉! 모든 걸 망쳐버렸잖아요? 그, 그래서 실수를 반복하지 아, 않으려고 확인 또 확인하는 거고요. 힉! 납, 납치당한 애가 어, 어디 있는지 알고 있었으면서 힉! 왜 가, 가짜 차를 불태웠죠? 아, 아무리 핑계를 대봤자 힉! 그 추, 추격전은 단지 L테크가 정말로 아이를 주, 죽이려 했는지, 저 아이가 정말 김명진의 보, 복제인지 확인하려고 힉! 벌인 일 아, 아닌가요? 힉! 그, 그것도 자기를 믿어준 치, 친구들을 이용해서요. 힉! 타, 탐정님은 그런 분이잖아요. 아, 아무도… 미, 믿지 않고, 이, 입으로는 선배의 복수니, 뭐니 떠들면서 자기 추, 추리를 위해 주변 사람들을 가, 가차 없이 위험으로 미, 밀어 넣잖아요. 강준기 때도, 오늘도요. 만약에 그 애가 들켰으면 어쩌시려고 그랬어요? 힉!"

"아니야! 난 그 애를 위해…."

"아뇨, 아뇨. 그, 그래서 제가 타, 탐정님을 좋아하는 거예요. 그 추, 추격전이 없었다면 이 사건의 진짜 지, 진실이 묻히고 말았을 거 아녜요. 그만큼 탐정님은 성장하셨단 거, 거죠. 힉! 씨, 씩씩대며 경찰서 창문에 의, 의자를 집어 던졌던 그날보다요. 그때 뭐, 뭐라고 하셨는지 기, 기억하세요?"

"닥쳐."

'누군지는 모르겠지만, 넌 내가 반드시 찾아낸다.'

놈의 얼굴에 주먹을 꽂았다. 머리에 피가 쏠렸다. 이 죽어가는 남자가 납치범이자 마약 사건의 중요한 증거라는 생각은 날아가버렸다. 우혁이 비명을 지르고 왓슨이 경고 메시지를 눈앞 가득 띄웠지만 주먹질을 멈추지 않았다. 나를 누군가가 번쩍 들어 내동댕이쳤다. 뒤집히는 시야 속에 숨을 몰아쉬는 톰과 멀리서 달려오는 지훈이 보였다. 놈이 피거품 섞인 기침을 하며 발작하듯 웃었다. 지훈이 사납게 소리쳤다.

"너 뭐 하는 새끼야!"

"'고용인이기 이전에 탐정이고 싶다'더니 힉! 그, 금방 현실과 타협하는 꼬, 꼴이 자기도 우, 우습지 않습니까? 힉! 하, 하지만 저는 이해해요. 이 세상은 미, 미쳤으니까요. 복제라지만 자, 자기 아들이라고 키우던 애의 머, 머리를 긁어내려고 하는 걸 보, 보세요. 힉! 미친 세상이 사람들을 미, 미치게 만든 겁니다.

저, 저는 징조입니다. 자기들이 쌓은 장작 위에서 춤을 추는 멍청이들 사이에 피어오르는 연기입니다. 힉! 타, 탐정님이 말씀하신 대로 우, 우리는 만나게 될 거예요. 우린 다, 닮았으니까요. 가, 강준기의 죽음이 돈으로 덮인 날, 저, 저는 봤어요. 힉! 탐정님의 속에서도 여, 연기가 피어오르는 걸요. 힉! 저, 절 찾아주세요. 그, 그리고 함께 이 미친 세상을 자, 잡아먹는 불이 됩시다. 아! 저, 정말 시간이 없네요. 탐정님, 또, 또 봅시다. 힉! 사, 사랑합니다!"

그 말을 끝으로 녀석의 몸이 축 늘어졌다. 다가와 살펴보던 톰이 고개를 저었다. 지훈이 욕을 하며 내 다리에 수건을 감아주었다.

"괜찮아? 미친놈 말에 신경 쓰지 마. 죽은 건 아쉽지만 저놈의 전뇌에서 뭐라도 뽑아낼 수 있을 거야."

"알고 있었어. 선배가 죽던 날 일을."

"거기 있던 눈이 몇 갠데. 엄청난 비밀도 아니야."

"그리고 내가 오늘 무슨 생각을 하고 있었는지도 알고 있었어."

"뭐?"

나는 절뚝거리며 또 다른 범인에게 다가갔다. 범인은 컨테이너에서 데리고 나온 아이를 차에 태우고 있었다. 아이는 탈진한 듯했지만 괜찮아 보였다. 나는 적당히 둘러대며 녀석에게 부축해달라고 부탁해 컨테이너 뒤로 넘어갔다. 범인이 즐거운 목소리로 내게 말했다.

"괜찮다니까요. 여기는 저희한테 맡기고 형은 빨리 병원으로…."

나는 범인의 다리를 걸어 넘어트리곤 무릎으로 등을 밟았다. 바닥에 엎어진 우혁이 기침을 했다.

"뭐예요! 서프라이즈? 나 오늘 생일 아닌데?"

"언제부터 저놈이랑 연락하고 있었냐? 왜 그런 짓을 한 거야!"

웃음기 띤 우혁의 얼굴이 그대로 굳었다. 날 보는 눈동자가 흔들렸다.

"진짜, 형은 정말 아무도 안 믿는구나?"

"그때도 너였냐?"

"제가요? 팀장님 그렇게 되시자마자 무서워서 교통과로 도망친 제가 정말 그랬을 거로 생각해요?"

"무슨 일이야!"

당황한 표정으로 달려온 지훈과 톰에게 나는 내던지듯 사진을 띄웠다. 사진 속 우혁은 흡착판으로 관 기사의 차 문을 열고 글러브박스에 데이터 칩이 가득 든 봉투를 넣고 있었다. 내 차에 숨어 관 기사의 차를 감시하던 태연이 찍은 사진이었다.

“그래, 넌 센 척만 할 뿐 사실은 겁쟁이지. 그래서 네 잘못으로 시작된 사건 속에서도 제 살길만 찾아서 뛰어다닌 거야. 운전기사들이 포 라이더스를 의심 없이 받아 쓴 이유는 경찰이 줬기 때문이었어. 운전석에 늘어져 있는 기사들에게 단속에 걸리지 말고 이거나 하라고 하면서 말이야. 그러다 저놈이 27일 아침에 일으킨 참사를 보자 뒷감당이 무서워졌겠지. 돌아온 운전기사는 저놈이 시키는 대로 움직이기로 한 대가로 받은 희생양이었냐? 기억장치가 망가져 기억이 불분명한 데다 전뇌 마약을 쓰고 직접 아이까지 납치한 사람이니 네 죄를 뒤집어씌우기 딱 좋은 조건이네. 그렇게 넌 27일 테러를 일으킨 버스 기사를 잡아서 TF에 끼어들고, 내가 김명진의 집을 찾아간 시간이며 우리가 세운 작전을 저 녀석한테 알려주면서 놈을 도왔어. 결과적으로 녀석은 직접 L테크를 도발했고 하마터면 서울 한복판에서 총격전이 벌어질 뻔했지. 운전기사가 시간을 못 지켜 아이가 위험해질 수 있었던 건 덤이고. 그 소동 뒤에 넌 폭발한 승합차에 사람들의 시선이 쏠린 사이 운전기사의 차에 남은 포 라이더스 칩을 집어넣곤 주차장으로 와서 저놈이 날 죽이기 직전에 저놈까지 죽여서 완전히 증거를 없애려 한 거야. 저놈은 처음부터 몸을 버릴 생각이었다는 것도 모르고 말이야. 숨어서 보면서도 몰랐어? 저놈은 각성제 따위 없어도 날 갖고 놀았어. 각성제는 단지 네가 총을 쐈을 때 급소를 피해 자기가 떠들 몇 분을 벌려고 맞았던 거야.

이 녀석의 진짜 목적은 금도, 테러도 아니었어. 이런 난리를 치면서도 사람들이 자기 계획 안에서 움직이게 할 수 있다는 걸 과시하려고 이 모든 짓을 벌인 거야. 저놈은 그걸 떠벌릴 대상으로 날 찍은 거고, 나 또한 자기 계산 아래 있었다는 걸 보여주고 싶어서 금을 든 운전기사 대신 모두가 버리고 간 그의 차를 지켜보고 있었어. 자기가 뿌린 단서대로라면 운전기사가 마약사범에게 누명을 쓰기 좋은 상황이란 걸 알 수 있으니 내가 경찰 쪽도 기업 쪽도 아닌 제3의 인물에게 기사의 차 감시를 맡길 게 분명하다, 그 추리로 날 도발하면서 불바다 어쩌고 하는 앞으로의 계획까지 자랑하려 했겠지. 녀석한테 속은 넌 저 머리를 날려서 마약을 뿌렸단 걸 자수한 것도 모자라 녀석을 쫓을 단서까지 없애버린 거고, 이 멍청한 자식아!"

우혁의 얼굴이 일그러졌다.

"그러게요. 풀페이스 헬멧만 아니었으면 얼굴을 고친 걸 알았을 텐데. 저 빨간 옷에 정신이 팔려 얼굴을 확인할 생각도 못했어요. 이미 체포된 강준기 살해범 얼굴이란 것만 봤어도 전뇌 연결일 가능성이 있으니 머리를 쏘지도 않았을 텐데요. 멍청했네요."

"왜 마약을 뿌린 거야?"

"제가 말했잖아요. 교통과는 흔적 기관 같은 곳이라고."

우혁의 몸에서 힘이 풀렸다. 날 노려보던 시선이 먼 곳으로 향했다.

"자율주행으로 차들이 혼자서도 잘 다니는데 왜 버스랑 트럭에 운전기사가 있게요? 무인운전으로 사고 나면 회사가 곤란해지니까 최저임금 주고 책임질 사람 하나 억지로 앉혀둔 거잖아요. 그러니 다들 죽은 눈으로 앉아서 하늘만 보는 게 그들 일과예요. 운행 중인 버스에서 기사가 대놓고 자는데 승객들은 신경도 안 써요. 오히려 그거 단속하는 경찰보고 별것도 아닌 일로 길 막는다고 뭐라 한다고요. 위에서도 그걸 아니까 할 일 없으면 빈 차 문이라도 따라고 이런 장난감을 나눠준 거고요. 그렇게 지내다가 평소처럼 신고받은 빈 차 문을 따려고 하는데, 창에 비친 제 얼굴이 기사들과 같은 얼굴이더라고요. 쓸모도 없고, 의미도 없이 숨만 쉬는 산송장. 진짜 그때는 뒈지고 싶었어요. 내가 왜 이렇게 됐지? 그때쯤 저놈이 저한테 걸렸어요. 신호 위반이었나, 오랜만에 현장에서 일다운 일 한다고 신난 제 앞에 무슨 프로그램이 어쩌고 횡설수설하며 수상한 칩 뭉치를 떨어뜨리더라고요. 그것도 아마 저놈이 작업 친 거였겠죠? 아무튼 그걸 집에 가져온 날 이후로 며칠 동안은 잠을 아예 못 잤어요. 쾌락 수치가 낮은데 왜 기사들이 포 라이더스에 그렇게 빠졌게요? 포 라이더스는 아무 이유 없이 일탈을 시키지 않아요. 차선을 급하게 바꿔서 버스를 살짝 흔들면 졸던 승객이 정류장을 지나치지 않을 수 있다, 살짝 과속해서 조금이라도 빨리 배송하면 이 물건이 지금 당장 필요한 사람에게 큰 도움이 될 수 있다, 순간순간 이런 망상을 기사에게 심어서 일탈을 시키는 거예요. 그렇게 액셀을 슬쩍 밟으면, 사방에서 박수 소리랑 감사 인사가 들려요. 자율주행이었으면 불가능했을 텐데 기사님 덕분에 살았다고요. 원래 애들 교육하는 앱이라면서요? 코드에 나온 쾌락 수치랑 별개로 칭찬받은 애처럼 아주 도파민이 팡팡 터지는 거예요. 사람은 원래 인정받는 거에 좋아 미치는 동물이잖아요. 포 라이더스는 쓸모 있는 사람이 되고 싶다는 기사들의 욕망을 채워주는 물건이었던 거예요. 저걸 뿌리고 한 달이 지나니까 어떻게 된 줄 알아요? 길에 다니는 기사들 표정이 활짝 피어났어요. 문 따개에 불과했던 교통경찰들도 소소하게나마 경찰로서 할 일이 생겼죠. 죽은 듯이 살던 사람들이 살아났다고요.

그런데 그놈이 다시 저를 찾아오니 머리가 새하얘지더군요. 제가 포 라이더스를 뿌린 탓에 언제 어디서 사고가 날 거고 사람들이 죽을 거래요. 그딴 미친 소리를 하는데 난 병신같이 벌벌 떨기만 했어요. 근데 형도 봤죠? 피바다 한가운데서 버스 기사를 때려눕혔을 때의 제 표정.

존나 기분 좋았어요. 테러 예고를 듣고도 제 발이 저려 아무것도 못한 겁쟁이 주제에. 근데 그걸 알면서도 미친 듯이 기분이 좋더라고요. 그때 저는 제가 진짜 하고 싶었던 게 뭔지 기억났어요. 나쁜 놈들 잡고 착한 사람들 지키는 거 말이에요.

형… 내가 미친 걸까요? 난 분명히 나쁜 놈들 잡고 싶어서 경찰이 됐는데, 그러려면 나쁜 놈들이 필요했어요. 그래서 나쁜 짓을 벌인 거예요. 하지만 이건 다 좋은 사람이 되고 싶어서 노력한 거라고요. 나 오늘도 열심히 했잖아요. 진짜 내가 그렇게 나쁜 새끼예요? 멍청해서 그런가. 난 이제 아무것도 모르겠어요. 정말 저 새끼 말대로 세상이 미쳐서 나도 미쳐버린 걸까요? 형 똑똑하잖아요, 좀 알려줘요. 네? 가만있지 말고 뭐라고 말 좀 해달라고요! 형!"

몸부림을 치던 우혁이 퍽 소리와 함께 바닥에 늘어졌다. 지훈이 주먹을 쓰다듬으며 말했다.

"우울증 상담은 빵에 가서 해라."

일어서려 했지만 다리에 힘이 풀려 벌러덩 눕고 말았다. 검은 하늘에 흰 숨이 녹아 사라졌다. 요란한 브레이크 소리를 내며 차 한 대가 우리 앞에 멈춰 섰다. 관 기사의 차였다. 기사와 함께 차에서 뛰쳐나온 태연이 아이를 끌어안았다.

"이연아!"

태연이 이연을 안고서 흐느꼈다. 아이는 도자기 인형처럼 무표정했지만, 이내 하얀 손을 가만히 뻗어 마주 안아주었다.

*

연말 특수로 공항은 이보다 더할 수가 없을 것처럼 북적였다. 들뜬 여행객들에 치여가며 겨우 약속 장소로 가자 태연이 자리에서 일어나 손을 흔들었다.

"다리는 괜찮아요?"

"긁힌 건데 뭘. 아직도 하는 중인가?"

"이제 끝난 참이에요."

말이 끝나기 무섭게 태연의 뒤로 바쁘게 화면 위 자판을 두드리던 사람들이 자리에서 일어나 서로 짧게 인사를 주고받았다. 태연을 보는 건지, 날 보는 건지 이쪽을 힐끔거리던 L테크의 직원들은 곧 인파 속으로 사라졌다.

결론부터 말하자면, 김이연 납치 사건은 L테크 내에서 자체 해결된 것으로 마무리되었다. 경찰은 애초에 L테크와의 마찰을 피하려 했고, 포 라이더스에 대한 단서와 범인을 잡은 것에 만족해 김명진의 죽음에 관해선 더 손을 대려 하지 않았기 때문에 가능한 일이었다. 나를 비롯해 지훈과 톰은 아이의 정체에 대해서 침묵하기로 했다. L테크의 똑똑이들이 그럴듯한 가짜 시나리오를 써주기도 했거니와 동생을 지키고 싶다는 태연의 설득에 수긍했기 때문이다. 우혁 또한 아이에 대해 입을 다물었다. 톰이 입을 맞추기 위해 유치장에 있는 우혁을 찾아가니 녀석은 고개를 저으며 한마디만 했다고 한다.

"배신은 한 번만 하는 걸로."

우혁은 포 라이더스와 관련된 죄를 모두 인정하고 대화 기록 등 빨간 라이더에 대한 정보를 제공하면서 내 말이 녹음된 블랙아이즈 기록을 지켰다. 이연과 관련된 질문에는 L테크의 변호사에게 답변을 맡겼다.

태연과 어머니 엘레나는 그전부터 이연을 미국으로 데려갈 준비를 하고 있었다고 했다. 그 기회가 너무 갑자기 찾아오긴 했지만. 엘레나는 비밀을 평생 유지할 것을 약속하며 이연의 입양을 제안했다. 법적 친모인 유시은도, L테크도 이연이 한국에 있는 걸 원하지 않았기에 그 제안은 바로 받아들여졌다. 이연에게 기업을 물려준다는 김명진의 유언장은 지훈이 예상한 대로 복잡한 특약 사항이 걸려 있어 크게 문제 될 건 없다고 했다. 곧 입양 절차를 위해 미국에서 사람들이 도착했고 바로 서류 작업에 착수했는데 이것저것 정해야 할 게 많았는지 작업은 태연과 이연이 출국하는 날까지 이어지고 말았다.

"그래도 탑승 시간 전에 끝났으니 다행이죠."

"어머니도 동생을 데려오고 싶어했다니, 사실 좀 놀랐어."

태연은 이연과 앉아 있는 사람들에게 뭐라 말하고 나를 창가로 데려갔다. 잿빛 구름이 덮인 하늘 위로 비행기들이 뜨고 내렸다.

"아버지가 저한테 기업을 이으라고 했다는 건 거짓말이었어요. 아버지는 제게 처음부터 어떤 기대도 하지 않았거든요. 이연이는 그냥, 어느 날 갑자기 나타나선 무슨 부품처럼 제 자리를 갈아치웠죠. 그래서 전 아버지도 싫었고 이연이한테도 엄청 화가 나 있었어요.

하지만 아버지에게 쫓겨나듯 미국으로 왔으면서도 엄마는 종종 이연이 얘길 하며 남이나 다름없는 그 아이를 만나고 오라며 제 등을 떠밀었어요. 저는 그저 엄마에게 용돈을 받기 위해 종종 저 애를 만났죠.

엄마한테 이연이의 정체에 대해 들은 게 작년 이맘때쯤이었나, 그때도 솔직히 별생각 없었어요. 아버지가 어쩐지 저랑 비교도 안 되게 이연이를 애지중지하더니 나중에 자기가 쓸 몸이라서 그랬구나, 역시 그 사람은 자기밖에 모르는구나 싶었죠. 오히려 못된 생각이 들더라고요. 그래서 소화계통 임플란트 하나 없는 이연이를 데리고 나가 온갖 저질 첨가물이 든 싸구려 햄버거랑 탄산음료를 먹였어요. 최대한 건강한 몸을 만들려는 아버지의 노력을 망치면 재밌을 것 같았거든요.

예상대로 그날 저녁 이연이는 먹은 걸 다 토하며 화장실 바닥에 드러누웠죠. 아버지가 절 싫어하긴 했지만 때린 적은 없었는데, 그날은 말 그대로 개처럼 맞았어요. 진짜 아들을 패면서 가짜 아들이 잘못될까 봐 화장실을 오락가락하는 아버지가 웃겨서 맞으면서도 낄낄대고 있는데, 이연이가 아버지를 붙잡더라고요. 형 때리지 말라고. 오늘 형이랑 놀아서 너무 재밌었다고. 자기는 세상에서 형이 제일 좋다고. 그렇게 평생 무표정이던 애가 새빨개져서 통곡하는데, 세상에. 아버지를 밀리는 어린 아버지라뇨.

아버지는 누군가를 사랑하는 사람이 아녜요. 적어도 전 그렇게 생각했어요. 그래서 저도 아버지를 사랑하지 않았죠. 근데 절 사랑한다면서 우는 이연이를 보니까 뭔가 속에서 무너지고 쏟아지는 게 느껴졌어요. 사실 아버지도 절 사랑하고, 제게 사랑받고 싶었던 게 아닐까. 그리고 나도 아버지를 사랑하고 싶었던 게 아닐까. 엄마는 옆에서 그걸 지켜보며 저와 아버지를 모두 불쌍하게 여긴 게 아닐까. 정신을 차리고 보니 제가 이연이를 끌어안고 엉엉 울고 있더라고요. 끝났다고 생각한 저와 아버지 사이도 이 애와 함께라면 다시 시작할 수 있을 것 같았어요. 그날 이후로 이연이는 제 동생이 됐어요. 그리고 엄마를 도와 이연이를 데려올 방법을 찾기 시작한 거예요. 비록 아버지의 마음을 돌리기엔 너무 늦어버렸지만, 오늘부터 이연이와 전 진짜 가족이에요. 그러니 앞으로도 누가 뭐라 하든, 어떤 일이 닥치든 저는 제 동생을 지킬 거예요."

태연의 눈은 햄버거 가게에서 거짓말로 감성팔이를 하던 때의 슬픈 빛이 아닌, 내게 설사약을 먹이던 때의 형형한 빛을 내고 있었다.

"이연이를 지킬 수 있게 도와주셔서 고맙습니다. 이연이는 저와 아버지에게 주어진 또 한 번의 기회이자 가능성이에요."

"가족이 되는 것도 갈라지는 것도, 누굴 미워하는 것도 사랑하는 것도 한순간의 마음에 달려 있구나."

나는 초콜릿을 입에 잔뜩 묻히며 먹고 있는 이연에게 다가갔다. 처음 사진으로 봤을 때보다는 훨씬 자기 나이로 보였지만 역시 도자기 인형 같은 무표정이 어색하다. 웃는 얼굴을 좀 보고 싶은데. 나는 아이 앞에 쪼그려 앉았다.

"이연아. 아저씨가 재밌는 얘기 하나 해줄까?"

무엇이든 될 수 있는 아이의 맑은 눈이 나를 보았다.

"전뇌 프로그램 개발자가 가장 좋아하는 햄버거가 뭐게?"

서동훈 상명대 국어교육과를 졸업하고 수년째 방송 작가로 활동 중이다. 2024년 봄, 《계간 미스터리》 신인상에 〈사이버 니르바나 2092〉가 당선되었다.

"남자는 영원히 이해하지 못할 것이다.
절대 열지 말아야 할 문을 연 것은
자기 집에 왔던 그 모든 여자들이 아니라 자기 자신이었음을."

가해자의 심리를 장악하고 무너뜨려 복수하는 심리 미스터리

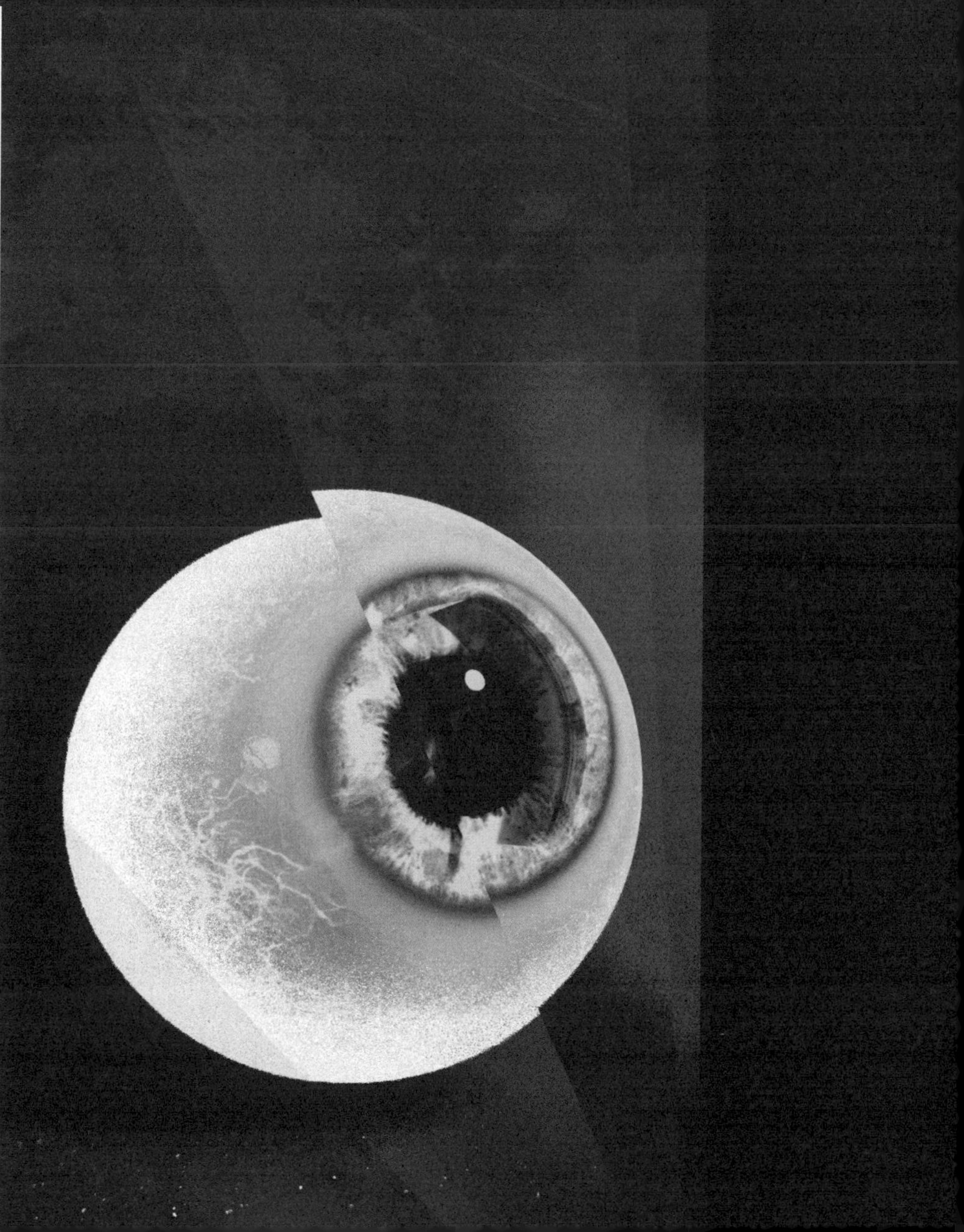

푸른 수염의 방

나비클럽 소설선

nabiclub

생문과 사문

무경

하늘은 홀로 청청했다. 맑고 드높아 그 아래 난잡히 벌어진 울긋불긋함을 보지 않는 듯했다. 궁녀들의 비질이 바빴다. 궐의 마당을 덮은 낙엽은 온전히 색 바랜 채 떨어진 것도, 푸른빛을 채 다 떨쳐내지 못한 것도 있었다.

비질로 흩날리는 먼지를 피하려 처마 아래로 들어간 의겸은 건물과 벽이 드리운 그늘 사이를 서둘러 길었다. 같은 길을 몇 번이나 발로 니니며 머릿속으로 수없이 재어보았다.

명확한 답을 빠르게 구해야 했다.

그에게 다다른 일은 언제나 서둘러 해내야 했다. 여유를 둘 수 있는 것 따윈 하나도 없었다. 일을 보낸 서 공에게 이유를 물을 수는 없었다.

작금이 난세라서지!

날 선 호통으로 설명을 대신할 서 공이, 문서에 수결하느라 고개 숙인 탓에 보이지 않지만 무인처럼 덥수룩하니 기른 수염 아래 주름 잔뜩 져 있을 형상이 눈에 선했다.

처음 만났을 때, 서 공의 입과 얼굴은 바쁘게 움직였다. 뒤흔들리는 수염이 운무가 흩날리듯 변화무쌍했다. 하지만 가벼운 움직임 뒤에 남은 묵직하고 무서운 게 의겸을 지켜보았다. 서 공 곁에 앉아 말을 거들던 파영은, 얼마 전 마주했을 때도 말로 자신을 견주려 들었다.

근래 무척 바빴네. 이번에는 급히 요동에 다녀왔지.

요사이 모습이 보이지 않더라니, 참 먼 곳엘 갔었군.

그곳 정세를 보러 갔네. 일본이 청과 싸워 크게 이겼을 때 요동을 집어 삼키려다가 서양 열강들이 제지하는 바람에 도로 뱉었지 않았나. 듣자니 그 일을 구오께서 참으로 기꺼워하셨다더군. 최근 일본 때문에 언짢은 게 많으셨을 터인데.

파영이 목소리 낮추어 비밀인 양 꺼내는 말은 그럴듯하게 들렸지만 모두 아는 것뿐이었다. 오히려 궁의 깊고 어두운 사정은 의겸이 더 많이 눈여겨보았다.

얼마 전부터 주상의 식음이 온전하지 못했다. 수라상에 오른 산해진미에 손대지 않고 물리는 일이 태반이라는 말이 들렸다. 상에 올라온 것을 믿지 못하는 게 분명했다. 주상의 식음은 궁 바깥에서 간간이 들어오는 양인 선교사들에게 달려 있었다. 그들이 궁에 들어왔다가 나갈 때마다 지니고 온 것들이 한가득 덜어졌다. 주상께서는 의심이 많았다.

망령된 말은 삼가게.

의겸의 말에 파영이 입을 다물었으나 눈만은 여전히 자신을 날카롭게 향했다. 파영의 특출나게 생기지 않은 모습에서 단 하나, 눈빛만이 살아서 매서웠다.

오래도록 함께 일했지만, 의겸은 아직도 파영이 어떤 자인지 몰랐다. 관리이고 성씨가 박이라는 것만 알았다. 서 공에게 자주 불려가고 이런저런 사람을 만나서 여러 말을 전하는데, 한양 도성 안팎만이 아니라 전국 팔도, 때로는 바다 너머나 압록강과 두만강을 넘나든다고만 들었다. 흐릿한 얼굴의 파영이 사방을 분방하게 움직이는 모습을 명징한 형상으로 떠올릴 수 없었다.

바람이 거세게 일었다. 의겸은 소맷자락으로 얼굴을 가렸다. 몇몇 궁녀들의 비질이 멈추었다. 다시 흐트러지고 만 마당의 꼴에 망연해하는 표정이 더러 보였다. 계속 묵묵히 빗질하는 건 나이 든 자들이었다. 오래 살아남아 절망에 익숙해진 그들은 표정에까지 체념이 배어 있었다.

근래 부는 바람이 계속 매섭고 거칠었다. 궐 마당에 내려앉은 잎 중 대다수는 아직 떨어질 때가 아닌 것이 많을 터였다. 문득 며칠 전에 들은 말이 떠올랐다.

*

자네가 할 일이 있어.

서 공은 표정 없는 이였다. 수염 덥수룩한 얼굴 위로 언제나 찌푸린 주름이 일렁였고 표정 또한 변화무쌍했지만, 정작 거기에 실질은 실리지 않았다. 그조차 바쁜 손놀림으로 수결하느라 고개를 상 위에 못 박은 채라서 보이지 않았다.

전하께서는 작금의 정세를 진중하게 보시고 있네.

등 뒤에 서릿바람이 불었다. 어두운 상회 창고의 가장 깊은 구석이었다. 쥐도 새도 귀 기울일 구멍이 전혀 없었다. 하지만 나라님을 칭하는 두 글자는 여기서 서 공과 독대한 뒤로 처음 들은 것이었다.

서 공이 방으로 쓰는 창고에 드나드는 이들을 더러 봤었고, 의겸도 여러 번 들어갔었다. 그러나 혼자 드나드는 이는 드물었다. 누가 홀로 들어가면 두꺼운 문이 닫히고 그 뒤로는 침묵 아닌 침묵만이 있을 뿐이었다. 한참 뒤에 나온 자들은 아무 감정도 드러내지 않는 엄숙함을 꾸미고 있었다. 다시 그곳을 밟는 이도, 다시는 보이지 않는 이도 있었다. 파영도 홀로 드나들었지만 정작 얼굴은 늘 무던하기만 했으니 괴이한 자였다.

이놈의 정신머리 좀 보라지. 그전에 꼭 물어야 할 걸 잊었군.

생각은 서 공의 가벼운 말로 끊어졌다.

얼마 전 흉참한 일이 벌어졌을 때, 자네는 어디 있었나?

몸이 굳어버렸다.

서 공은 붓을 내려놓고 의겸을 보았다. 미간에 깊이 파인 세로 주름과 삼엄한 눈빛은 한 점의 거짓도 놓치지 않을 것만 같았다. 그만 말을 더듬고 말았다.

호, 홍제원에 있었습니다.

홍등가에 간 게로군. 거기서 밤새 들병이라도 껴안고 있었던 게지? 경거망동했군. 일본의 움직임을 주시해야 할 중차대한 때, 녹봉 받는 자가 감히!

갑자기 창고 안 희미한 불빛이 아득해졌다.

너는 죽어야 한다.

말 뒤에 담은 뜻이 비수처럼 찔러 왔다. 의겸은 죽어 마땅한 자였다. 궁에서 벌어질 일을 미리 눈치채지 못하고 그저 계집이나 껴안으며 시시덕거렸으니.

서 공의 지시를 받아 의겸은 한성신보*의 일본인들을 주시했다. 사장으로 앉은 안달겸장**과 그 아래 기자라 칭하는 무리를 살피며 이상한 움직임이 없는지를 보고하는 것이 그가 맡은 수많은 일 중 하나였다. 몇 번 본 안달겸장은 이지적인 얼굴에 커다란 입술이 부조화스럽게 자리 잡아 뱃속에 집어삼킬 것이 있나 호시탐탐 노릴 것처럼 보였다. 그가 거느린 일본인 기자들은 성정이 모나고 과격한, 낭인에 가까워 보이는 자들이었다.

그들이 기이한 행태를 보일 때가 있었다. 군인과 만나기도 하고, 제국대학이라는 곳 출신의 백면서생들과 어울리기도 했다. 의겸은 구태여 모든 것을 보고하지 않았다. 일본인들이 일본을 기꺼워하는 궁궐 안팎 사람

* 일본의 한국 침략을 위한 선전 기관지로 1895년에 창간해 서울에서 발행한 신문. 사장 아다치 겐조와 구마모토의 낭인이던 기자들이 일본공사관과 함께 을미사변의 계획을 구상하고 실행했다.

** 아다치 겐조(安達謙藏, 1864~1948), 당시 한성신보 사장. 훗날 내무대신을 역임했다.

을 만나는 것과 그들의 행동 사이에는 차이가 없어 보였다. 그들은 위협으로 보이지 않았다. 그들만 살피기엔 해야 할 일이 너무나 많았다.

대수롭지 않은 자들이다. 먹물 묻힌 자들이 대체 무엇을 할 수 있겠는가.

의겸은 그렇게 생각했었다. 한성신보의 일본인들이 어느새 훈련대訓練隊*까지 포섭하고, 그들과 함께 궁에 침입할 줄은 전혀 몰랐다.

궁을 침범한 일본인 무리와 군인의 손에 국모가 살해당했다.

홍제원의 지저분한 골방에서 그 말을 전해 듣는 순간 술이 깨고 몸이 으슬으슬 떨렸다. 믿을 수 없는 일이었다.《전우치전》처럼 무엄한 자가 도술로 궁에 침입해 소란을 피우는 재담이 더 그럴 듯 했다.

훈련대장은 대체 무슨 일을 저지른 것인가. 그 늙은이가 대체, 수하들도 제대로 건사하지 못하고….

몇 번이나 그렇게 중얼거렸다. 시위대侍衛隊** 군인들이 궁을 제대로 지키지 못한 탓이라고만 여기고 싶었고, 제 실책은 없었길 바랐다. 하지만 사실은 참혹했다. 자신이 방심해 터지고야 만 결과를 떨쳐낼 수 없었다.

변고에 휘말려 여럿이 목숨을 잃었네. 우리 사람들도 더러 상하고 사라졌지. 이 일을 호통 한두 마디 따위로 끝낼 수는 없어.

험상궂게 돋은 수염 때문일까. 서 공의 말은 염라대왕의 판결처럼 들렸다.

그의 빈손이 움직였다. 서 공이 육혈포를 품고 다닌다는 소문이 떠올랐다. 호신용이라지만 결국 사람 죽이는 본질이 달라지지는 않았으니, 죄지은 의겸의 생명을 앗아가기에 부족함이 없을 터였다.

나도 알고 있네.

서 공은 붓을 잡았다.

어찌 모르겠나? 우리 일이 그러하다는 것을. 의심을 돌리려 일부러 방

* 2차 갑오개혁 당시 창설된 부대. 일본의 주도로 창설되었으며, 을미사변 이후 해체되었다.

** 왕궁과 왕실을 지키던 여단급 경비대. 을미사변 당시 외부의 침입에 맞서 저항했다.

탕한 척, 괴팍한 척하며 거짓으로 치장해야 하지. 그날 자네도 수고로이 그랬던 것일 테야. 어쩌다 때가 맞지 않았을 뿐.

다시 수결을 이어가는 서 공의 얼굴에 드리워졌던 주름은 사라졌고 목소리도 낮아졌다. 의겸은 등 뒤 문짝에 몸을 기대고 싶었다. 몸에 힘이 빠지고 만 것을 들키고 싶지 않았다.

하지만 자네가 실기한 것 또한 사실이지.

어찌하실 겁니까?

의겸은 겨우 말했다. 목소리가 갈라져 나왔다. 서 공은 한참 묵묵히 수결을 이었다. 문득 붓이 멈추었다.

패장의 죄는 그만큼의 승리로 덮는 법.

서 공이 고개를 들었다. 근엄한 얼굴에 한 줄 긴 주름이 드리워져 있었다. 얼굴을 똑바로 볼 수 없었다. 형형한 눈빛을 마주 보았다간 비수가 눈알 앞에 곧장 들이밀어지는 느낌일 것이다.

전하께서는 작금의 정세를 진중하게 보시고 있네.

같은 말이 다시금 나왔다. 하지만 말은 훨씬 묵직하고 차가워, 얼음산이 짓누르는 듯했다.

전하께서는 일본인들의 방자한 행위를 더는 용납하지 못하시네.

서 공이 긴 지시를 내렸다. 의겸은 묵묵히 말을 들었다. 모든 말이 끝나고 서 공은 다시 문서로 눈을 돌렸다. 더 할 말이 없다는 신호였다. 그렇게 의겸은 창고 문밖을 살아서 나가게 되었다.

바깥에는 어느새 파영이 와 있었다. 구석에 앉은 채 낡은 책장을 뒤적거리는 모습이 평범하고 고루한 학인일 뿐이었다. 의겸이 옆을 지나칠 때 파영이 말을 던졌다.

나갈 때는 표정을 고치게.

의겸은 아무것도 듣지 못한 듯 걸음을 옮겼다. 여기서 서 공을 홀로 만난 이들이 왜 그런 표정이 된 것인지 이제야 알 수 있었다.

*

그 뒤 숱한 날을 고민했다. 궁내부宮內府*에서 맡은 일을 할 때에도 머릿속으로는 서 공의 지시를 이룰 방도를 꾸미는 데 몰두했다.

의겸은 다시 발을 멈췄다. 멀찍이 붉은 것이 우뚝 솟아 있었다. 일산이었다. 급히 허리를 깊이 숙였다. 낮에는 우뚝한 일산, 밤에는 붉게 흔들리는 제등이 주상의 거동을 알리는 신호였다.

일산이 궁을 벗어날 일은 드물었다. 흉참한 일이 벌어진 이후 일산이 맴도는 곳은 더욱 좁아졌다. 일을 수습하며 많은 자가 사라졌고, 빈자리를 일본과 가까이 지내어 열강의 침탈을 방비해야 한다는 자들이 채웠다.

서 공은 말했다. 고관대작의 옷을 입고 주상의 녹봉을 먹고 있지만 주상을 겁박하는 자들 또한 그들이라고, 곧 그자들 대신 일본인들이 자리에 앉아 주상을 직접 겁박하고 해칠 것이라고. 이는 온전히 서 공의 생각만은 아닌, 일산 아래를 걷는 주상의 심중 또한 그러할 터였다.

고개를 들었다. 멀어지는 붉은 일산을 보다가 문득 만인산萬人傘을 떠올렸다. 지방에 부임한 관리가 선정을 베푼 것을 기려 백성들이 한 땀 한 땀 모아 만든다는 일산. 하지만 영광되어야 할 그것은 어느새 관리가 부임하면 반드시 받아야만 하는 삿된 물건으로 변했다. 얼마 전 나라에서는 만인산을 금지했다. 하지만 아직도 백성들의 피를 아로새긴 만인산을 드높이고 싶어하는 자가 많았다. 개중에는 의겸이 흠모하던 이들도 있었다. 지조 높고 절개 곧아 변하지 않을 것 같던 이들이 청이나 일본, 아라사** 같은 나라의 뜻을 대신 전하는 혓바닥처럼 꿈틀거렸다.

이 흉악한 세상.

의겸은 저도 모르게 중얼거렸다.

* 왕실 사무를 총괄하던 기관.

** 러시아의 음차

예전에 과거 시험을 치르는 양반가 자제들에게 교묘한 속임수를 알려 합격하게 이끌었을 때만 해도, 세상은 힘 있는 자들이 뜻하는 대로 움직이는 게 순리라고 여겼다. 아무리 똑똑해도 힘이 없다면 과거에 낙방하기 일쑤였다. 의겸은 힘 있는 이의 지시와 돈을 받아 일을 곧잘 했다. 그러다 서 공의 눈에 띄어 말단미직을 얻었다. 드디어 제 손으로 밀어 올린 이들에 섞여 그들보다 더욱 그럴듯하게 세상을 휘두를 수 있다고 여겼다. 하지만 관복에 어울리는 밝은 일을 하며 그늘에서 어두운 일도 하면서, 비로소 자기가 본 것이 그릇되었다는 걸 깨달았다.

세상은 힘 있는 자들이 뜻하는 대로 주물러대는 게 순리였다. 하지만 여태껏 힘 있다고 여겼던 자들은 그저 우물 안 개구리에 지나지 않았다. 조선이라는 개구리가 갇힌 우물의 바깥에는 열강이라는 새매가 사납게 날아다녔다. '왜'라고 부르며 낮잡아보던 일본조차 한입에 개구리를 집어삼키는 사납고 커다란 독사로 자라나 있었다. 세상을 휘두르는 자는 자신이나 조선에서 권력 잡은 자들이 아니라 오히려 바깥의 사나운 것들이었다.

모골이 송연했다.

의겸은 더더욱 어둡고 은밀한 일에 몰두했다. 그가 하는 건 뻐꾸기나 민달팽이의 짓을 닮았다. 새매도 몰래 둥지에 알 낳은 뻐꾸기 때문에 제 알이 깨지고, 독사도 어두운 곳에 사는 민달팽이가 내뿜는 점액에 놀라 도망친다고 했다. 음습한 술수란 강한 자와 직접 맞서지 못하는 자의 방편이기도 했다. 의겸은 자신이 시커먼 일을 곧잘 한다는 걸 알았다.

다시 발걸음이 멈췄다.

저만치 문이 보였다. 군인들이 삼엄하게 지키고 선 문 너머는 저잣거리였다. 구중궁궐과 속세를 고작 문 하나가 갈라 나누었다.

며칠 사이 궐 안 가장 깊은 곳에서 이곳까지 몇 번이나 오갔는지 구태여 세어본 적 없었다. 가장 눈에 띄지 않고 나가는 길은 이미 그려진 뒤였다. 소매에 품은 회중시계를 꺼내보았다.

이각.*

소요되는 시각은 일정했다.

문이 열리는 데 빨라도 반각, 어쩌면 일각을 소모할 것이다. 총 삼각.

애매한 숫자였다. 이각이라면 성공할 수 있지만 삼각이면 실패할 게 분명했다. 하지만 아무리 궁리해도 일각을 줄일 방도가 없었다.

전하께서 궁을 나가셔야 하니, 감시하는 자들을 떨쳐내고 길을 만들 방도를 꾸미게.

서 공은 그렇게 지시했다.

주상을 문 너머 속세로 모셔가야 했다. 적들의 눈에 띄지 않게, 은밀하고 재빠르게. 하지만 일산 아래 몸을 숨긴 주상을 어떻게 일본인들의 손이 닿지 않는 곳으로 모실 수 있단 말인가?

*

의겸은 이르게 퇴청했다. 발길은 집으로 향하지 않았다. 그가 간 곳은 인사동이었다. 골목 깊은 곳에 늙은 책쾌가 낸 세책가貰冊家**가 있었다. 작고 허름한 점포였지만 찾는 사람이 드물지 않았다. 발걸음은 거기서 잠깐 머물렀고 가게 밖에 체통 없이 털썩 주저앉아 장죽을 문 늙은이 또한 퉁명스러운 눈길을 보낼 뿐이었다. 의겸 옆으로 젊은 책쾌들이 분주하게 지나갔다.

좀 더 깊은 골목에 있는 허름한 집에 볼일이 있었다. 어디서 구했는지 모를 대나무가 비쩍 마른 채 문 앞에 세워져 있었다. 낡은 나무판으로 얼기설기 엮은 문을 밀고 들어간 뒤, 구멍 하나 없이 팽팽하고 꼼꼼하게 도

* 일각刻은 15분.

** 조선 후기의 도서 대여점.

배된 창호지 발린 문도 열고 들어갔다.

안에 앉은 중년 여인이 고개를 들었다. 그 눈에 비치는 게 아무것도 없다는 걸 이미 알고 있었다. 여인이 물었다.

무슨 일이시우?

해몽 좀 해주게. 내가 꿈에서 괘를 하나 봤거든.

에잉. 쯧쯧.

여인은 점쟁이 행색을 했지만 정작 사람 만나기를 지독하게 꺼렸다. 하지만 물어야 했다. 예전부터 풀리지 않는 일이 있으면 여인에게 신세를 졌다. 의겸은 문을 닫고 목소리를 더욱 낮게 깔았다.

꿈에서 종이에 적힌 수지비(䷇) 괘를 얻었네. 그런데 괘 속 구오가 꿈틀거리는가 싶더니 종이 바깥으로 나가려 들지 뭔가. 울타리나 문을 넘으려고 애쓰더란 말이야.

종이에 무슨 울타리며 문이 있단 말이우?

꿈이 그러했다니까, 꿈이.

수지비라. 구오가 마땅히 있어야 할 자리에 있으니 전란으로 피폐해진 나라를 평화로이 다스린다는 뜻이 아니겠수? 그런데 어찌 구오가 섣불리 움직이는지?

지금 머무른 곳이 마땅히 있어야 할 자리가 아니기에 그런 게야.

여인은 침묵했다. 공허한 눈이 몇 번을 깜박이는 동안, 의겸은 주위에 널린 삿된 기물에 눈 돌리지 않으려 애썼다. 점집을 드나드는 게 쉬이 흠 잡힐 일임을 알고 있었기에 관직에 오른 뒤로는 아주 드물게 드나들었다. 하지만 그는 이미 더욱 큰 흠을 짊어지고 있었다.

그래서 어찌할 작정이시우?

모시고 나가야지. 내가 앞장서야겠지.

하기야, 구오가 제 발로 훌쩍 담 넘고 나갈 수 없는 노릇이지. 그렇다면 뫼시는 것들의 수는 적어야 할 텐데.

아무리 줄여도 내가 원하는 바보다 몇 곱절은 많겠지. 게다가 이리와 승냥이들이 돌아다니고 사람 가죽 뒤집어쓴 사람 아닌 것 또한 숨어 있어. 그것들의 눈도 피해야지.

그걸 대체 어찌 할 수 있담?

병지정주속兵之情主速, 전쟁에서는 신속함이 중요하다고 했네. 이각 만에 나갈 방도만 있다면 나머지는 어떻게든 할 수 있네. 하지만 아무리 궁리해도 삼각이 걸려. 문까지 다다르는 데 이각, 문이 열리는 데 일각. 그래서 용한 점쟁이의 말을 듣고 싶은 게야.

내가 뭘 안다고 그러시우? 나는 꿈 듣고 그걸 해몽하는 게 전부일 뿐인걸.

여인이 잠시 뜸을 들였다. 아무것도 보지 못하는 눈의 눈꺼풀이 공연히 몇 번을 닫혔다 열렸다.

어떻게든 이각으로 줄여야 해. 벼락이 하늘을 밝히는 잠깐의 시간이라도 덜어내어야 하네.

천둥이 울면 용이 하늘로 오른다고 하는데, 나리는 천둥은커녕 벼락 내릴 틈조차 주지 않는구려.

아무리 궁리해도 다른 길이 없어. 게다가 문을 지키고 선 자들 가운데 탐탁지 않은 자가 더러 있을지 모르니, 그들을 억누르는 데도 시간을 쓰게 될 터, 어떻게 하더라도 삼각을 쓰게 될 것이니….

여인은 다시 침묵했다. 의겸은 창호 문 너머에 기척이 있는지 신경 쓰며 기다렸다. 여인은 어려운 일이 있을 때 생각을 청하던 이였고, 늘 그가 미처 깨닫지 못한 점을 짚으며 일깨워주었다.

문득 여인이 말했다.

문이 안과 밖을 나누어 구별 짓지만, 여는 것은 자유자재이지 않수. 나가려는 이가 안에서 열기도 하지만, 바깥에 있는 이가 대신 열어줄 수도 있으니.

바깥이라고?

구오가 궐 밖으로 나가서 다다르려는 곳이 있을 게 아니우? 그곳 사람들이 대신 열어주는 방법 또한 있을 터.

통명스러운 여인의 말을 들으며 의겸은 이마를 벽에 찧고 싶었다. 여태 안에서 재빨리 문을 열 방법만 고민하고 있었다. 궁궐 바깥에서 침입한 자들 때문에 놀라고 말아 궁 안에서만 모든 걸 처리하려 했던 게, 섣불리 바깥을 배제하려 들었던 게 오히려 어리석었다. 자책이 몸을 감쌌다. 언제나 복잡한 문제를 해결할 답은 간단하고 명확했다.

의겸은 일어났다.

고맙네.

복채는 놓고 가시우.

여인의 말은 언제나처럼 끝났다. 이미 탁상에 엽전 몇 개를 올려놓은 뒤였다.

골목을 나선 의겸은 저도 모르게 멈춰 설 뻔했다. 늙은 책쾌 옆에 낯익은 이가 서 있었다. 파영이었다. 책을 뒤적거리던 그가 흘끗 보았지만 모른 척 흘려 넘겼다. 파영은 책쾌 무리와 교류가 잦았는데, 그것이 책을 좋아해서인지 다른 이유 때문인지는 알 수 없었고, 지금은 파헤칠 여유도 없었다.

의겸은 걷고 또 걸었다. 한 발을 뗄 때마다 궁리는 더욱 명확하게 섰다.

기별도 없이 불쑥 찾아갔지만 창고에는 서 공이 묵묵히 앉아 있었다. 눈에 핏발이 서 있었고 기미는 더욱 짙어져 있었다. 얼굴을 잔뜩 찌푸린 서 공은 문이 닫히자마자 노성을 질렀다.

대체 뭘 하는 건가? 보는 눈을 피해 움직이라고 그리 일렀거늘!

연통을 넣어야 합니다. 어가가 다다를 곳의 자들에게 부탁해야….

이미 연락을 교환하고 있네. 내가 여기 죽치고 앉은 이유를 자네가 더 잘 알지 않나? 전하께서 가실 곳을 물색해야 하기에, 양인 선교사들과 기별을 넣고 미리견*인들과도 소통하였네. 아라사 공사 위패韋貝**와는 이미 뜻을 깊이 통한 뒤고!

대답에 섞인 분노는 오히려 차가웠다. 부끄러웠다. 미숙함을 연신 드러내어 화만 돋우었다. 화난 눈이 전혀 너그러워지지 않았다.

하지만 내가 손댈 수 있는 건 바깥의 일뿐, 궐 안은 아니지. 그렇기에 자네가 언제 준비가 끝날지, 어디까지 준비할 수 있는지를 들어야 한단 말이네! 그래서, 이렇게나 마구 달려온 걸 보니 방도가 있겠지?

다시금 의겸은 등골이 서늘해지는 것을 느꼈다. 서 공의 품 안에 들어간 손을 뒤늦게 알아차리고 만 뒤였다. 삶을 곧장 죽음으로 뒤틀어버릴 게 분명한 차가움이 저 안에 들어 있을지도 모른다. 두려움을 애써 무시하며 말했다.

궐내에 있는 자들 가운데 일본에 포섭된 자가 많습니다. 숙위병이나 내관, 상궁 중에도 입김 닿은 자들이 더러 있습니다. 그들의 눈을 피해 빠르게 문을 열어야 합니다.

내부의 적. 그건 이미 아는 바야.

그들의 눈을 속여 어떻게든 이각은 지체시킬 수 있겠지만, 그 이상은 힘듭니다. 이각으로는 전하께서 문까지 다다르는 게 고작입니다. 그러니 문은 바깥에서 열어야 합니다. 바깥에서 문을 여는 때에 맞춰 전하께서 출궁하셔야 합니다.

줄탁동시라는 거군.

광화문과 영추문迎秋門은 미리견과 아라사 공사관이 있는 정동과 가까워서 일본의 감시 또한 더욱 두터울 터입니다. 어가는 건춘문建春門으로 행차합니다.

건춘문 쪽 교동에는 일본공사관이 있어. 근방을 지나쳐야 할 터.

* 미국의 음차.

** 당시 러시아 공사 카를 이바노비치 베베르의 한국어 이름.

발밑이 가장 어두운 법입니다. 그들은 어가가 정동으로 나갈 것을 경계해 그곳에 감시를 두터이 하겠지만, 공사관 쪽은 제 땅이라고 여겨 인원을 작금만큼만 유지할 것입니다. 정해진 날 어가가 자선당資善堂*을 향해 이동하다가, 도중 다다를 곳을 건춘문으로 바꿉니다. 때에 맞춰 바깥에서 군대가 문을 엽니다.

군대라면?

미리견이나 아라사의 병력을 동원하는 것이 가장 안전하겠지만, 궁 근처에서 움직이면 눈에 띌 것입니다. 친위대親衛隊**를 동원합니다. 그들이 문을 열면 얼른 합류하여 전하를 호위하며 출궁합니다. 그 후 양인들의 군대와 만나 전하를 약속된 곳에 모십니다.

서 공은 거친 수염을 쓰다듬었다. 얼굴에 드리워진 주름은 펴지지 않았고 말 또한 나오지 않았다. 계획을 검토하는 것이 분명했지만 일리 있다고 여겨 세세한 바를 고심하는 것인지, 허튼수작이라고 보아 의겸을 처분할 방도를 궁리하는 것인지는 알 수 없었다.

내 할 일은 무엇인가?

의겸은 안도했다. 말이 빨라졌다.

때와 바깥에서 문 열 자들을 명백하게 정해주십시오.

오늘 중으로 기별을 넣어 확인하겠네. 어가가 언제 움직여야 할지, 어느 나라의 도움을 받을지는 곧 알려주겠네. 그밖의 일은 자네가 모두 맡도록 하게. 친위대 사람을 정하고 접촉하는 것도, 사람들을 이끄는 것도 모두.

제가 말입니까?

자네는 이미 전쟁터에 나선 장수야. 전장의 일을 맡기는 게 당연하네.

놀란 의겸의 물음을 덮는 서 공의 말 너머, 강한 뜻이 잠깐 내비쳤다.

* 왕세자와 왕세자빈이 머무는 동궁의 처소.

** 을미개혁으로 시위대와 훈련대를 합쳐 창설된 중앙군.

패장의 죄는 그만큼의 승리로 덮는 법.

얼마 전 들은 그 말이 여전히 뒤에 남아 있었다.

상회의 으슥한 창고를 나온 뒤 의겸은 계속 걸으면서 골몰했다. 오래 걸어 발은 뜨뜻하고 축축해졌지만 걸음은 서늘하고 저리기만 했다. 저도 모르게 신음이 흘렀다.

서 공 아래에서 여러 은밀한 일을 처리한 바 있었다. 어둠 한편에 자리 잡은 팔뚝 하나가 되어 역할대로 움직인 적도 있었고, 머리 하나로 참여해 꾀를 짜낸 적도 있었다. 하지만 여태 한 번도 중요한 일을 제 뜻대로 온전히 실행한 적은 없었다.

두려운 건 처음이기 때문만은 아니었다. 죄과를 벌충하라고 주어진, 작두날 위에 올라선 무당처럼 위태로운 자리여서였다.

*

시간 또한 작두날처럼 날이 서 있었다. 발에 맺힌 땀이 마를 새도 없이 의겸은 그 위를 걷고 또 걸었다. 이후로도 주상의 행차가 움직일 시간을 회중시계로 몇 번이나 어림했다. 한 발이라도 빠른 길을 찾았다. 다른 곳에 속한 여러 사람을 만났다. 친위대에 속한 이도 있었고, 궁내부의 내시도 있었다. 의겸의 계획을 반대하는 이는 없었다. 그럴 낌새가 조금이라도 있는 이와는 접촉을 꺼려서였다.

일은 빠르게 진행됐다. 겉으로 드러나는 행적만으로는 높은 지위에 있는 이들이 모든 것을 이룬 것처럼 보이겠지만 실제로는 그 아래 어둠에서 오가는 의겸 같은 이들이 자아내는 것이었다.

일이 형태를 온전히 갖추기 직전, 때가 도달했다.

10월 열두째 날.

새로이 도입된 서양의 날짜가 아니라 예부터 써왔던 것으로 통보된 날이었다. 말미는 하루 남짓. 일은 이번에도 촉박했다.

계획은 의겸의 구상대로였다. 어가는 건춘문을 빠져나가 동소문으로 향하기로 했다. 정동으로 가는 것도 고려했지만 길이 좁고 궁과 너무 가까워 적과 내통하는 병력이 저지하려 들 우려가 있어 제외되었다. 육조거리에서 소란이 벌어지는 건 피하는 게 좋았다. 일은 재빠르고 은밀해야 했다.

열두째 날이 밝았다.

마지막까지 많은 이들과 연통을 넣었다. 직접 군영으로 찾아가 만난 대대장은 건춘문 바깥에서 문을 여는 때가 언제일지를 다시금 확인해주었다. 대대장이 눈을 마주치려 하지 않는 것을 유심히 보았다. 하지만 그 또한 손이 떨려 소매 안에 감추었기는 매한가지였다. 친위대의 군영 바깥에서 파영과 마주쳤다. 급히 걷던 파영이 멈춰 서서 눈짓을 보냈지만 못 본 척 굴었다.

해가 지기 전 억지로 밥을 먹었다. 밤이 깊으면 그가 궐 안의 움직임을 이끌어야 했다. 제대로 먹어야 일할 수 있다.

드디어 해가 저물었다.

아직 하늘에 온전히 차지 않은 열두째 날의 달을 몇 번이나 올려다본 끝에, 드디어 자선당으로 행차하겠다는 명을 들었다. 정해진 시간대로였다.

근엄하고 묵직한 어가의 행차는 그날따라 더욱 느리고 굼뜬 것 같았다. 궁인들 사이에 섞여 의겸은 묵묵히 걸음을 옮겼다. 느린 움직임을 쫓아 걷는 발걸음은 앞서 뛰쳐나간 마음의 빠르기를 따라 움직이지 못하고 헛되이 떨렸다. 어둠을 겨우 물리칠 뿐인 붉은 제등 불빛이 마구 흔들려 동요를 가려주었다.

행차가 자선당에 다다를 즈음 의겸은 몰래 회중시계를 보았다. 계산대로였다. 여기서 행차가 건춘문으로 향하면 이각이 될 터였다. 의겸은 급히 행렬을 빠져나갔다.

이제 문이 이미 열렸는지, 아직이라면 대체 언제 열릴지를 가늠해야 한다. 문이 열린 걸 확인하면 곧바로 돌아가야 했다. 그의 인도에 따라 어가는 문 너머로 나아가야 했다. 몇 번이나 머리와 발로만 그렸던 계획이 이제 실제로 이루어질 때였다.

건춘문이 보이는 곳에서 걸음을 멈추고 말았다.

문은 열리지 않았다.

열릴 기색 또한 보이지 않았다.

바깥에서 여러 소리가 요동쳤다. 고함과 또 다른 고함, 간혹 들리는 총소리가 섞였다. 문을 지키고 선 병사들의 살기가 등등했다. 있어서는 안 되는 거친 기색이었다.

바깥에서 다시 누군가의 고함이 아련하게 넘어왔다.

춘생문으로! 춘생문으로 가자!

의겸은 급히 몸을 돌리려다가 넘어지고 말았다.

건춘문은 열리지 않았다.

대체 왜?

친위대의 충성스러운 군인들은 춘생문을 뚫거나 중간의 담을 넘으려 들 것이다. 하지만 늦었다. 이미 모든 일이 궐 안팎의 승냥이 떼에게 알려지고 만 뒤였다. 건춘문이 열리지 않으면 춘생문 또한 열리지 않을 것이다. 결국 주상은 안에 갇힌 채 밤을 넘길 것이다.

또다시 일을 그르치고 말았다.

담을 따라 급히 움직이는 병사들을 망연히 지켜보며 의겸은 덜덜 떨리는 손을 어찌하지 못했다.

*

춘생문 옆 담으로 넘어오려던 병력이 저지당하고 해산되었다는 것을 의겸은 나중에 들었다. 계획이 실패한 걸 알고 나서도 눈물 흘릴 뿐 아무

말도 꺼낼 수 없었다. 이미 옥에 갇힌 죄인의 몸이었다. 봉두난발하고 지저분해져 사람 같지도 않은 제 꼴조차 과분하기만 했다.

친위대 대대장 중 하나가 군부대신 서리에게 밀고했고, 그자가 직접 건춘문에 가서 위병들을 단속하였네. 당연히 영문 모르는 그들은 문을 지킬 수밖에 없었겠지. 바깥에서 기다리던 자들은 역적 된 걸 알고는 곧바로 공사관에 의지하여 제 몸을 숨겼네.

옥으로 이야기를 전하러 온 파영이 말했다. 어떻게 감옥에 들어왔는지, 감옥서 관리를 어떻게 구워삶았는지 의겸은 묻지 않았다. 조선 천지를 막힘없이 오가는 자가 감옥을 드나들지 못할 리 없다고 여기면 족했다. 그 어떤 생각도 온전히 맺을 수 없었다.

세상에는 이 일이 전하께 무엄한 짓을 꾀하려던 자들이 벌인 짓이며, 모조리 잡힌 걸로 알려졌네. 일부는 문초 이후 죽임을 당하였고 일부는 태형 이후 유배를 가게 되었지. 자네처럼 처분을 기다리는 자들이 몇 남았지만.

의겸은 묵묵했다. 파영이 말을 이었다.

일본은 이 일을 놓치지 않았고 국모께 흉참한 짓을 벌여 옥에 가두었던 일본인들이 실은 아무런 죄가 없다며 죄다 풀어주라고 요구했단 말이네. 하지만 어찌하겠나? 전하께서는 그들이 해달라는 대로 하실 수밖에. 참으로 처참한 것이야. 패배한 자의 말로라는 게.

파영은 그답지 않은 한숨을 흘렸다.

그분이 말씀하셨네. 패장의 죄를 물어야 한다고.

어떤 변명도 꺼낼 수 없었다. 파영은 더는 입을 놀리지 않고 날카로운 눈빛으로 지켜볼 뿐이었다. 결국 의겸이 갈라진 목소리로 말했다.

홀몸으로 할 수 있는 바가 없네. 도구를 주게.

파영이 품에서 환약을 꺼냈다. 움직임이 그답지 않게 느렸다.

서양인이 만든 거라네. 비상보다 훨씬 잘 듣는다고 하더군.

환약을 건네는 손도, 넘겨받는 손도 떨렸다. 일 그르친 자는 죽어서 모든 걸 묻어야 한다는 건 알고 있었다. 하지만 자기가 그러리라고는 생각하지 않았다.

몰래 오느라 마실 술을 못 들여왔네. 미안허이.

파영의 목소리는 일부러 담담히 꾸민 것이 분명했다. 거기 섞인 떨림을 알아차리지 못한 척 대답했다.

그분께 전해주게나. 일을 이루지 못하여 송구하다고. 저승에서 반드시 백배사죄하겠노라고.

의겸은 환약을 입에 넣어 꼭꼭 씹어 넘겼다. 혀끝에 느껴지는 아릿한 맛이 침에 섞여 지독했다. 옥 안의 꽉 막힌 냄새도, 주위를 두른 애매한 어둠도, 곧 꺼질 삶도 지독하기는 매한가지였다.

요동치는 마지막 불꽃을 느끼며 의겸이 말했다.

자네였나?

옥에 갇힌 뒤 계속 생각에 사로잡혔다. 계획이 쉽게 누설될 리 없었다. 인명은 모두 신중히 골랐고, 계속 감시하고 의심했다. 그런데도 말이 새어 나갔다.

계획을 알지만 일 속에는 들어 있지 않은 자가 끄집어낸 것은 아닐까? 그럴 수 있었던 사람이라면….

파영이 고개를 끄덕였다.

내가 죽을죄를 지었기에 죽는 것인가, 아니면 그저 죽어야 하기에 죽는 것인가?

바짝 마른 목을 느끼며 의겸은 다시 물었다. 파영은 거기에는 대답하지 않고 몸을 일으켰다. 아니, 그조차 명확히 알 수 없었다. 어쩌면 조금 전 고개를 끄덕인 것조차 혼미해지는 정신 때문에 잘못 본 것일 수 있었다.

*

어두운 창고 안에 묵묵히 앉은 채 그는 소식을 기다렸다. 일이 성공하건 실패하건 소식은 이즈음 도착해야 했다.

바깥이 소란스러워졌다. 그는 소매 안에 손을 넣었다. 곧 문이 벌컥 열렸다.

성공했습니다.

문을 열어젖히자마자 파영이 말했다. 안도하는 대신 그는 파영을 노려보는 것으로 허술함을 책했다. 파영이 급히 문을 닫는 사이 소매에서 빈 손을 빼냈다.

방 안에 둘만 남았다.

어가가 무사히 아라사 공관에 도착했습니다. 그들이 우리 모르게 비밀리에 통로를 만들어놓은 덕이 컸습니다. 덕분에 그들 꿍꿍이 또한 일본 못지않게 무척 깊다는 걸 알게 되었습니다.

상황을 전하는 파영의 머리가 허전해 보였다. 짧은 머리로 상투를 틀지 못해 쓴 서양 모자는 그가 입고 있는 평복과 어울리지 않았다.

석 달 전 어가의 탈출이 실패했다. 일을 꾀한 자들은 죽거나 벌을 받았고, 임금은 더더욱 움츠러들었다. 그러자 일본은 조선이 제 손아귀에 놓인 것처럼 여겼다. 그들은 조선을 모욕하고 저들의 위세를 드높이려 임금에게 머리카락 자르기를 강요했다. 하지만 단발령이라는 억지는 많은 이들의 반감을 불러왔고 나라 곳곳에서 의를 내건 자들이 떨쳐 일어났다. 일본이 그들을 무력으로 제압하려 군대를 지방에 보낸 사이, 계획은 순식간에 진행되었다. 일이 성사되었다고 여겨 잠깐 보인 적의 오만함이 임금에게 살아날 기회를 준 셈이었다.

다행이야. 계획이 어그러지지 않아서.

그가 중얼거렸다. 속에 들끓는 감정은 안에서 온전히 갈무리되었다. 바깥으로 드러나는 것은 언제나처럼 몇 줄기 찌푸린 주름뿐이었다.

파영의 짧은 머리가 여전히 낯설었다. 단발령이 내려진 후 파영도 그도 곧장 상투를 잘랐다. 나라를 위해 움직여야 했기에 거리낄 것은 없었다. 파영의 상투를 자른 것은 그였고, 그때 흘러나온 탄식을 들은 것 또한 혼자였다.

파영이 물었다.

다행이라고 하신 게, 계획뿐만입니까?

웬 말인가?

인명을 괜스레 해치지 않아서 다행이라고 하신 게지요? 하나만 사라졌을 뿐.

숨긴 걸 모두 알아챌 듯한 파영의 눈빛을 마주하고서도 그는 대꾸하지 않았다. 그따위 것으로 동요할 때는 진작에 지난 뒤였다.

공께서 의겸을 참으로 아껴 키우셨지요. 자리를 물려줄 이로 낙점한 사람이었다는 걸 잘 압니다. 하지만 공은 그조차 버림패로 쓰면서 일을 이루었습니다.

흠.

참 교묘한 계획이었지요. 한 번 있는 일은 두 번도 있을 수 있는데, 일본인들은 여력을 다해 꾸민 듯한 일이 허무하게 이그러진 걸 보고서는 지레 다음은 없다고 안도해버렸습니다. 실은 처음 탈출은 허장성세일 뿐, 본질이 아니었는데.

잘못 알았군. 의겸이 꾸민 일이 성공했다면 그 일이 본질이 되었겠지. 전하께서 궁 바깥으로 무사히 당도하시는 것만이 가장 중했으니까. 전하가 건춘문을 넘으셨다면 거기가 생문生門이 되었을 거야.

의겸은 결국 사문死門을 고른 겁니까.

그는 대답하지 않았다. 오늘의 일을 성사하려 의겸이 공들여 짠 계획을 미덥지 못한 한두 사람에게 살짝 흘린 것을, 의겸을 사문으로 밀어 넣은 것이 자신이라고 말할 필요는 없었다. 그가 파영에게 말한 것 또한 사실이었다. 일부러 계획을 흘린 자들이 그가 파악한 것보다 미더운 자였다면 의겸은 생문에 들어섰을 것이다.

이제 의겸은 곧 역적 누명을 벗겠지. 살아서 밝음을 되찾지 못한 게 한스러울 뿐.

그는 의미 없는 말을 중얼거렸다.

의겸은 계획을 누설한 게 나였는지를 의심했습니다. 그 친구 또한 일에 미심쩍은 구석이 있음을 알아차린 겁니다. 차마 공이 했다고 밝힐 수는 없었기에 제가 한 것이라 답하였습니다.

그랬나?

그가 마지막에 물었습니다. 자기가 죽을죄를 지었기에 죽는 것인가, 아니면 그저 죽어야 하기에 죽는 것인가 하고.

적과 아군을 명확하게 판단하지 못한 탓에 사문으로 들어선 것일 뿐이야. 나도 자네도 언젠가는 그 문을 마주하겠지.

파영은 더는 묻지 않았다. 그는 생각에 잠겼다.

거느리는 이들 모두 나라의 큰일을 위해 희생할 각오가 되어 있었다. 하지만 그들을 무모하고 섣부르게 쓰고 싶지 않았다. 사람 하나를 키우는 데는 지극한 정성과 커다란 공이 들지만, 하나가 사그라지는 건 마른 담뱃잎이 타듯 순식간이었다. 인명 하나를 희생할 때마다 속은 헤집어졌다. 사람을 쓴다는 것은 목숨 하나하나를 귀히 여겨야 하는 일이라고 오래전부터 배워왔다. 아무리 큰 계획을 위한 꾸밈으로 희생했다고 해도, 의겸의 죽음은 큰 상처였다.

하지만 주상 또한 그러할까?

그는 알았다. 자신에게 등 돌린 자를 절대로 두고 보지 못하는 용렬함이, 배신한 자에게 반드시 보복해야만 마음이 놓이는 의심이, 적과 배신자 또한 품어서 용도에 맞게 쓰려 들지 않는 범속함이, 주상 안에는 나라님답지 않은 속인의 성정이 깃들어 있음을.

일본의 손아귀에서 벗어난 주상께서는 곧 밀명을 보낼 것이다. 하지만 새로이 뒷배로 삼은 아라사를 살피고 견제하라는 지시가 먼저가 아닐 터였다. 일본의 등쌀에 떠밀려 막료로 세운, 일본과 가까이 지내야 한다고 말하며 국모의 죽음에 눈 돌린 자들의 앞날이, 그들을 사문 너머로 보내라는 명령이 먼저 도달할 것이다. 그것이 몰래 죽이는 일이 될지, 저잣거리에서 대놓고 찢어 죽이는 일이 될지는 아직 알 수 없었다.

하지만 기다려야 했다. 승냥이에게서 벗어나 제 발로 곰의 소굴에 들어선 임금이 아무리 미덥지 못해도, 그런 임금이 내릴 지시가 무엇이 되었더라도 따를 준비가 되어 있어야 했다. 나라에 충성하기로 마음먹었기에, 그런 식으로 충성할 자리에 서 있었기에.

여전히 파영은 묵묵했다. 골방의 그림자에 섞인 모습은 어둠과 더욱 어울려 보였다. 눈앞에 보이는 암흑을 닮은 모든 것을 마주한 채 그는 다음 닥쳐올 일을 기다렸다.

무경 무경 부산에서 태어나 부산에서 살고 있다. 좋은 이야기는 세상을 좋은 방향으로 움직이고, 이야기 한 줄에 무한한 가능성이 담겨 있다고 믿는다. 《1929년 은일당 사건 기록》 시리즈를 썼으며, 연작 단편집 《마담 흑조는 곤란한 이야기를 청한다》를 펴냈다. 2024년 단편 〈낭패불감(狼狽不堪), 이러지도 저러지도 못하고〉로 제18회 한국추리문학상 황금펜상을 받았다. 2025년 서울국제도서전 최고 화제작 《부디 당신이 무사히 타락하기를》을 출간했다.

추모

프레더릭 포사이스: 전투기 조종사, 기자, 그리고 스릴러 작가

✦ 박광규

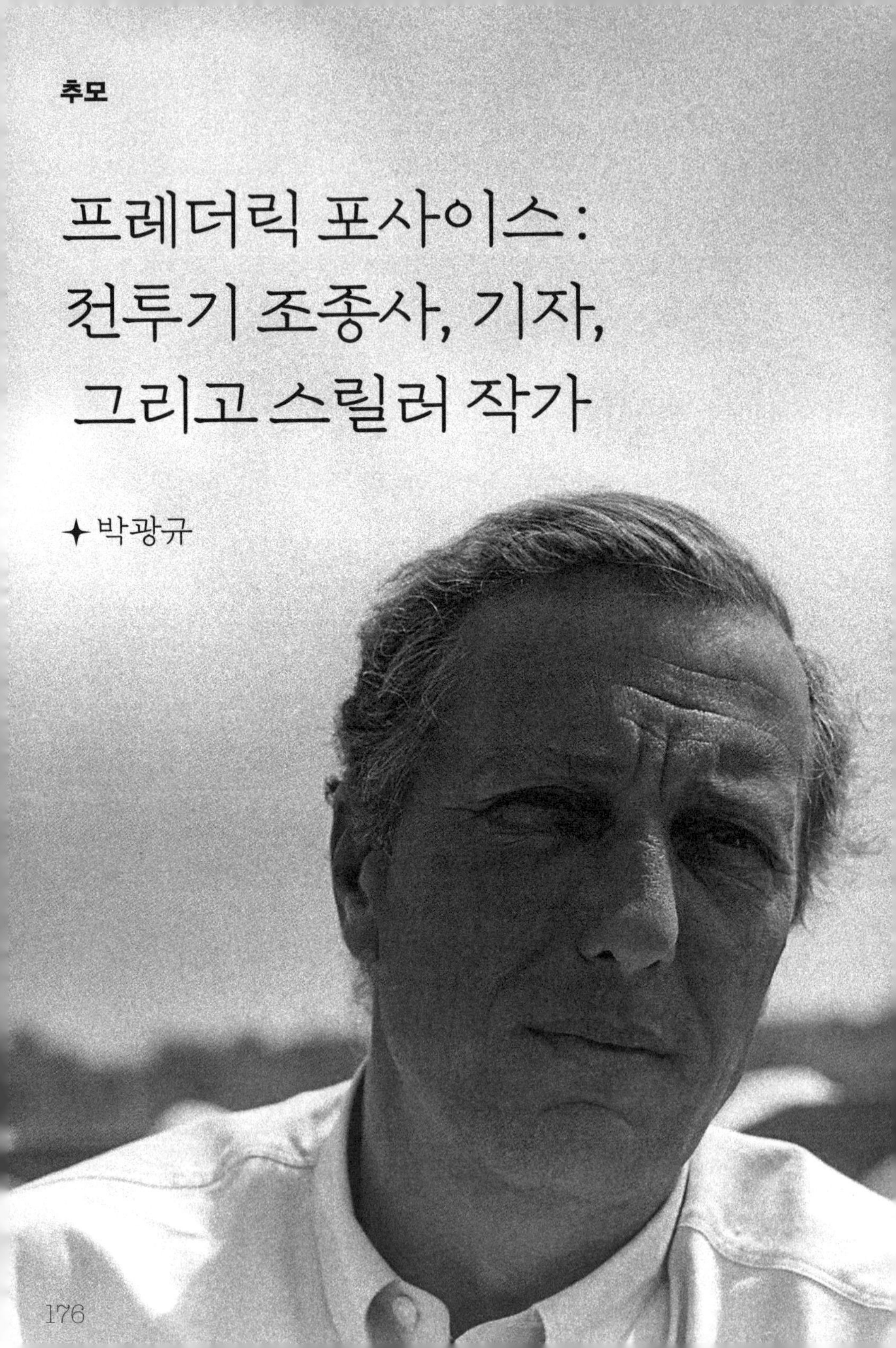

“프레디는 전통적인 가치관을 믿는 사람이었습니다. 명예, 애국심, 용기, 솔직함, 정직함을 믿었습니다. 우리에게는 그와 같은 작가가 많지 않으며, 그를 매우 그리워할 것입니다. (…) 제임스 본드는 순수한 판타지였지만, 프레디가 쓴 모든 것은 현실 세계에 기반을 두고 있었습니다.”

- 데이비드 데이비스 (영국 보수당 의원)

2025년 6월 9일 ‘스릴러 소설의 거장’ 프레더릭 매카시 포사이스Frederick McCarthy Forsyth가 타계했다. 그는 1970년대에 도서 전문잡지 《퍼블리셔스 위클리Publishers Weekly》의 베스트셀러 순위에 처음 오른 뒤 2010년대까지 순위에 오른 작가 세 명 중 한 사람이다(다른 두 명은 스티븐 킹과 켄 폴릿).

국내 언론에는 부고 기사가 별로 실리지 않았지만, 그의 작품은 21세기 초반까지 한국에서도 큰 인기를 끌어 신작이 나올 때마다 빠짐없이 번역될 정도였다. 하지만 젊은(30대 이하) 독자들에게는 낯선 작가일지도 모르겠다. 국내 번역은 15년 전에 출간된 《코브라The Cobra》(2010)가 가장 최근 작품이고(이후의 두 작품 《The Kill List》(2013), 《The Fox》(2018)는 미번역), 그나마 《오페라의 유령 II The Phantom of Manhattan》를 제외하고는 모두 절판 상태여서 작품을 접하기가 쉽지 않기 때문이다.

그러나 현재 한국에서의 인지도와는 별개로 프레더릭 포사이스는 현대 스릴러의 창시자라 해도 과언이 아닌 거장이다. 그가 데뷔하기 직전인 1960년대 후반부터 1970년대 초반까지 미국/영국 출판계는 국제적인 음모를 다루는 소설이 거대한 시장을 형성하고 있었다. 이언 플레밍은 제임스 본드 시리즈로 세계적인 인기를 끌었고, 에릭 앰블러Eric Ambler나 제프리 하우스홀드Geoffrey Household 등 1930년대에 등장한 노장 작가들도 현역으로 왕성하게 집필하던 시기였다. 그중 젊은 축에 속하는 존 르 카레John

Le Carre, 애덤 홀Adam Hall, 렌 데이턴Len Deighton 등은 리얼리티를 추구해서 현실적인 첩보 활동이나 국제 정세를 작품에 반영하는 등 비현실적인 면을 차츰 줄여가고 있었다.

이런 흐름 속에서 포사이스의 데뷔작 《자칼의 날The Day of the Jackal》(1971)은 스릴러 소설에서의 '리얼리티'라는 개념을 혁신적으로 바꾸어놓았다. 자신의 본질은 소설가가 아닌 저널리스트라고 생각한 포사이스는 작품 속에 지나치다 싶을 정도의 복잡한 기술적 세부 사항을 자연스럽게 융합시켜 작품의 현실성을 크게 높였다(이를테면 《자칼의 날》에서 암살자 자칼이 사용할 특수한 저격용 총에 대해 여러 쪽에 걸쳐 자세히 설명하는데, 문체적으로 꾸밈이 없고 명확해서 사용 설명서에 가까울 정도다). 세부적인 묘사는 자칫하면 지루해지기 십상이지만, 담담한 문체로 전개되는 내용과 잘 조화를 이루면서 마치 현장을 엿보는 듯한 느낌까지 든다. "누군가 현대 독서 취향의 역사를 쓰고자 한다면 그의 모든 책들이 조사 대상이 될 만하다"*라고 줄리언 시먼스가 언급한 것처럼, 그가 반세기 동안 발표한 열일곱 편의 장편은 출간 당시의 국제 정세를 조망할 수 있는 역사적 자료로도 훌륭한 작품이다.

■ 생애

프레더릭 포사이스는 1938년 8월 25일 영국 켄트주 애시포드에서 모피 상인인 프레더릭 윌리엄 포사이스와 필리스 그린 포사이스의 아들로 태어났다. 그는 존 버컨John Buchan, H. 라이더 해거드Henry Rider Haggard의 소설에 푹 빠져 '모험에 관련된 책이라면 손에 잡히는 대로 읽었다'고 할 정도였으며, 다섯 살 때 영국 전투기 스핏파이어 조종석에 처음 앉은 뒤 전투기 조종사의 꿈을 가지게 되었다.

포사이스는 여덟 살 때부터 외국어를 익혔다. 부친의 선견지명으로 일종의 가족 결연 프로그램을 통해 여름방학마다 프랑스에서 4년, 독일에서 3년을 보

* 줄리안 시먼스 지음, 김명남 옮김, 《블러디 머더 - 추리 소설에서 범죄 소설로의 역사》, 을유문화사, 2012, 319쪽.

내면서 프랑스어와 독일어로 유창하게 대화할 수 있는 수준에 도달했으며, 고등학교에 들어가서는 러시아어를 익혔다. 그리고 고등학교 졸업 후에는 스페인에 3개월 동안 머물면서 스페인어를 공부했다(그의 정규 학교 교육은 열일곱 살 때 끝났다). 이처럼 어린 시절에 익힌 외국어는 훗날 그에게 엄청난 도움이 되었다.

1956년, 영국 공군Royal Air Force(RAF)의 비행 장학금 광고를 본 포사이스는 만사를 제쳐놓고 지원했다. 조종사 면허를 취득한 뒤 공군에 입대했고, 훈련생 중 최연소(18세)로 전투기 단독 비행을 했지만, 정작 전투기 조종사가 될 수 없었고(당시에는 공군사관학교 출신만 가능했다) 수송기 조종사, 어쩌면 지상 근무자로 머무를 수도 있다는 사실에 실망해 장기 복무를 포기하고 전역했다.

대신 "글을 쓰고, 여행하고, 어느 정도 자기 시간을 가질 수 있는 유일한 직업"인 저널리스트를 지망해 1958년부터 노퍽의 《이스턴 데일리 프레스》에서 3년간 근무한 뒤 로이터 통신으로 옮겼으며, 유창한 프랑스어 실력을 인정받아 파리 특파원이 되었다. 프랑스 지국장 해럴드 킹은 포사이스에게 샤를 드골 대통령이 엘리제 궁전을 떠날 때마다 따라다니도록 했는데, 공식 행사 등의 취재가 아니라 암살 현장을 취재하는 임무였다(드골의 암살 시도는 최소 30건에 달하는 것으로 알려져 있다). 20대 초반의 팔팔한 젊은이였던 포사이스는 밤 10시쯤 근무가 끝나면 숙소 근처의 바를 자주 찾곤 했는데, 그곳에는 '비밀 군사 조직Organisation de l'Armee Secrete(OAS)'의 지지자들도 자주 나타났다. 그가 영국식 발음의 엉터리 프랑스어를 더듬거리며 말하자, 바 종업원이나 손님들은 자기들이 하는 말을 거의 알아듣지 못한다고 생각해서 전혀 경계하지 않고 대화하곤 했다.* 멍하니 벽을 바라보며 맥주를 마시는 것처럼 보이던 포사이스는 그들의 이야기를 엿들은 덕분에 드골의 치명적인 적들에 대해 조금씩 파악하게 되었고, 만약 드골을 죽이려 한다면 프랑스 경찰에게 전혀 알려지지 않은 전문 암살자를 고용해야 할 것이라고 생각했다.

1963년 9월부터 1964년까지 로이터 동베를린 지국의 수석 기자로 파견되었던 그는 외국 뉴스 저널리즘의 미래가 라디오와 텔레비전에 있으며, 그건 바

* 포사이스는 이러한 요령을 '버티 우스터' 모드라고 불렀다. P. G. 우드하우스의 코믹한 단편 연작 소설 《지브스 이야기》에 등장하는 버티 우스터는 선량하지만 고집을 부리다가 매번 실수를 저지르는 인물이다. 포사이스는 이후에도 베를린 특파원 시절을 비롯해 필요할 때마다 '영국 여권을 가진 무해한 바보' 행세를 하면서 많은 곤경을 벗어났다고 밝혔다.

로 BBC(영국방송공사)라고 판단했다(훗날 그는 거대한 관료주의 조직을 선택한 결정이 실수였다고 회고했다). 1965년에 BBC로 자리를 옮긴 그는 1967년부터 외국 뉴스팀에 합류해 나이지리아 남동부 지역 비아프라의 분리 독립 이후 발생한 내전 취재에 나섰다. 분쟁이 예상보다 훨씬 오래 지속되자 포사이스는 계속 취재를 희망했으나, BBC는 정치적 이유로 그의 보도를 제한했고, 이에 반발해 사표를 던지고 2년간 프리랜서 기자로 비아프라에 계속 머물렀다(이 경험은 1969년 그의 첫 번째 책인《비아프라 이야기The Biafra Story》로 이어진다). 그러나 나이지리아 정부가 그의 목에 현상금까지 걸자 1969년 연말 무렵 비행기로 탈출한다.

영국으로 돌아왔지만, 그는 문자 그대로 무일푼이었고 집도 없어 친구의 아파트에 얹혀 생활했다. 게다가 공식 기관으로부터 '비아프라 반군 홍보자'로 비난받기까지 해서 당분간 일자리를 얻을 전망도 없어 보였다.* 이 난감한 상황을 벗어나기 위해 포사이스는 무모한 결심을 한다. 바로 소설을 쓰는 것이었다.

포사이스는 자서전에서 당시의 상황을 이렇게 밝혔다.

"그것은 미친 짓이었다. 소설을 쓰는 방법도 몰랐고, 출판사와 계약하는 방법도 몰랐다. (…) 원고를 출판사에 가져가 편집자의 마음에 들면 버터 한 덩어리를 팔듯 단번에 팔 수 있을 것으로 생각했다. 에이전트도 없었고, 인세가 실제로 지급되기까지 몇 년 걸린다는 것도 몰랐다."

그러나 포사이스에게는 오래전부터 머릿속에 담아놓고 있던 이야기가 하나 있었다. 파리 특파원 시절에 직접 취재했던 드골 암살 시도였다. 1970년 1월 2일, 포사이스는 세 든 아파트의 부엌 식탁에 앉아 낡은 휴대용 타자기를 꺼내 집필 작업을 시작했다. 부지런히 타자기를 두드린 지 35일째 되던 날, 14만 단어에 달하는 작품을 완성했다. 처음 생각했던 제목은 'THE JACKAL'이었으나, 아프리카를 배경으로 한 자연 다큐멘터리 제목으로 오해받을 것 같다는 생각에 'THE DAY OF'를 추가했고, 포사이스에 따르면 그 이후로 단 한 글자도 바꾸지 않았다고 한다.

포사이스는 1970년 2월부터 원고를 팔려고 애썼으나, 출판사 네 곳에서 거절당했다. 그 과정에서 거절당한 이유를 깨달았다. 첫 장부터 드골 대통령 암살

* 당시 나이지리아 영국 대사였던 데이비드 헌트 경은 내부 메모에 포사이스가 "열렬한 빨치산이며 현재 그들에 의해 고용되어 있음. (…) 가장 놀랍고 과장된 보고서를 퍼뜨린 사람"이라고 적었다. 이 메모는 현재 국립문서보관소에 보관되어 있다.

계획이 언급되는데, 당시 샤를 드골은 멀쩡하게 살아 있었기 때문에(그해 11월 노환으로 사망), 편집자들이 '결과가 뻔한 실패한 암살 계획 이야기'라고 여기고 원고를 제대로 읽지 않았을 것으로 판단했다. 그래서 그는 '실제로 일어나지 않은 드골의 죽음이 아니라, 그를 노린 암살범이 점점 더 가까이 다가오는 추격전'이라는 점을 강조한 3쪽 분량의 시놉시스를 만들었다.

9월, 포사이스는 파티에 갔다가 우연히 해럴드 해리스라는 신사를 소개받았다. 그가 대형 출판사인 허친슨의 편집장임을 알게 된 포사이스는 바로 다음 날 출판사를 찾아가 해리스에게 시놉시스를 보여주고 소설을 읽어달라고 부탁했다. 주말 동안 원고를 읽은 해리스는 월요일 아침에 포사이스에게 전화를 걸어 그날 당장 출판사로 오라고 말했다.

해리스는 500파운드의 선인세가 포함된 계약서를 내밀더니, 이렇게 물었다. "당신에게 소설 세 편 계약을 제안하고 싶은데, 다른 작품 아이디어는 없습니까?"

돈이 궁했던 포사이스는 '아이디어가 넘친다'고 대답했고, 해리스는 금요일 정오까지 1쪽 분량의 시놉시스 두 개를 가져오라고 말했다. 작가로서의 의식 없이 그저 힘든 시기를 넘기기 위해 소설을 썼을 뿐인 그에게 이 순간은 기자에서 소설가로서의 새로운 길이 열린 큰 전환점이 되었다.

당장 무엇을 쓸 것인지 전혀 준비가 안 되어 있던 그는 궁리 끝에 기자 시절 경험으로 알게 된 두 가지 아이디어를 떠올렸다. 도피 중인 나치의 대량 학살자를 추적하는 이야기(동베를린 특파원 시절 소문으로만 들었던 전직 나치 고위 간부들을 도피시키는 비밀 조직이 소재), 그리고 용병이 주도하는 쿠데타 이야기(나이지리아에서 만났던 용병을 떠올렸다) 등 두 작품의 시놉시스를 읽은 해리스는 잠시의 망설임도 없이 계약을 결정하고 6천 파운드의 선인세를 지급했다. 요구는 하나였다. "나치가 먼저, 용병은 그다음입니다. 내년 12월까지 원고를 가져오세요."

《자칼의 날》은 이듬해인 1971년 6월에 하드커버로 출간되자마자 예상을 뛰어넘는 성공을 거두었다. 미국의 바이킹 프레스는

10만 파운드에 판권을 사들여 8월에 출간했고, 미국 추리작가협회에서 주관하는 에드거상(장편소설 부문)을 수상했다. 포사이스의 원고 집필은 순조롭게 진행되어 기자가 남미에 숨은 나치 전범을 추격하는 내용의 《오데사 파일The Odessa File》(1972)과 독재자가 지배하는 아프리카의 가상 국가에서 발견된 엄청난 백금 광산을 독차지하기 위해 용병을 고용해 쿠데타를 일으킨다는 내용의 《전쟁의 개들The Dogs of War》(1974)이 연이어 출간되었다. 허친슨과 계약한 세 편의 장편소설이 엄청난 성공을 거두면서 포사이스는 이제 빈털터리가 아니라 부유한 작가가 되었으며, 수입에 대한 막대한 세금을 피하고자 1974년 영국을 떠나 스페인에서 1년, 아일랜드 더블린에서 5년을 보냈다.

일부 매체에서는 작품의 흥미진진함과는 별개로 탐사 보도처럼 느껴지는 그의 문장력을 평가 절하했으며, 《가디언》은 "문학적인 의미에서 책이 좋은가? 그저 그렇다. (…) 포사이스는 세 번의 해외 경험을 모두 소진했다. 킹스 린(포사이스가 처음 기자 생활을 시작한 곳)에서 신문사에 관한 스릴러를 쓰지 않는 한, 그는 끝났다. (…) 그는 작가가 아니라 유명한 출판업자에 불과하다"*라고 혹평했다.

* Peter Preston, "The hundred day fortune", *The Guardians*, 1973년 6월 9일.

그러나 포사이스는 새로운 시도에 나선다. 소설 대신에 '초대형 유조선 납치'라는 내용의 시나리오 〈선택의 여지 없음No Alternative〉을 완성해 1975년 영화 제작자에게 판매했다. 하지만 영화가 제작되지 않자, 소설로 개작해 《악마의 선택The Devil's Alternative》(1979)이라는 제목으로 출간했는데, 5년 만의 신작 역시 독자의 기대를 저버리지 않았다. 이후 에드거상 단편 부문 수상작 〈아일랜드에

는 뱀이 없다〉가 수록된 단편집 《누구도 돌아오지 못했다No Comebacks》(1982), 핵 테러리즘과 소련의 영국 총선 개입을 다룬 《제4의 핵The Fourth Protocol》(1984), 20세기 말 미국-소련 화해 정국에 위기를 느낀 소련 군부와 미국 방위 산업체가 손을 잡고 국제적 음모를 꾸미는 《교섭자The Negotiator》(1989), 강제 은퇴의 위기에 몰린 노련한 영국 정보부 요원의 과거 무용담을 연작으로 묘사한 《사기꾼The Deceiver》(1991) 등을 발표해 호평을 받았다.

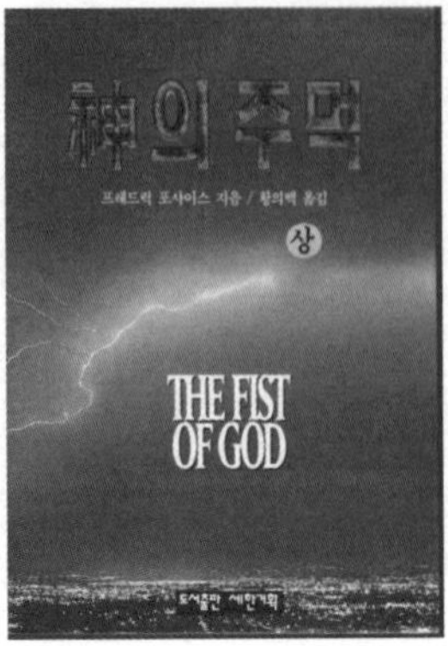

한편 《사기꾼》 집필을 시작하던 무렵, 포사이스는 갑작스럽게 다시 무일푼이 되었다. 그가 오래 알고 지냈던 투자회사 대표에게 사기를 당해 220만 파운드를 잃은 데다가, 거주할 농장을 사기 위해 100만 파운드를 융자받았기 때문에 실제로는 무일푼이 아니라 100만 파운드의 빚을 진 상태였다. 투자회사 대표는 약 3200만 파운드를 횡령했지만, 유능한 변호사와 무능한 검사, 평생 형사 사건을 재판해본 적이 없는 판사 덕분에 경범죄 2건으로 혐의가 축소되었고 형량은 180시간 사회봉사에 그쳤다. 배상을 전혀 받지 못한 포사이스는 이 일을 계기로 영국 법률 제도와 사법부에 대한 믿음을 완전히 상실했다.

새로운 작품 《신의 주먹The Fist of God》(1994)과 《코마로프 파일Icon》(1996)로 경제력을 회복한 포사이스는 《오페라의 유령 II》라는 갑작스러운 방향 전환을 시도했다. 이 작품은 가스통 르루의 원작이자 앤드루 로이드 웨버의 성공적인 뮤지컬 〈오페라의 유령〉의 속편으로 창작되었다(웨버가 영화 〈오데사 파일〉의

음악을 맡은 이후 두 사람은 친밀한 사이였다). 이 작품은 큰 성공을 거두지 못했고 웨버의 뮤지컬 신작의 원안으로서도 사용되지 않았던 탓인지 포사이스의 자서전에서도 전혀 언급되지 않는다.

21세기의 첫 출간작이자 그의 두 번째 단편집인 《베테랑The Veteran and Other Stories》(2001)은 첫 단편집과 마찬가지로 O. 헨리를 방불케 하는 단편의 매력을 듬뿍 발휘하고 있다(국내에서는 《베테랑: 한 형사 이야기》와 《인디언 서머: 한 정찰병 이야기》로 분권 출간되었다). 이후 자신의 특기를 발휘한 스릴러, 《어벤저Avenger》(2003), 《아프간The Afghan》(2006), 《코브라The Cobra》(2010), 《킬 리스트The Kill List》 (2013) 등을 발표했고, 자서전 《아웃사이더: 음모 속에서의 삶The Outsider: My Life in Intrigue》(2015)과 《더 폭스The Fox》(2018)를 출간한 후 은퇴를 발표했다.* 이후 포사이스는 방송인 겸 정치 평론가로 활동하다가 2024년 두 번째 아내 샌디의 사망 후 은퇴를 철회하고 《오데사의 복수Revenge of Odessa》 집필 계획을 밝혔다(심지어 추첨을 통해 캐릭터 이름을 지을 기회를 제공할 수도 있다고 제안했다). 그러나 2025년 9월 출간 예정을 몇 달 앞두고 세상을 떠났다.

■ 잡학

포사이스는 모든 작품을 타자기로 작성했다: 은퇴를 선언한 후에도 그는 수동식 타자기 석 대를 보관해놓았다. 반면 컴퓨터는 소유한 적이 없으며, 인터넷으로 자료를 검색한 적도 없다고 한다. 아이러니하게도 그의 열여덟 번째 소설 《더 폭스》는 천재적인 컴퓨터 해커가 주인공으로 나오는 작품이다.

2024년 제작 방영된 TV 시리즈 〈자칼의 날〉을 통한 포사이스의 저작권 수입은 '0'이다: 포사이스는 영화화 판권 계약 당시 1만 7500파운드에 순이익의 일정 비율을 더한 금액, 또는 2만 파운드에 영구 매각이라는 두 가지 조건 중 후자를 선택했다. 그러나 책과 영화가 성공하면서 포사이스는 결과적으로 손해를 보았고, 리메이크 때도 그에게 돌아오는 수입은 전혀 없었다.

* 포사이스는 1990년대 중반부터 여러 번 소설가로서의 은퇴 의사를 밝힌 바 있다.

그는 최소한 두 번 죽을 뻔했다: 1960년, 친구와 차를 몰고 가던 포사이스는 과속으로 커브를 돌다가 언덕에서 굴러 떨어졌다. 친구는 일찍 차에서 떨어지는 바람에 경상에 그쳤지만, 포사이스는 한쪽 귀가 떨어지고 왼손은 절단을 고려할 정도로 뭉개졌으며 뇌 손상을 입어 당시 간호사는 그가 다음 날 아침 해를 못 볼 것으로 생각했다. 그러나 의료진의 헌신적인 치료 끝에 회복할 수 있었다. 또한 비아프라 취재 당시 여러 차례 총격을 당했는데, 그중 한 발은 그의 머리카락을 스치고 지나갔다. 그는 그 총알을 챙겨 목걸이로 만들어 걸고 다녔다.

무기 상인으로 위장한 경험이 있다: 포사이스는 《전쟁의 개들》을 집필하기 위해 암시장의 무기 거래상들의 세계에 침투를 시도했다. 그는 가명으로 가짜 회사를 설립하고 함부르크의 국제 무기 구매상을 만나 헬리콥터, 트럭, 기관총의 견적을 요청했다. 그러나 그 무렵 독일에서 《자칼의 날》이 출간되었고, 무기상은 책에 실린 작가의 얼굴을 알아보았다. 운 좋게도 누군가가 포사이스에게 당장 도망치라는 연락을 한 덕택에 영국으로 무사히 탈출할 수 있었다(연락한 사람이 누구인지는 끝내 알 수 없었다고 한다).

20년간 MI6의 '자산asset'이었다: 1968년 포사이스는 '더 펌 The Firm'(영국 정보부의 별명)의 요원 로니를 만나면서 정보부의 자산 역할을 맡았다. 정보부의 자산 임무를 맡았다. 자산은 다양한 직업군의 자원으로, 업무 목적으로 해외를 방문할 때 패키지를 수거하거나, 나무 구멍에 편지를 전달하는 등의 활동을 한다. 포사이스에 따르면 이는 돈을 벌기 위해서가 아니라 단순히 조국을 위한 활동이었다.

그의 작품 덕택에 나치 전범의 정체가 드러났다: 포사이스는 '리가의 도살자'로 불리던 나치 친위대 장교 에두아르트 로슈만이라는 실존 인물을 《오데사 파일》의 악역으로 등장시켜 실제로 그가 저지르지 않은 살인도 추가했다. 일반적으로는 당사자에게 명예훼손으로 소송당할 일이었지만, 포사이스는 만약 로슈만이 살아 있더라도 세상에 나와 소설이 엉터리라고 따질 일은 없으리라고 생각했다. 1975년 부에노스아이레스의 허름한 극장에서 영화 〈오데사 파일〉을 본 어느 아르헨티나 사람은 자기 집 근처에 사는 '로슈만'이 영화 속 악당과 동일 인물임을 깨달았다.(로슈만은 독일에서 탈출할 때 가명을 썼지만, 아르헨티나에서는 경계심이 사라져 본명을 쓰고 있었다). 당시 대통령이었던 이사벨 페론은 로슈만을 체포했고, 서독은 범죄인 인도를 요청했다. 로슈만은 잠시 보석으로 풀려 난 사이 파라과이로 탈출하려다가 국경을 넘는 배에서 심장마비로 쓰러져 죽었다.

■ 그가 남긴 것

프레더릭 포사이스는 인기 작가임은 분명하지만, '위대한 작가인가'라는 질문에는 고개를 갸우뚱할 사람이 많을 것이다. 포사이스 자신은 이 질문에 자기비하적인 방식으로 대답한다.

"저는 책을 많이 팔아 돈을 벌려는 의도를 가진 작가입니다. 제 작품이 위대한 문학이나 고전으로 여겨질 것으로 생각하지 않습니다. 저는 그저 상업적인 작가일 뿐이고 그런 환상은 없습니다."

그의 소설은 특정 장소에서 제한된 시간 속에 벌어지는 가상의 역사다. 진실과 허구가 섞여 있어 독자는 어디까지가 진실이고 어디까지가 허구인지 쉽게 알아챌 수 없다. 포사이스는 저널리스트로서의 경험을 활용해 소설에서 독자가 '그곳에 있는' 듯한 분위기를 연출한다. 그는 저널리스트 스타일로, 선명하고 사실적이며 명확한 문장으로 정보를 효율적으로 전달한다.

포사이스의 모든 작품은 스탠드얼론이지만, 작품의 성공 요인을 꼽자면 다음 네 가지다. ① 주변의 도움을 받지 못하는 주인공이 등장하고, ② 주인공이 유명한 실존 인물과 접촉하는 역사적 배경이 사용되며, ③ 작품에 진정성을 부여하는 복잡한 디테일이 제공되고, ④ 겉보기에는 관련 없어 보이는 인물이나 사건이 거대한 직소 퍼즐 조각처럼 차츰 맞춰지면서 독창적인 플롯이 전개된다는 점이다. 요즘 작가의 작품에서는 이런 요소가 별로 특별하게 여겨지지 않을 수도 있지만, 포사이스는 이런 방식을 선구적으로 사용했으며 그의 독창적 스타일로 여겨지기까지 했다.

포사이스 소설의 진정성을 더하는 것은 독자에게 제공되는 디테일이다. 이러한 디테일은 때때로 이야기의 속도를 방해하는 것처럼 보이지만(《전쟁의 개들》에서 플루토늄에 대한 장황한 설명은 과도할 지경이다), 독자에게 정보를 제공하면서 플롯의 진행 방향을 암시하는 포사이스 스타일의 필수적 측면이다. 포사이스 작품에 대한 독자들의 신뢰는 디테일에 대한 강조의 부산물이다.

특히 그의 정보 수집은 놀라운 수준이다. 1962년 10월, 《타임》지는 러시아의 작은 도시 노보체르카스크에서 학살에 대한 소문이 돌고 있다는 짧은 기사를 게재했지만, 구체적인 내용은 다루지 않았다(당시 노보체르카스크에서 공장 노동자들이 파업했으나 소련군과 KGB 요원들에 의해 무자비하게 진압되어 24명의 노동자가 사망하고 수백 명이 체포 및 투옥되었으며 일곱 명이 형식적 재판을 받고 처형되었다). 이 사건은 소련 언론에 보도되지 않았고 1993년이 되어서야 기밀문서에서 해제되었다. 그런데 그보다 14년 전에 출간된 《악마의 선택》에서 이 사건이 상당히 상세하게 묘사되었다는 것은 놀라운 일이 아닐 수 없다.

마지막으로, 포사이스 공식의 가장 중요한 요소는 플롯이다. 그의 플롯은 직소 퍼즐이나 복잡한 기계로 묘사될 수 있다. 조립하기 전에는 누구도 이해할 수 없을 정도로 너무 복잡해 보인다. 포사이스는 플롯과 서브플롯을 소개하기 위해 시간 순서에 따라 처음에는 서로 관련이 없어 보이는 병렬적인 전개를 보여준다. 항상 사건을 지배하는 숨겨진 패턴이 있으며, 그 패턴은 등장인물조차도 알지 못한다. 하지만 포사이스는 극적인 결말에 도달할 때까지 인물, 장소, 사건을 빠른 속도로 플롯과 엮어낼 수 있다. 이야기를 깔끔하게 끝내지 않는 습관도 드라마에 재미를 더한다. 항상 한두 조각이 남아 있어 결말에 아이러니한 반전을 더한다.

몇 번의 손놀림으로 필요한 정보를 얻을 수 있는 요즘, 하나의 작품을 쓰기 위해 위험한 현장을 누비는 작가는 찾아보기 힘들다. 저널리스트의 본능을 가진 포사이스는 그런 위험과 불편함을 감수했다. 신참 기자 시절에 그의 멘토였던 고참 기자 프랭크 킬러는 모든 신입 기자에게 기사의 정확성을 강조했는데, 그의 철학은 "확인, 확인, 다시 확인. 그런 다음에 기사를 써라"였다. 그리고 포사이스는 소설을 쓸 때도 그렇게 했다.

"저널리즘은 약물과 비슷해요. 그 본능은 절대로 사라지지 않는 것 같습니다."

그 본능은 그의 삶과 작품을 흥미진진하고 영원한 업적으로 남겨놓았다.

박광규 추리소설 해설가로 《계간 미스터리》 편집장, 월간 《판타스틱》과 한국어판 《엘러리 퀸 미스터리 매거진》 등의 편집위원으로 활동. 현재 한국 추리소설 역사를 조사, 정리중이다.

"추리소설은 살인 사건을 다룬다.
살인이란 인간의 극단적인 행위에 속한다.
철학이나 사유 또한 극단적 사색으로 점철돼 있다.
추리소설과 사유에서 '극단'을 보았기에
나는 평생 철학하는 추리소설가가 되었는지 모른다."

마스터플롯으로 읽는 장르문학 : ③ 호러 장르와 공포의 사회학

✦ 박인성

호러는 왜 무서워야 하는가

이번 연재에서는 호러 장르의 마스터플롯에 관해 이야기해보려 한다. 호러 장르는 장르 이름에서 드러나듯이 공포를 다루는 이야기이지만 더 엄밀하게는 개인의 공포라기보다는 포괄적인 공포, 공통적인 정서와 인식에 기반해 공포를 불러일으키는 장르다. 아주 개별적이고 개인적인 공포처럼 보이는 것도, 사실은 가족이나 사회 문화적인 경험 속에서 공유되고 확장되면서 개인의 심리에 자리 잡은 공통의 영역일 가능성이 높다. 예를 들어 '광대 공포증'은 아주 예외적인 공포 현상처럼 여겨졌지만, 특정한 문화적 체험 속에서 발생한 공통 현상일 수 있다. 웃음을 담당하는 존재인 '광대'가 특정한 조건에 의해서 사람들에게 반전된 상황이나 현상을 만들어주는 방식은 많은 사람들에게 작동하는 사회적 인식을 뒤집고, 사람들의 웃음에 내포된 부정적인 감정들(조롱, 폄하, 경멸)과 그것이 역전된 공포를 환기시켜준다.

호러 장르는 이러한 공통의 문화적 경험 속에서 구체화된 방식으로 개인과 공동체 사이의 정서적 긴장 상태, 억압과 불안의 요소를 강하게 암시한다. 그리고 호러 장르를 즐기는 사람들에게 공포가 어떻게 집단적으로 공유되거나 전염되는지, 공포라는 감정의 속성이 어떻게 사회적 기능을 수행하는지에 대해 의식하게 만든다. 공포는 단순히 미지의 존재, 위험한 대상에게서 느껴지는 위기감이 아니다. 개체가 생물학적인 생존의 위기에서 느끼는 공포보다도, 사회적인 주체로서 느끼는 사회적 죽음에 대한 위기감이야말로 오늘날 공포의 주된 원인을 형성한다. 호러 장르는 근대화된 세계에서 인간 주체가 사회적으로 느끼는 무기력, 존재 의의의 지평이 무너지거나, 자유나 인간 존엄성에 대한 침해 등으로 구성되는 감정에 가깝다.

따라서 개인-생물로서의 공포보다 사회적 주체로서의 공포가 주를 차지하는 호러 장르 이야기는 필연적으로 개인과 공동체 사이에 놓인 긴장 관계에 주목한다. 개인은 사회 공동체에 소속됨으로써 안정과 안전감을 얻지만, 반대로 그러한 공동체 내부에서의 다양한 억압과 착취, 박탈에 대해 구체화하는 다양한 순간들을 마주한다. 그러한 개인과 사회 사이의 소속 및 관계의 양상에 따라서 개인이 느끼는 공포의 지점은 변화하며, 사회적 구조는 개인에 대해 각기 다른 양상으로 억압을 행사하기 마련이다. 이번 글에서는 한국과 일본, 미국의 호러 장르의 마스터플롯에 내포된 기본 정서와 문법을 비교함으로써, 그 문화적 의미를 살펴보고자 한다.

한국 호러 마스터플롯: 공동체에서 소외된 개인의 사적 구원

〈아랑阿娘 이야기〉는 경상남도 밀양에서 전승되는 우리나라의 대표적인 원령怨靈 설화다. 이 이야기는 억울하게 죽임을 당한 처녀 아랑의 진실이 현명한 부사에 의해 밝혀져 아랑의 원혼을 달랬다는 해원解冤 이야기의 전형을 보여준다. 〈아랑 이야기〉는 〈장화 홍련 이야기〉를 포함해 다양한 유사 민담들의 원형이 되는 이야기로, 특히 조선시대 억압적 현실에서 여성의 원한을 다루는 대표적인 민담이다. 이러한 이야기 구조의 반복은 하나의 문화적인 기억이자, 동시에 공동체 내부의 세계 인식 및 문제 해결 방식에 대한 압축적인 모델화를 수행한다.

우선 이 이야기에서 가장 손쉽게 추출할 수 있는 것은 한국적 민담의 영역에서 드러나는 여성 젠더에 대한 이해 방식이다. 아랑을 포함해 다양한 민담과 설화의 영역에서 여성은 억압적 현실로 인해 고통받거나 억울한 죽임을 당한다. 반복적인 이야기 패턴에서 한국적 로컬리티 내부의 여성적 삶은 공식화된 역사나 긍정적인 사회적 서사보다는 부정적인 민담의 영역에서 음각으로 구조화된다. 이처럼 여성에 대한 사회적 억압이 한국적 귀신의 여러 형태로 구성되어 있음은 주지의 사실이다. 손각시와 처녀귀신은 가부장적 사회가 여성에게 요구하는 정절, 가족 간 불화, 신체적 약함 등으로 인해 희생된 사회적 약자를 대변한다.

단순히 문화적인 젠더 관점에서만이 아니라 이야기의 문제 해결 방식에 포함된 논리 역시 흥미롭다. 〈아랑 설화〉에서 갈등의 해결 방식이 새로 부임한 밀양 부사라는 사실은 여러모로 상징적이며, 고전적인 의미에서의 세계 인식과 문제 해결에 대한 이해를 제공한다. 억압적 현실의 상징적인 증상이 가장 손쉽게 드러나는 장소는 지방이며, 해결의 고삐를 쥐고 있는 것은 어디까지나 중앙이다. 아랑을 죽인 자는 지역의 관노이며, 이를 해결하는 자는 중앙에서 파견된 관리다. 이처럼 지방의 문제 해결 능력의 부재는 공식화되며, 부정적 상황을 장기화한다.

아랑 이야기는 여러 가지 의미에서 반복적인 이야기 판형을 제공한다. 한국적 마스터플롯에서 문제는 언제나 지역적으로 발생하지만, 해결은 중앙에서 온 사람, 혹은 외지인에 의해서 이루어진다. 지역은 고립적이며 지방 자치는 늘 내재적 한계에 노출되어 있다. 이러한 중앙 의존형 문제 해결 서사는 역설적으로 중앙에 대한 과대한 기대를 함축한다. 동시에 중앙이 문제를 해결할 수 없는 경우, 공권력이 감당할 수 없는 유형의 문제가 발생할 때 한국적 마스터플롯은 재난 서사의 형태를 띤다. 공권력이 통제할 수 없는 사회적 문제는 곧 단순한 개인의 문제가 아니라 공동체적인 재난이다.

기본적으로 한국적 마스터플롯의 서사적 판형에서 재난과 공포는 밀착되어 있으며, 손쉽게 변형이 가능하다. 공권력의 부재와 실종이 재난의 공통성이라면, 공포는 가족이라는 재난 상태를 극복하기 위한 최소한의 공동체조차 부재하거나 정지할 때 구체화된다. 혹은 공권력이 부재하는 상황에서 가족이나 밀접한 형태의 공동체야말로 개인을 위협하는 억압적 상황을 구성할 수 있다는 사실에 대한 환기가 적극적인 공포로 이어진다. 따라서 국가나 공권력이 개입할 수 없는 독립적인 가족 공동체, 그리고 그러한 가족 구성원을 지배하는 가부장제 내부의 억압적 구조에 대한 공포야말로 전통적인 한국 사회에서 가장 큰 공포가 된다.

따라서 우리가 쉽게 말하는 '한恨'이라는 정서 역시 단순히 개인의 감정의 영역이 아니라, 한국의 민담에서 반복적으로 드러나는 드라마적인 갈등을 지시하는 개념이다. 한은 오랫동안 쌓인 울분의 정서, 혹은 해결되지 않은 개인의 억울함만으로 그치지 않는다. 개인적이라기보다는 공동체적이며 여러 사람들의 삶에 널리 통용된다는 점에서 역동적이다. 한은 단순히 억압으로 발생하는 억눌린 감정이 아니라, 그 감정에서 발생하는 적극적인 이야기 판형의 구조로 나타난다. 즉 한국적 마스터플롯에 대응하는 해결 방식의 구체성과 연관된다.

한에 대한 이해와 극복 방식은 이러한 일련의 이야기 구조를 효과적으로 활용하는데, 이는 공포 장르에서도 공통적이다. 사회 시스템으로부터 격리되고, 다시 지역 공동체나 가족 구조 내부에서 개인적인 소외에 놓이는 공포 장르는 일반적으로 우리가 살아가고 있는 사회 내부의 이데올로기적인 실패와 구조적 억압을 적극적으로 환기하기에 유리하다. 상대적으로 멜로드라마는 공동체적 문제를 개인의 영역에서 신분 상승이나 심리적 보상을 통해서 해소하지만, 공포 장르는 개인의 영역으로 무대화된 사회적 증상을 공동체적 영역으로 다시 끌어올린다. 공동체의 죄의식이나 사회적 증상에 대한 반성적 자각을 끌어내기 때문이다.

대표적으로 〈여고괴담〉 시리즈(1998~2019)는 아랑 설화의 현대화된 버전으로 포괄적인 설득력을 갖고 있다. 이 이야기는 단순히 학교를 배경으로 하는 여고생들의 이야기가 아니라, 학교가 현실의 가장 억압적인 증상의 차원으로 돌출하는 영역을 설득력 있게 그려내고 있다. 〈여고괴담〉 1편에서 주인공인 임지오와 원혼인 장진주는 공통적으로 영적 능력을 갖추고 있으며, 이러한 사실로 인해서 교사들에게 멸시당하거나 핍박받는다. 그들은 사회적 성공에 대한 지향에서 이미 소외되어 있으며 주인공이 지향할 수 있는 이데올로기적인 실패를 이미 내포한다.

여고괴담이 아랑 설화와 다른 점은 해결 방법이 공권력이나 중앙 의존적 방식이 아니라, 개인화된 사적 구원의 양상을 띤다는 점이다. 이는 현대적인 공포 장르에서 주인공을 괴롭히는 억압적 현실은 공적인 구조에 원인이 있음에도 불구하고 공적 의미에서의 구원은 성립하기 어려우며, 공통적으로 억압적 상황에 놓여 있는 개인에 의해서만 가능하다는 사실을 보여준다. 이것은 학교 공동체가 사회의 축소판으로서 증상을 공유하지만, 사회적인 방식의 책임을 지지는 않는 공간이라는 모순을 강조한다. 아이들은 책임을 지기에는 미숙하지만, 어른들과 같은 잘못을 저지르기에는 충분한 존재임이 드러난다. 또한 게임 〈화이트데이: 학교라는 이름의 미궁〉(2001)에서처럼 학교는 풍수학적으로 원혼이 머물기 좋은 공간일 뿐 아니라, 현세의 결핍과 욕망을 달성하기 위해서 다른 누군가를 희생시킬 수도 있는 복합적인 공간으로 기능한다.

고전소설 〈장화홍련전〉에서 장화 홍련 자매의 죽음은 계모 허씨의 음모이기도 하지만, 아버지인 배좌수가 아들을 낳으려는 욕심에 계모를 받아들인 원점부터 가부장제적 구조의 억압적 폭력을 환기한다. 영화 〈장화, 홍련〉(2003)에서 주인공인 수미의 현실을 둘러싼 모든 인식은 과거의 돌이킬 수 없는 죄의식에 기인하며, 원혼보다도 두려운 것은 과거에 자신이 한 선택의 돌이킬 수 없는 영향력이다. 이 영화는 사실상 수미의 트라우마적 기억과 병리적인 정신상태를 재현함으로써, 우리가 느끼는 가장 내밀한 공포가 초자연적 현상이 아니라 외면할 수 없는 현실 자체에 있다는 사실을 환기한다.

영화의 유명한 반전은 수미가 시달리는 초자연적인 현상, 그리고 자매가 겪는 수난이 수미의 심리적 망상에 불과하다는 사실이 폭로

미끼를 물었다
나홍진 감독 신작
곡성
곽도원 / 황정민 / 천우희
2016.05

되는 순간이다. 수미와 수연, 은주 사이에 벌어지는 모든 갈등은 사실 수미 혼자만의 다중인격적인 자기분열의 연극일 뿐이며, 모든 것은 수미가 자신의 망상 속에서 펼쳐지는 공포보다도 망상 바깥의 현실을 두려워하기 때문이다. 즉 수미가 만들어낸 모든 망상적 공포는 사실 과거에 일어난 비극의 심리적 트라우마인 동시에, 그 트라우마가 실재하는 현실을 직시하지 않기 위해서 만들어낸 심리적 방어기제다. 영화는 결말에 이르러서야 과거의 진실을 알려준다. 사실 수미는 새엄마인 은주와의 갈등이 고조되는 과정에서 동생 수연이 처한 위기를 모른 채 죽게 했다는 죄의식이 트라우마가 된 것이다.

〈장화, 홍련〉의 예외성은 여기서 형성되는 갈등이 외부적인 것보다도 내면화되어 있으며, 어떠한 외부적 질서에 의해서 해결될 수 없다는 사실이다. 이러한 현대적 공포는 초자연적인 방식으로 형성되는 오컬트의 문법보다도 현대인의 내면적 갈등이 더욱 첨예하며 트라우마적 세계 이해와 관련되어 있다는 사실에 기초한다. 따라서 일반적인 의미의 오컬트 문법과는 구별되어야 하며, 그 치유는 정신분석적 차원에 있다.

공포 장르는 불가피하게 개인화된 재난 상태를 집단과 공동체의 차원에서 원인을 찾거나 해결하고자 하는 경향이 있다. 따라서 각각의 국가와 로컬리티가 오래된 문화적 이야기를 통해 형성해온 세계 인식 및 문제 해결의 선호에 따라 전혀 다른 장르적 문법을 가진다. 한국은 고전적인 민담에서 공권력에 의한 문제 해결을 추구해온 만큼 현대적인 공포는 문제 해결 수단으로서의 공권력조차도 정지한 지점에서 강화된다.

영화 〈곡성〉(2016) 역시 다양한 해석적 접근이 가능하지만, 지극히 한국적인 방식의 호러 마스터플롯으로 읽어볼 여지가 충분하다. 귀신 들린 딸과, 딸을 구하고자 하는 가족의 이야기는 고전 오컬트 〈엑소시스트〉(1973)처럼 보이지만 실제로는 완전히 다른 형태의 한국적 문법을 따라간다. 핵심은 이 영화에서 구축하는 공포가 완전한 무정부 상태에 돌입한 재난의 공간으로서의 지역 공동체를 재현하고 있다는 점이다. 외지인이 실제로 이 지역에서 발생한 인명 피해에 직간접적으로 관여했는지는 차치하고서라도, 영화가 진행됨에 따라서 곡성 지역은 외부로부터 완전히 고립되어 어떤 공권력의 구조를 받을 수 없는 재난 상황에 빠져 있음이 강조된다. 알 수 없는 전염병 증상이 퍼져 나가고, 초자연적인 현상처럼 사람이 번개를 맞아 죽거나, 죽지 않은 좀비가 주인공 일행을 습격하기까지 하지만 어떠한 해결 논리도 보이지 않는다.

이 영화의 해결 불능 상태에 대한 인식은 단계적으로 나뉘어 있는데, 첫 번째로는 경찰인 종구가 외지인을 조사하고 사실을 실토하게 만들기 위해서 처음에는 경찰 신분으로 조사하려 하지만 실패하고, 동료들을 모아 사복을 입은 채 자경단으로 돌변한다는 사실이다. 이제 그들은 분노에 차 외지인에게 폭력을 행사하며 사적 제재를 가할 뿐이다. 다른 한편으로 오컬트의 문법에서 보자면 지역의 토착신으로 보이는 무명은 물론이고 무당인 일광의 문제 해결 역시 가로막힌다. 일광이 실제로 문제 해결 능력이 있는지, 혹은 애초부터 외지인과 한패였는지 여부와 상관없이 오컬트적인 해결은 애초에 이 영화에서 중요한 지점이 아니다. 공포의 실체는 불확실하게 지역과 종구 가족을 덮쳤으며, 공적인 방식의 해결만큼이나 사적인 방식의 해결 역시 불가능해 보일 따름이다.

결과적으로 영화는 실패한 자경단이자 가족을 지키지 못한 아버지로서 종구의 비극에 초점이 맞춰진다. 무명이 종구에게 세 번 닭이 울 때까지 집으로 돌아가지 말라고 요구하는 장면 역시 마찬가지다. 무명은 철저하게 무기력하고 관찰할 뿐인 초월적 존재다. 무명이 종구에게 제시할 수 있는 것은 오직 자기 자신을 구하는 방식의 사적인 구원일 뿐, 종구의 삶 자체가 파괴되는 것을 막도록 도움을 주지 못한다. 〈곡성〉이 우리에게 제공하는 호러는, 공권력이 구제하지 못하는 현실의 사각지대에 빠진 개인들이 사적으로도 구원받지 못하는 세계, 악마적인 재난 상황에서 철저하게 파괴되어가는 가족 공동체의 맨얼굴을 보여주는 것이다. 가장 적나라하고, 일반적인 호러에서 잘 보여주지 않는 형태의 공포를 제공해준 셈이다. 왜 이러한 극단적이고 파편화된 공포를 그린 것일까?

그것은 아무리 공동체로부터 소외된다고 하더라도 가족이야말로 반드시 지켜야만 하는 대상이라고 생각했던 한국의 기존 호러 문법이 더 이상 사회적 관념에서 통용되지 않게 된 오늘날의 분위기와 관련될 것이다. 외지인과 동굴에서 만나는 장면에서 양이삼 부제는 외지인의 정체를 묻지만, 외지인은 자신이 뭐라 대답한들 부제가 이미 자신을 악마라고 생각하는 이상 진실은 바뀌지 않는다고 말한다. 개인의 믿음이 객관적인 진실보다 앞서는 시대, 그리고 개인과 개인이 얼마든지 서로를 악마라고 생각하고 그 믿음을 상대방에게 강요하는 시대에 가족이라고 한들 더 이상 개별적인 믿음의 대상이 되거나 심리적인 보호막이 될 수 없게 되었다. 〈곡성〉은 이러한 파편적이고 초개인화된 믿음의 시대, 서로를 악마라고 생각하는 시대에 포괄적인 공포란 없다는 사실을 강조한다. 결국 외지인은 악마가 아니라 우리 자신의 거울이다. 그에게서 발견한 공포는 곧 우리 자신이 만들어낸 공포이기 때문이다.

〈곡성〉 이후에 한국 호러 장르에서 주목할 만한 작품이 그다지 보이지 않는 것은 역설적으로 지금 우리가 살아가는 현실과 일상의 공포가 기존의 호러 장르를 뛰어넘었기 때문이다. 지금 우리는 서로가 서로에게 호러가 된 시대를 살아가고 있다.

일본의 호러 마스터플롯: 공동체에 짓눌린 개인의 악몽

일본 호러 문학은 고전적인 전설이나 민담에 들어 있는 각종 괴이담에 뿌리를 두고 있다고 해야 할 것이다. 신토神道로 대변되는 일본의 전통 종교는 일본의 다양한 자연-문화-역사적 환경에 의해서 사람들의 의식과 무의식에 영향을 미치고 있으며, 개인이나 사회적 공포를 강력하게 자극하는 요소들이 존재한다. 일차적으로는 지진과 해일 같은 자연재해에서 비롯된 초월적인 현상과 그 앞에서 무기력한 인간 존재가 느끼는 공포가 반복적으로 존재할 것이다. 애니미즘에 기반해 인간을 해치는 거대한 자연 존재가 오니鬼나 정령, 각종 이매망량으로 비춰질 수 있다는 설명은 간단하지만 설득력이 있다.

하지만 이러한 설명만으로는 부족하다. 일본 특유의 문화적 특징이 미친 영향을 단순화하기 때문이다. 공포의 저변에는 단순히 극복할 수 없는 죽음에 대한 두려움만이 존재하는 것이 아니다. 여기에는 좀 더 사회적이고 공동체적인 형태의 문화적 현상 내부에 존재하는 공포가 있다. 이는 일본 특유의 공동체 문화에 대한 이해를 필요로 한다. 덴노와 쇼군이라는 각각의 포괄적 통치자가 존재하지만, 실질적으로 각각의 구니國를 통치하는 다이묘大名들이야말로 공동체의 구심점이 된다. 일본의 지방자치는 명확한 개별 공동체로 구성되어 있으며, 한국을 소용돌이형 사회구조라고 부르는 것과 달리, 일본은 하코箱, 즉 상자형 사회구조 라고 부르는 이유는 그만큼 각각의 상자 속 폐쇄적인 지역 공동체를 살아가기 때문이다.

일본에는 한국의 서울 중심주의와는 달리, 아직도 지역 사회에서 가업을 잇거나 지역 문화를 지키며 살아가야 한다고 생각하는 주민이 많다. 그만큼 공동체에 대한 소속감을 중요시하기 때문에 일본 사회에서 소속감으로부터의 이탈은 공포스러운 일이다. 소속된 지역을 떠나야 한다면 그건 무언가 용서받지 못할 잘못을 저질렀거나, 다이묘에게서 공식적으로 출번出藩, 일종의 추방을 당한 경우다. 이들은 부라쿠민部落民이나 로닌牢人이 되어 어찌어찌 다른 지역에서 살아가지만, 엄밀하게는 원래 자기 신분이나 명예를 되찾지 못하고 영원히 이방인으로서 살아갈 운명이다.

따라서 공동체로부터 추방당하지 않고 기존의 소속감을 견고하게 유지하기 위한 공동체 내부의 규칙이 견고하다. 메이와쿠迷惑 문화는 공동체에 피해를 주지 않는 삶을 강조하고, 그러지 못한 사람에 대해 이지메를 가하는 문화 역시 지역 공동체에 기반한 거대한 사회 통제 시스템이다. 이러한 지역 공동체는 명시적인 것보다는 암시적인 규칙과 명령, 때로는 부조리할 수도 있는 각종 불문율로 작동하는 집단이다. 질문이나 거부를 용인하지 않는 공동체의 불문율은 언제든 구성원을 향한 폭력이 될 수 있으며, 그렇기에 이지메는 단순한 사회 통제의 기능을 넘어서 차별과 배제를 정당화하고 구성원에게 사회적 공포를 각인시키는 수단이기도 하다. 이렇게 희생양이 된 자들의 이야기는 언제고 호러의 이야기 문법을 취하기 마련이다.

현대의 일본 호러는 이러한 사회적 통제와 억압적인 문화 속에서 배제되고 공포 속에 죽어간 자들의 원념에 기초한 이야기가 많다. 스즈키 코지鈴木光司의 소설《링リング》(1991~) 시리즈는 대표적으로 일본식 호러 문법에 해당하는 기본 정서를 대변할 뿐 아니라, 죽은 자의 저주와 원혼이 작동하는 기본 논리를 보여준다. 이제는 일본 귀신의 대명사가 되어버린 야마무라 사다코山村貞子는 초능력자로 태어났지만, 그 능력을 세상에 선보이려 했던 부모가 사회적으로 매장되고, 사다코 자신도 사회에 적응하지 못해 여기저기를 떠돌아다니다가 아버지가 입원해 있던 요양병원에서 의사에게 강간당하고 우물에 던져져서 살해된다. 사회 공동체로부터 소외되고 최종적으로 모욕을 당한 채 죽임을

당하는 이러한 원념의 생산 구조는 일본 사회의 어두운 집단 논리를 고스란히 반영한다.

작품에 등장하는 '저주의 비디오'는 원한을 전염시키는 저주의 매개체이면서, 동시에 공동체를 향한 총체적인 복수이기도 하다. 사다코의 저주의 핵심은 무작위 전염에 있으며, 여기에서 원한의 직접성이나 도덕적인 선함 등 중요하지 않다. 공동체에 소속되어 있는 사람이면 누구나 감염될 수 있으며 속수무책으로 죽음을 맞이할 뿐이다. 이처럼 복수는 전체 공동체 혹은 전 인류에 대한 것이며, 여기에는 용서나 원한의 해소 같은 조건이 존재하지 않는다.

〈주온呪怨〉(2000~) 시리즈도 큰 틀에서는 마찬가지다. 〈주온〉에 등장하는 사에키 카야코와 그의 아들 도시오 같은 귀신들은 자신이 죽은 집을 떠나지 못하는 원혼이 되어서 집에 들어온 모든 인간을 습격하고 죽인다. 이 저주에는 예외가 없으며, 공동체 구성원은 누구든지 결국 잠재적인 피해자가 된다는 점에서 공동체 전체를 향한 원한에 가깝다. 특히 소설판에 등장하는 카야코의 삶은 스스로를 끊임없이 타인과 비교하며 불행하다고 생각하는 인물로, 사에키 타케오와 결혼하지만 결국 남편의 불륜에 대한 의심으로 모자가 모두 잔인하게 살해되었으며, 가정생활의 실패를 포함하는 모든 가족 공동체 내부의 공포를 상연한다.

〈착신아리着信アリ〉(2003) 역시 이야기의 패턴이 되는 마스터플롯은 공통적이다. 그에 더해 휴대전화라는 기술적 매개를 통해서 연결에 대한 강박을 가진 현대인의 불안과 소외를 효과적으로 구체화할 뿐 아니라, 연결과 매개가 오히려 저주의 전염과 확산으로 이어진다는 점에서 기존 공동체 문화의 공포스러운 반전을 보여준다. 가족 간 학대와 통제할 수 없는 가족 관계에 대한 공포에서 시작되었음을 고려한다면, 가장 친밀한 형태의 공동체야말로 언제든지 가장 폭력적인 존재로 돌변할 수 있을 뿐 아니라 공동체는 그러한 폭력을 구원할 수 있는 수단을

제공해주지 못한다. 그리하여 모든 원한과 악의는 필연적으로 공동체 전체를 향한다.

이토 준지伊藤潤二의 만화 중에서도 강렬한 이미지를 선사한 작품들의 경우 이러한 일본 특유의 공동체 논리가 강렬하게 작동한다. 대표작《소용돌이うずまき》(1999)는 호러 중에서도 초월적이고 압도적인 현상 앞에서 인간성을 상실해가는 과정을 다룬다는 점에서 코즈믹 호러에 가까운 작품이라고 할 수 있지만, 여기에도 공동체에 대한 묘사의 특징이 존재한다. 3권에 포함된 13화 〈귀신의 집〉은 가장 상징적인 이미지를 보여주는데, 주인공 키리에가 이사한 연립주택은 살아 있는 유기체처럼 주민들을 나선형으로 뒤틀고 서로 융합시킨다. 주민들은 벽과 바닥에 달라붙어 거대한 나선형의 집합체를 이룬다. 공동체의 완전한 붕괴가 고어하지만 상징적인 방식으로 달성된다.

이처럼 공동체 전체에 복수하고 공동체의 모든 구성원을 파괴하는 일본 호러의 결말은 한국 호러가 불필요한 피해자를 최소화하고, 직접적인 원한 관계의 연루자가 아니라면 최대한 악인이나 무자각한 인물로 한정된다는 점과 구별된다. 공동체에 제대로 소속되지 못한다면 이지메를 당하거나, 공동체 바깥으로 밀려날지도 모른다는 불안감은 공동체 자체가 공포의 대상이라는 사실과 크게 다르지 않다. 앞서 한국의 호러 마스터플롯에서 공동체로부터의 소외가 지극히 일차적인 조건이었다면, 일본의 경우 공동체가 절대적인 소외를 구성하는 조건이 되며 개인은 이에 대한 다른 보호 장치를 가지기 어려워 보인다. 따라서 하나의 거대한 상자로서의 공동체는 개인을 짓누르는 거대한 공포의 실체이고, 이는 종종 초월적인 존재처럼 그려진다. 이토 준지가 그리는 코즈믹 호러의 영역까지도 개인에게는 단순한 초자연적 영역만이 아니라 공동체를 포함하는 세계의 소멸과 관련되어 있다.

이토 준지의 또 다른 작품《토미에》에 등장하는 초월적이면서 치명적인 존재인 토미에는 이러한 공동체의 완벽한 적으로 등장한다.

물론 첫 에피소드에서 토미에는 자신이 속한 1학년 B반의 교사와 학생 모두에 의해서 죽임을 당하고 시체까지 토막 난 피해자다. 하지만 죽은 토미에가 되돌아옴으로써 가해자들은 혼란에 빠지고 자중지란 속에서 파멸해간다. 이처럼 공동체에 의해 철저하게 파괴된 개인이 다시금 되돌아와 공동체 전체를 공포로 몰아넣는다는 점에서만 보면 일본식 호러의 전형적인 마스터플롯인 셈이다. 하지만 후속작부터 토미에 캐릭터는 단순한 피해자 입장을 넘어서 진정한 공동체의 적으로서의 모습을 보이기 시작한다.

시리즈에서 반복적으로 드러나듯이 토미에는 완전한 나르시시스트이면서 개인주의자를 넘어선 반공동체주의자다. 심지어 토미에는 다른 사람만을 싫어하는 것이 아니라, 자기 이외의 다른 토미에 역시도 증오하며 죽이려 한다. 자기에게서 복제되거나 분화된 존재라고 하더라도, 철저한 개인주의자인 그들은 서로 화합할 수 없으며 동질적인 공동체가 될 수 없기 때문이다. 동시에 토미에를 향한 추종자의 강한 욕망은 양면적이다. 특히 남성들은 토미에를 원하면서 동시에 죽이고 싶어 한다. 즉 초월적인 개인주의자를 욕망하면서 동시에 공동체적인 삶의 감각에서는 받아들일 수 없으며 제거해야만 한다. 이러한 양면적 욕망은 일본 사회 저변의 무의식을 반영하는 것으로 그들은 공동체 문화를 강력하게 내면화하면서도 다른 한편으로는 공동체를 벗어나는 개인주의자를 선망하고, 동시에 그러한 개인주의자로서 소외될 가능성을 두려워한다.

토미에는 일본식 호러가 반복적으로 되풀이하는 마스터플롯 자체를 상연하면서도, 동시에 극복할 수 없는 호러에 대한 매혹을 보여주는 것 같다. 토미에에 대한 숭배와 살해 욕구가 공존하는 사람들은 극복할 수 없는 일상적 광기를 보여주는데, 토미에는 다만 그에 대한 거울 이미지에 불과하다. 〈곡성〉에서 외지인이 우리 자신의 공포를 되비추어 보여준다는 의미에서 악마이듯이, 토미에는 일본의 공동체 내부

토미에
이토 준지 걸작집 1
상
Junji Ito
한나리 옮김

에서 개개인에게 뿌리 깊이 자리 잡은 공포를 되비추어 보여주는 끔찍한 악몽이다. 아이러니하게도 토미에에 대한 공포는 개인주의자에 대한 공포이지만, 결과적으로 사람들은 공동체가 얼마나 악마적인지를 보여주는 중이다. 무한히 증식하는 토미에의 신체처럼, 공동체 내부의 개개인이 결국에는 공동체 자체를 끊임없이 재생하고 증식시킴으로써 자기 자신을 사로잡는 초월적인 공포의 대상으로 만들어낸다.

이처럼 일본의 호러 마스터플롯은 포기할 수 없는 대상으로서의 공동체와 그 내부에서 오롯이 개인주의자이기를 바라는 사람들 사이의 이중구속을 그려내는 장르다. 공동체는 필연적이고 가치를 유지해야 하지만 동시에 위험하고 억압적이다. 개인주의자는 매혹적이지만 취약하고 공포스럽다. 이러한 복합적인 이미지가 일본 호러의 가장 모순적이고 양면적인 욕망을 상연한다.

미국의 호러 마스터플롯: 네거티브 할리우드와 미국의 무의식

빅토리아 시대(1837~1901)가 본격적인 근대 고딕 소설의 배경이 되는 것은 우연이 아니다. 이 시기는 식민 팽창주의와 함께 경제적 성장이 두드러졌을 뿐 아니라, 젠트리 및 부르주아 계급의 성장과 함께 도덕적 엄숙주의가 가장 강력하게 작동하는 근대 초창기의 시기를 대변한다. 공포 문학에서 사회적 공포의 본질은 늘 그 사회가 감추거나 억압하고 싶어하는 공동체적인 치부, 혹은 정치적 무의식과 관련되어 있다. 빅토리아 시대의 도덕적 엄숙주의는 언제나 역설적으로 도덕적 해이의 가능성과 공동체적인 혼란을 부추길 수 있는 다종다양한 가능성과 묶여 있다.

이러한 맥락에서 고딕 소설의 주체가 젠트리 계층이라는 사실 역시 자연스럽게 이해할 수 있다. 고딕 소설의 이야기는 주로 젠트리 계층이 획득한 사회적 권력의 유지는 물론 급변하는 유동적 사회 변화 속에서 공동체적 위험의 요소를 감지하고 예외적인 요소들을 관리하고자 한다. 간단하게 근대 사회에서 발전한 공동체의 문제 해결 방식이라고 말할 수도 있겠지만, 동시에 이때의 공동체는 계급적인 차원에서 의미화되며 절충적이고 타협적인 방식으로 사회적 통합을 유지한다. 따라서 젠트리 및 부르주아의 계급적 불안은 미스터리나 호러와 같은 새로운 장르적 서사 내부에서 그들을 위협하는 다양한 공포의 대상을 그려내는 방식으로 구체화했다.

이러한 유럽의 고딕 소설이 미국으로 넘어오며 새롭게 발전한 미국 남부의 고딕 소설은 지역 특유의 어둡고 보수적이며, 도덕적으로 엄격한 분위기를 반영하는 방식으로 발달한다. 남북전쟁을 거치며 본격화된 미국 남부의 보수적인 분위기는 주류 백인이 대놓고 말하지 못하는 사회적 편견과 인종, 계급적 우월주의를 정치적인 무의식처럼 드러낸다. 부르주아 계급의 공포를 다루는 유럽의 고딕 소설과 달리 미국에서는 종교적인 악의 형태로 드러나지만 그 구체성은 각종 차별의 형태를 가진 다양한 사회적 공포를 반영한다.

이러한 소설들에서는 고전적인 고딕의 악령이나 귀신, 개인의 심리적 결함이나 정신적 혼란에 그치지 않고 구체적인 괴물의 형상이 드러나기 시작한다. 현대화된 고딕 소설에서 괴물은 고전적인 악령과 괴물의 형상을 전유하지만, 그 기능과 사회적인 의미는 달라진다. 그들은 로컬 공동체를 위협하는 초자연적이며 이질적인 존재에 그치지 않고, 근대화된 사회 공동체에 침투하는 이질적인 존재로서의 위상을 획득한다. 호러 영화 속의 '괴물'들은 단순히 무서운 존재가 아니라, 사회가 의식적으로 직면하기를 꺼리는 것들의 상징적 발현이다. 이러한 관점에서 호러 영화는 단순한 오락물을 넘어, 집단적 트라우마와 불안을 처리하는 중요한 사회적 심리 메커니즘으로 기능하며, 이를 통해 국가적 안녕이라는 지배적 서사의 이면에 숨겨진 '악몽'을 드러내는 역할을 한다.

1980년대의 B급 호러 영화는 이러한 의미에서 노골적이면서도 키치한 방식으로 주류 사회가 제대로 표현하지 못하는 미국 사회의 무의식적 공포를 다양하게 전달했다. 특히 1980년대 미국은 베트남 전쟁, 유류 파동, 인종 폭동, 인플레이션 등 1960~1970년대의 사회적 트라우마 이후 전통적인 가족 가치, 건강, 번영을 약속하는 신선한 낙관적 분위기를 표방하며 보수적 반동을 경험했다. 그러나 그러한 낙관주의 이면에는 사회적·경제적·정치적 불안이 내재해 있었다. 경제적으로는 레이거노믹스가 성장과 일자리 창출을 가져왔음에도 불구하고, 동시에 국가 부채를 급격히 늘리고 부의 불평등을 심화해 중산층에게 막대한 압박을 가하고 '아메리칸 드림'의 기반을 흔들었다.

이는 표면적인 번영 뒤에 숨겨진 경제적 불안이라는 역설을 낳았다. 사회적으로는 폭력 범죄 증가, 제조업 쇠퇴, 사회 안전망 약화가 두드러졌으며, 특히 에이즈의 출현은 새로운 공포를 일으켰고, 초기 동성애자 커뮤니티에 대한 편견과 정부의 무대응으로 인해 더욱 심화했다. 정치적으로는 냉전이 지속되며 핵전쟁과 내부 침투에 대한 공포가 만연했고, 이는 권위와 '타자'에 대한 불신의 분위기를 조성했다. 문화적으로는 소비주의가 확산했고, 동시에 청소년 문화, 성, 도덕적 타락에 대한 광범위한 도덕적 공황이 발생했다.

〈13일의 금요일〉(1980), 〈나이트메어〉(1984) 등 수많은 작품이 이 시기에 제작되었다. 슬래셔 영화는 가면을 쓴 살인마, 느리지만 반드시 희생자를 따라잡는 살인마, 성관계를 맺는 젊은이들의 죽음, 젊은 청소년을 주 표적으로 삼는 점, 혼전순결을 지킨 '파이널 걸'의 생존, 무능한 경찰의 등장 등 일련의 반복적인 클리셰로 유명하다. 이 장르는 종종 평온한 일상이나 특정 휴일을 배경으로 삼아 잠재된 공포를 건드린다. 1980년대에는 이러한 영화의 잔혹성과 청소년에게 미치는 영향에 대한 도덕적 공황이 확산하기도 했다. 1970~1980년대 호러는 환상적인 괴물에서 벗어나 인간이 인간을 스토킹하는 형태로 변화하며, 이는 서로에 대한 두려움을 반영한다.

특히 〈13일의 금요일〉은 무자비한 신체 훼손이 주는 폭력의 쾌감을 통해 성공했으며, 청소년의 일탈을 무자비하게 응징하는 서사를 보여준다. 실제로 이러한 영화에 대한 클리셰를 "숲에서 오줌을 싸면 머리가 잘린다. 사실 오줌 싸는 것뿐만 아니라 대마초를 피우거나, 섹스하거나, 샤워하거나, 이야기하거나, 먹는 것 등도 마찬가지다"라고 패러디될 정도로 일탈 행위와 죽음은 직접적으로 연결되어 있다. 이러한 클리셰는 단순히 영화적 장치를 넘어, 1980년대 미국의 사회적 무의식에 내재한 보수적인 도덕관과 청소년 일탈에 대한 통제 욕구를 반영한다. 당시 미국 사회는 보수주의가 성행했으며, 종교적 우파 세력은 청소년 문화에 대한 도덕적 공황을 조장했다. 변화하는 청소년 문화(소비주의, 성적 자유)에 불안감을 느끼고 있던 사회는, 영화 속 살인마라는 도덕적 응징자를 통해 이러한 불안을 해소하는 대리 만족을 얻었다.

이러한 슬래셔 무비의 최종 생존자를 지칭하는 '파이널 걸'은 1980년대 미국 사회의 젠더 역할과 여성성에 대한 복합적인 사회적 무의식을 드러낸다. 한편으로는 순결이 생존의 조건처럼 제시됨으로써, 보수적인 사회 분위기 속에서 여성에게 요구되던 전통적인 도덕적 가치와 순종성을 무의식적으로 강화하는 역할을 한다. 이는 남성 중심 사회의 거세 공포를 여성의 순결을 통해 안정화하려는 시도로 해석할 수 있다. 그러나 다른 한편으로 파이널 걸이 살인마에 맞서 싸우고 생존하는 주체적인 모습은, 당시 여성운동과 여성의 사회적 진출에 따른 여성 주체성 강화에 대한 사회적 열망 또는 불안을 동시에 반영한다.

1980년대 중반부터 여성 취업률이 높아지는 등 사회적 변화가 있었음을 고려할 때, 파이널 걸은 여성의 권한이 강화되는 동시에 여전히 전통적 역할에 대한 압박을 받는 사회적 긴장 상태를 보여준다. 즉 영화는 여성에게 가해지는 억압(살인마의 위협)을 보여주면서도, 억압을 극복하는 여성의 강인함을 그려냄으로써, 여성성에 대한 사회적 기대와 현실 사이의 긴장감을 무의식적으로 표출한다. 이러한 양가적 표상은 사회가 여성의 해방을 부분적으로 수용하면서도, 여전히 특정한 도덕적 경계를 유지하려는 무의식적 시도를 드러낸다.

21세기 이후 미국 호러 영화는 주제나 형식의 차원에서 다양해짐과 동시에 사회적 무의식을 노골적으로 드러내고 또 그에 대한 대응 방식을 시험적으로 드러내는 작품이 늘었다. 대표적으로 아리 애스터Ari Aster 감독의 영화 〈유전Hereditary〉(2018)은 이러한 경향을 잘 보여준다. 이 영화는 세대 간 트라우마의 교활한 본질과 그것이 가족 역학에 어떻게 해로운 영향을 미칠 수 있는지를 묘사한다. 공포는 피할 수 없는 운명과 부모 세대를 사로잡고 있는 악마에게서 벗어날 수 있는지에 대한 질문에서 비롯된다. 이러한 문제들을 인정하고 낙인을 제거하려는 광범위한 사회적 변화를 반영한다.

마찬가지로 아리 애스터 감독의 〈미드소마Midsommar〉(2019)는 실존적 불안, 소속감에 대한 욕구, 그리고 컬트 집단의 섬뜩한 매력을 파고든다. 이 영화는 악의 평범성을 공포의 실체로 제시하며, 겉으로는 평화로워 보이는 집단이 자신들의 세계관 안에서 끔찍한 행위를 반복하고 이를 정상화하는 과정을 통해 관객에게 불편한 질문을 던진다. 영화는 개인의 정체성을 지우고 집단과 동질화하려는 시도와 함께, 집단적 신념이 개인의 자율성을 어떻게 침식하는지에 대한 공포를 드러낸다. 주인공 대니의 마지막 미소는 그녀가 마침내 소속감을 찾고 슬픔에서 해방된 것처럼 보이지만, 동시에 그녀가 끔찍한 컬트의 일부가 되었음을 암시하며, 유토피아의 이면에 숨겨진 어두운 진실을 드러내는 강력한 비판적 메시지를 전달한다.

대니 일행 모두가 정신적인 취약함을 가지고 있으며, 서로에 대한 편협한 사고방식에 사로잡혀 있는 파편적 개인임을 고려할 때, 현대 사회의 정신적 취약성은 호러 영화의 핵심 화두가 된다. 정신 건강의 중

2019년 최고의 공포영화
CinemaBlend 선정
〈유전〉 아리 애스터 감독
미드소마
2020.04.22
A24

요성에 대한 인식의 증가와 각각의 존재가 현대 사회로부터 받아들이게 되는 복잡한 심리적 부담을 논의하려는 의지는 현대적인 호러 장르가 이러한 주제를 더 깊고 미묘하게 탐구할 수 있는 문화적 공간을 만들었다. 이제 호러 장르는 명백한 괴물이나 살인마를 다루지 않고서도, 우리 현실을 지배하고 있는 사회적 공포와 불안을 재현할 수 있게 되었으며 그것을 관객이 직간접적으로 경험하는 문화적 공감대로 끌어올리고 있다.

아리 애스터의 영화들로 대변되는 새로운 호러 장르들의 특징을 '엘리베이티드 호러elevated horror' 또는 '포스트 호러'라는 이름으로 규정하며 호러의 하위 장르로 언급하기 시작했는데, 이는 과거의 오락적 역할에 충실했던 할리우드 호러 장르를 갱신하며 예술적 야심과 주제의 깊이를 특징으로 한다. 이 장르는 전통적인 점프 스케어Jump Scare와 노골적인 고어보다는 심리적 공포, 복잡한 주제(슬픔, 트라우마, 정체성, 실존적 불안), 그리고 미묘한 스토리텔링을 우선시한다. 종종 드라마, 스릴러 또는 아트하우스 영화의 요소를 통합해 장르를 혼합하기도 한다.

아무래도 이러한 영화들은 노골적이고 가시적인 점프 스케어 연출의 활용보다는 인물들의 내면적 갈등에 초점을 맞춰, 그들의 공포와 불안이 서사를 이끌어가도록 한다. 이들은 종종 츠베탕 토도로프Tzvetan Todorov의 환상fantastic 개념을 사용해, 초자연적인 사건이 실제로 일어나는 것인지 아니면 환상인지에 대한 망설임을 유발한다. 이는 다소 모호한 결말, 그리고 노골적인 시청각정 공포보다는 상징화된 묘사를 강조한다. 직접적인 공포를 연발하기보다는, 사잇적인 공포에 대한 적극적인 해석 과정과 질문을 관객에게 남기는 것을 목표로 한다. 특히 엘리베이티드 호러는 시각적 절제와 분위기 몰입을 강조하며, 끊임없는 충격보다는 미묘한 단서를 통해 불안감을 조성한다. 촬영 기법은 종종 롱테이크, 느린 속도, 그리고 의도적인 사운드 사용을 통해 불안한 분위기를 조성한다. 색감은 1980년대 공포 영화의 자연스러운 색상과 대비되는, 주제를 의도적으로 반영하는 색감이 활용되는데, 아리 애스터의 〈미드소마〉는 백야의 하늘 아래 펼쳐지는 심리적 공포를 효과적으로 보여주었다.

다른 한편으로 사회문화적이며, 계급·인종·젠더에 대한 주제적 구체성은 더 선명해지고 개성적인 것으로 변했다. 조던 필Jordan Peele 감독의 〈겟 아웃Get Out〉(2017)은 시스템적 인종차별과 인종적 미세공격microaggression을 탁월하게 다룬 작품이다. 이 영화에서는 사회 자체가 진정한 악으로 묘사된다. 〈겟 아웃〉은 탈인종 신화와 흑인 신체의 상품화를 비판한다. 또한 〈어스Us〉(2019)는 이러한 접근을 확장해 정체성, 특권, 사회적 균열을 탐구한다. 이 영화는 지상의 인류를 복제한 지하인들의 존재를 경제적 불균형과 시스템적 불평등에 대한 우화로 사용해, 소외된 집단이 겪는 보이지 않는 고통을 강조한다.

조던 필 영화의 핵심은 개별 악당에서 시스템적 괴물로 초점을 전환한 것이다. 1980년대 공포 영화의 개별적인 사이코 살인마는 더 이상 두렵지 않다. 〈겟 아웃〉과 〈어스〉 같은 영화에서 사회 구조가 진정한 괴물로 등장했다는 것은 시스템적 인종차별과 계급 불평등에 대한 사회적 인식 및 공론화가 높아졌음을 반영한다. 1980년대 공포 영화가 공포를 가시적인 타자에게 외부화하는 경향이 있었던 반면, 현대 공포 영화는 관객이 사회 구조와 제도 내에 있는 괴물을 직면하도록 요구한다. 이러한 진화는 장르의 비판적 역량이 성숙했음을 의미하며, 단순한 선악 구도를 넘어 현대 사회에 만연한 교활하고 종종 보이지 않는 억압 메커니즘을 폭로한다.

최근 화제였던 〈서브스탠스Substence〉(2024)는 젊음과 아름다움에 대한 사회적 집착, 특히 여성에게 가해지는 미의 압박과 노화에 대한 공포, 그리고 이를 조장하는 미디어 산업의 어두운 면을 파격적인 보디 호러로 표현한다. 이 영화는 젊음이 권력이고 나이 듦이 죄로 여겨지는 세상의 폭력성을 극단적이고 때로는 풍자적인 방식으로 드러내며, 관

로튼 토마토 신선도 99%
(2017.04.07 ROTTEN TOMATOES 기준)
북미 박스오피스 1위
(2017.02.24~2017.03.02 BOX OFFICE MOJO 기준)
'공포를 넘어선 놀라움'
- Sunday Independent -
'규정할 수 없는 영화'
- Daily Mail -
'충격적이다'
- Washington Post -
'소름끼친다'
- New York Post -
'역대급'
- The Wall Street Journal -
'극한의 경험'
- Nerdist -
GET OUT
겟 아웃
5월 17일 대개봉
(15세 이상 관람가)

객에게 불편한 질문을 던진다. 육체가 뒤틀리고 장기가 터져 나가는 극단적인 보디 호러 연출은 단순히 충격적인 재미를 넘어, 외모가 자신의 가치를 규정하는 사회에서 몸이 찢기고 무너질 때 우리가 어떻게 되는지를 적나라하게 보여준다. 이러한 연출은 관객이 자기 자신에 대한 가혹한 비판과 비교를 통해 스스로에게 무슨 짓을 하고 있는지를 성찰하게 한다.

정리하자면 할리우드 공포 영화는 1980년대의 외부적이고 도덕주의적인 위협, 그리고 냉전 시대의 우화에서 21세기의 내면화되고 시스템적이며 기술 중심적인 공포로 진화했다. 한편으로 이러한 변화는 더 깊은 심리적 통찰, 날카로운 사회적 논평, 그리고 엘리베이티드 호러라고 불리는 세련된 미학적 접근 방식으로 발전했다. 오늘날 할리우드 공포 장르는 세대 간 트라우마와 정신 건강 위기부터 시스템적 인종차별, 경제적 불평등, 디지털 시대의 고립된 역설에 이르기까지, 당대의 가장 시급한 공포를 반영하고 다루는 중요한 문화적 거울 역할을 계속하고 있다.

호러 장르가 사회 변화에 적응하고, 자신의 형식을 갱신하며, 지속적으로 불편한 현실을 직시하는 능력은 사회적 장르로서의 유용함을 보장한다. 사회적 불안이 계속 진화함에 따라, 스크린을 채우는 괴물과 서사 또한 진화할 것이며, 인간 조건에 대한 카타르시스와 비판적 통찰력을 동시에 제공할 것이다. 이러한 변화는 공포 영화가 단순한 서스펜스나 스릴을 넘어, 우리 시대의 복잡성을 탐구하는 필수적인 문화적 매개체로 자리매김하게 한다.

박인성 문학평론가. 2011년 〈경향신문〉 신춘문예로 등단하여 활동 중. 현재 부산가톨릭대학교 인성교양학부 조교수 및 교보문고 문학팀 기획위원으로 재직 중이다. 본격 국내 미스터리 비평서인 《이것은 유해한 장르다 - 미스터리는 어떻게 힙한 장르가 되었나》를 출간했다.

진짜와 가짜 사이의 투쟁

- 역사 미스터리에 숨은 난점

✦ 무경

1

역사를 소재로 택하는 추리소설을 '역사 미스터리'라고 부른다. 대표작으로 아서 코난 도일의 《머스그레이브가의 의식》, 조지핀 테이의 《시간의 딸》, 움베르토 에코의 《장미의 이름》, 찬호께이의 《13.67》, 요네자와 호노부의 《흑뢰성》 등이 떠오른다. 국내에도 이인화의 《영원한 제국》, 김탁환의 《방각본 살인사건》, 《열녀문의 비밀》의 백탑파 시리즈, 김재희의 《경성 탐정 이상》 시리즈 등 다양한 작품이 있다.

여기서 질문을 던져보자. 추리소설은 역사와 결합할 수 있는가? 역사는 추리소설과 어떻게 결합하는가? 추리소설은 왜 역사를 탐구하는가?

'추리소설은 역사와 결합할 수 있는가?'라는 질문에는 쉽게 '그렇다'고 대답할 수 있다. 역사로 기록된 과거를 보며 현재의 우리가 품는 의문은 추리소설이 독자에게 던지는 질문과 비슷하기 때문이다. 추리소설은 "이 사건은 누가, 어떻게, 왜 벌였는가?"라는 물음을 독자에게 던진다. 역사를 탐구하는 우리는 "그 사건은 누가, 어떻게, 왜 일으켰는가?"를 묻고 진실을 찾으려 한다. 대답의 당위성과 층위에 차이가 있다고 해도, 눈앞에 보이는 것과 현재 남은 것만으로 참모습을 밝히려 한다는 점에서 동일한 문제의식을 공유한다. 실제로 역사를 연구하는 학자들의 일화는 추리소설을 보는 것 같다. 그들이 유물이나 자료를 발견하고 해석하면서 거기에 숨어 있는 맥락을 찾아내어 주장을 뒷받침하거나 이론의 약한 고리를 보강하며 정당성을 획득하는 과정이 수사물을 연상시킨다.

그런데 '역사는 추리소설과 어떻게 결합하는가?'라는 물음을 고찰하면, 뜻밖에 역사와 추리가 서로 완벽하게 맞물리는 요철이 아니라는 것을 발견하게 된다. 사실 역사 미스터리는 역사와 소설 사이의 서로 맞지 않는 부분을 다양한 방식으로 뭉뚱그리고 얼버무린다. 그래서 역사 미스터리라는 익숙한 말 너머의 양상을 엄밀하게 고찰할 필요가 있다.

2

역사 미스터리는 미스터리의 형식을 갖추면서 역사적 인물이나 사건을 등장시키거나 특정한 시기를 배경으로 한다. 역사적 실존 인물이 탐정이 되거나, 현대인이 역사적 사건에 숨은 진상을 파헤치는 이야기가 많다.

역사를 다룬 소설 전반을 분류할 때(이하 역사를 다룬 소설 전반을 '역사물'로 칭한다) 기반이 되는 역사적 사실에 '사실성/허구성'이 얼마나 들어갔는지로 구분하는 방식을 가장 먼저 떠올릴 수 있다. 이 방식에 따르면 크게 역사소설, 팩션, 대체역사소설이라는 세 갈래로 구분해볼 수 있다. 역사적 사실을 엄정하게 다루면 역사소설이라 할 수 있지만, 거기에 상상력이 가미되면 다른 형태가 된다. 사실을 기반으로 하되 상상에 기반한 허구를 상당수 가미한 경우는 팩션이라고 부를 수 있고, 허구적으로 창조한 것들을 실제 역사 대신 새로운 사실인 것처럼 취급한다면 대체역사소설이 된다.

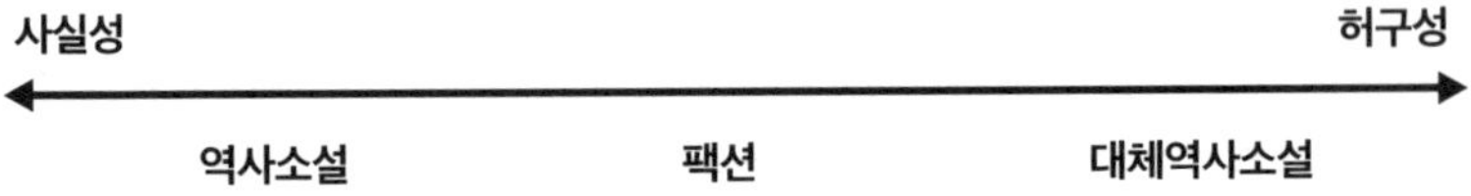

〈표 1〉 역사물 속 역사소설과 팩션, 대체역사소설의 위치

역사 미스터리는 대체로 팩션과 유사한 양상을 보인다. 팩션으로 분류되는 작품들은 역사적 사실과 허구적 미스터리를 섞어서 제시한다. 물론 역사 미스터리 가운데 역사소설로서도 가치가 돋보이는 작품이 있고, 역사적 사실을 작가의 의도대로 과감하게 가공해 변형시킨 작품도 있다. 그러니 역사 미스터리는 팩션이 주된 형식이며 역사소설과 대체역사소설의 경계 또한 넘나든다고 보면 될 것이다.

그런데 〈표 1〉에서 개념을 직선 위에 연속적으로 배치한 것은 이들의 경계가 명확하지 않기 때문이다. 가령 역사소설과 팩션의 경계는 어떻게 정할 수 있는가? 역사소설에서도 작가의 상상력이 발휘되고 허구적인 요소가 더해진다. 팩션 또한 'Fact + Fiction'의 조어답게 역사적 사실과 당시의 행태를 재현하면서 그때 '있었을 법한' 이야기를 제시한다. 혹은 팩션과 대체역사소설은 어떻게 구분해야 하는가? 이정명의 《바람의 화원》은 실존 인물인 신윤복이 여성이라는 파격적인 설정을 내세우는데, 허구를 사실인 양 내세워 이야기를 진행하니 대체역사소설로 보아야 할까, 혹은 실존 인물의 실제 행적을 바탕으로 하고 있으니 팩션으로 보아야 할까? 결국 역사적 사실에 사실성과 허구성이 어느 정도 가

미되었는가로 구분하는 것은 한계가 명확하다. 하지만 일단 이를 토대에 두고 논의를 계속하자.

여기서 모호한 기준으로 구분을 시도하는 이유는 바로 '핍진성' 때문이다. 작가가 역사 미스터리를 쓰다 보면 핍진성이라는 문제에 직면하는데, 쉽게 해결할 수 있을 것 같지만 의외로 풀어내기가 어렵다. 역사 미스터리가 가진 난제들 때문이다.

고려대 한국어대사전에서는 핍진성을 '문학 작품에서, 텍스트에 대해 신뢰할 만하고 개연성이 있다고 독자에게 납득시키는 정도'라고 정의한다. 작품을 읽는 독자는 서술을 믿을 수 있을지, 실제로 있었을 법한지를 두고 판단을 내린다. 가령 작품을 읽고 "이 시대에는 이런 일이 생길 수 없다" 혹은 "이 등장인물은 이러한 행동을 할 리 없다"라고 생각한다면 그 작품은 독자에게 핍진성을 얻지 못한 것이다.

그런데 역사 미스터리는 핍진성 확보에서 근본적인 문제점을 내포하고 있다. 미스터리는 밝혀지지 않은 의문스러운 일의 진상을 찾는 이야기이며, 역사 미스터리 중에는 의문으로 남은 역사적 사건의 진실을 작가의 상상력으로 풀어내려는 작품이 있다. 그렇다면 작가의 상상으로 재구성한 이야기는 어떻게 받아들여야 하는가? 이것은 진실인가, 허구인가? 그저 허구로서 즐길 수 있으면 충분한가? 아니면 진실의 후보 자격을 주어야 하는가?

미스터리가 역사와 결합하는 과정에서 사실과 핍진성이 충돌하는데, 이는 쉽게 해결하기 어려운 문제다. 사실의 문제, 즉 '작중에서 어떤 일이 가능한가/불가능한가'의 문제와 핍진성의 문제, 즉 '작중 인물이 어떤 일을 할 수 있는가/없는가'(혹은 '해도 되는가/해서는 안 되는가')라는 문제의 답이 어긋날 수 있다. 특히 팩션에서는 이 문제가 치명적으로 작용한다. 팩션은 실존 인물의 삶을 역사의 기록대로 따라가는 듯 보이지만, 어느 순간 실존 인물을 작가가 창작한 가상의 영역으로 던져 넣는다. 여기서 실존 인물의 행적에 익숙한 사람들은 '과연 그 인물이 정말로 이렇게 행동했을까?'라고 물을 수 있다.* 역사물을 쓰는 작가는 핍진성의 문제를 명확히 인식하고 있으며, 저마다의 방식으로 대응한다.

* 이는 반대로, 인물의 유명세를 빌려 작가의 작품 세계 속으로 독자를 끌어들이는 전략으로 활용되기도 한다. 사실 팩션이 인기를 얻은 가장 큰 이유가 바로 실존 인물의 명성과 매력을 적극 이용한다는 점이다.

첫째, 고증을 철저하게 하는 것이다. 작품 속에서 작중 시점 당시에 있어야 하는 것과 없어야 하는 것, 있을 수 있는 것과 없어도 되는 것의 구분을 명확히 한다. 또한 역사적인 기록을 철저하게 사실로 받아들인다. 이렇게까지 하면서 어떻게 허구적인 작품을 쓸 수 있단 말인가? 하지만 역사는 과거이고, 현재까지 흔적을 남긴 과거는 뜻밖에 많지 않으며 명명백백하지도 않다. 비유하자면 과거의 기록은 이파리를 하나도 남기지 않은 나무와 같다. 작가는 가지와 가지 사이의 틈새를 자신의 상상력으로 채워나가며 핍진성 또한 획득해야 한다. 움베르토 에코의 《장미의 이름》이나 요네자와 호노부의 《흑뢰성》을 예로 들 수 있다.

둘째, 작품이 주목하는 지점을 남아 있는 역사적 사실과 다르게 슬쩍 비트는 방식이다. 실존 인물이 등장하지만 행적이 밝혀지지 않은 시기를 상상으로 채우거나, 실제 배경과 사건을 주된 요소로 삼되 활약하는 인물을 허구로 꾸미는 경우다. 이는 역사의 엄정함을 지키면서도 작가의 자유로운 창작 또한 획득할 수 있는 절충적인 방식이다. 하지만 실재와 허구를 단순히 뒤섞기만 한다면 아무런 매력도 없는, 자칫 두 마리 토끼를 노리다가 하나도 잡지 못하는 경우가 될 수 있다. 무경의 《마담 흑조는 곤란한 이야기를 청한다》가 이러한 전략을 활용했다.

셋째, 창작물은 허구라는 점을 노골적으로 사용해, 역사적으로 있을 수 없는 요소를 등장시키거나 사실이 아닌 전개를 보이면서 이야기를 진행한다. 독자에게 이질감과 반감을 살 위험을 각오해야 하지만, 작품만의 매력과 고유성을 확보하는 독특한 전략이 되기도 한다. 영화에서는 쿠엔틴 타란티노의 〈바스터즈: 거친 녀석들〉과 〈원스 어폰 어 타임... 인 할리우드〉가 이러한 전략을 사용했으며, 소설 중에는 모리미 도미히코의 《셜록 홈스의 개선》이 셜록 홈스 소설 속 익숙한 인물과 지명을 아무렇지 않게 교토로 가져온다.* 작가가 능청스레 제시하는 '역사적 사실'과 모순되는 장면들을 접하며 독자는 곧, 이것을 '소설적 진실'로 여긴다. 이 소설에서만 통하는 진실, 즉 사실이 아닌 핍진성의 영역으로 받아

* 필자는 《셜록 홈스의 개선》을 추리소설로 보지 않는다. 이 작품은 셜록 홈스 세계관을 빌린 판타지 소설에 가깝다. 하지만 '셜록 홈스가 가상의 인물이기 때문에 역사소설이 아니다'라고 주장한다면, '셜로키언'이나 '홈지언'이 벌인 '셜록 홈스는 실존한다'라는 길고 장대한 설정 놀음에 실제 역사로 분류해야 마땅할 정도로 정교하고 장황한 분석과 고찰이 쌓인 점 또한 짚어야 한다. 톨킨의 추종자들이나 〈스타워즈〉나 〈스타트렉〉 혹은 〈닥터 후〉의 팬들을 떠올려본다면, 가상의 창작물이 가진 설정을 실존하는 것처럼 여기는 태도 역시 진지한 고찰이 필요하다.

들이는 것이다. 이것이 성공하느냐 실패하느냐가 해당 전략의 성패를 좌우한다.

3

앞서 말했듯 〈표 1〉의 도식만으로 역사물을 분류하는 데는 한계가 명확하며, 역사 미스터리에만 국한해도 마찬가지다. 역사물을 좀 더 명확하게 이해하려면 새로운 분류를 살펴야 한다. 또 다른 분류 기준으로 '화자의 시점과 사건의 시공간'을 살펴보려 한다.

화자는 작중의 이야기를 전개해나가는 존재다. 화자는 주인공일 때도 있지만, 주인공의 조력자나 주변인일 수도 있으며, 심지어 전지적 시점의 경우처럼 어떤 존재인지 명확히 알 수 없을 수도 있다. 하지만 소설 속 이야기는 화자의 눈이 보고 선택한 것만 독자에게 전달되기 때문에 화자의 존재는 필수이며, 화자의 위치가 어디인지가 중요하다. 특히 역사물에서는 화자가 처한 시점을 '역사적 사건의 내부/외부에 있다'로 나눌 수 있다.

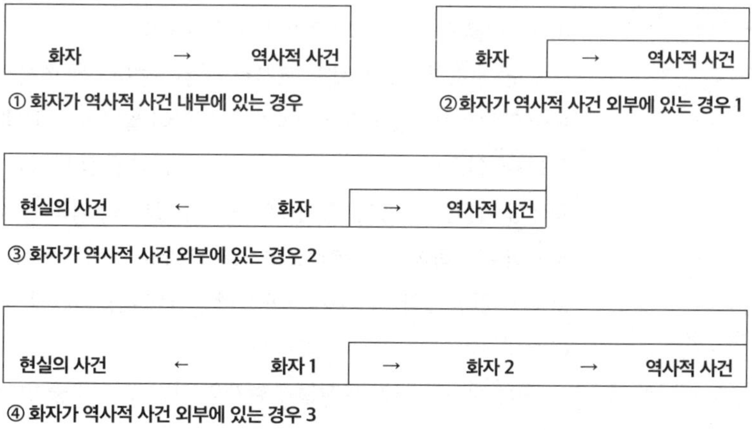

〈표 2〉 역사소설에서 화자와 역사적 사건의 관계

화자가 역사적 사건의 내부에 있는 경우, 화자는 사건의 관찰자인 동시에 참가자로서 기능한다(〈표 2〉의 ①). 화자는 역사적 사건 내부에서 전개되는 서사의 기승전결을 관찰하고 때로는 동참하거나 반목한다. 한편 화자가 역사적 사건의 외부에 있다면 수동적인 관찰자가 된다(〈표 2〉의 ②). 화자는 철저하게 관찰자 역할만 수행하고 이야기의 전개에도 실제 역사 연구에서처럼 새로운 자료를 찾아내거나 해석의 관점을 수정하거나 보완하는 등의 제한적인 방식으로만 개입할 뿐이다.

그렇기에 창작자는 화자를 역사적 사건의 외부에 두면서도 변형된 전략을 구사한다. 화자는 역사적 사건의 관찰자인 동시에 현재에서 벌어지는 또 다른 사건의 관찰자이자 참여자가 되기도 한다(〈표 2〉의 ③). 심지어 화자를 둘 이상으로 나누어, 현실 사건의 참여자이자 역사적 사건의 관찰자인 화자 1과 역사적 사건의 참여자인 화자 2로 구분하기도 한다(〈표 2〉의 ④).

미스터리는 사건이 제시되고 수수께끼를 해결하는 과정에서 독특한 매력을 드러낸다. 그렇기에 역사 미스터리가 ②의 형식을 취하는 경우는 드물다. 수동적인 관찰자 시점만으로는 사건을 강렬하게 제시하기 어렵기 때문이다. 조지핀 테이의 《시간의 딸》은 현재 시점에서 병원에 입원한 그랜트 경위가 리처드 3세의 초상화를 보고 느낀 의문을 풀어나가는 이야기인데, 역사적인 사건은 완료된 채이고 현재 시점 또한 극적인 사건 전개가 일어나지는 않음에도 그럴듯한 미스터리를 만들어냈다는 점에서 의미가 있다.

①은 구조가 단순하지만, 독자를 사건이 벌어지는 역사적 배경 안으로 끌어들이고 적응시키는 과정에서 다양한 전략이 필요하다. 요네자와 호노부의 《흑뢰성》과 찬호께이의 《13.67》, 김재희의 《경성 탐정 이상》 시리즈 등에서 해당 형태를 확인할 수 있다. 움베르토 에코의 《장미의 이름》은 바깥에 액자가 되는 부분이 존재하지만, 기본적으로 역사적 배경 안에서만 사건이 전개되며 사건을 겪는 인물인 아드소 수사가 관찰한 것들이 서술되기에, 이 범주에 넣을 수 있다.*

③은 과거의 사건 못지않게 현재의 사건 또한 비중 있게 다루어진다. 사실

* 구조의 기능적 분류와는 별도로 《장미의 이름》의 바깥 액자가 별도의 미스터리적 역할을 수행한다는 점 또한 눈여겨봐야 한다. 바깥 액자의 화자인 '나'는 아드소 수사의 기록을 입수하고 분실한 과정을 서술하면서 기록의 진위를 불분명하게 흐린다. 독자는 이 작품이 작가가 순수하게 허구로 지어낸 이야기인지, 아니면 실제 기록을 바탕으로 쓴 것인지, 혹 그렇다면 어디까지 실제 기록이 반영되었는지를 알 수 없다. 모호함은 그 자체로 미스터리가 된다.

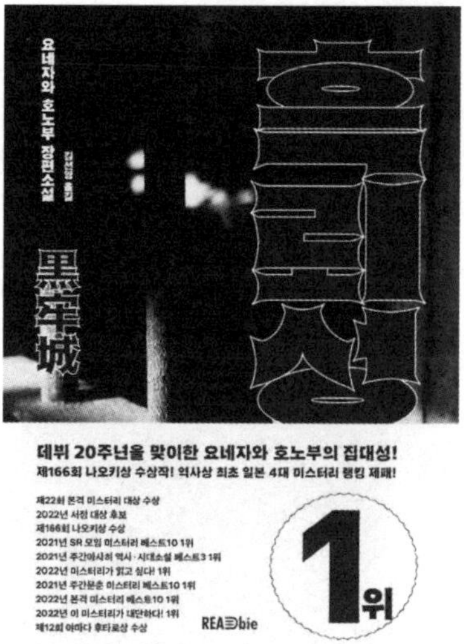

이러한 방식이 미스터리 소설과 잘 맞는 형태다. 고전적인 미스터리 소설은 과거에 벌어진 사건을 현재 시점에서 수사하는 구성인데, 과거에 벌어진 사건을 역사적 사건으로 바꿈으로써 비교적 수월하게 역사 미스터리라는 칭호를 얻을 수 있다. 이는 반대로 자칫 역사 미스터리라는 개성이 흐려지거나 상실될 위험 또한 있다는 뜻이다.

④는 역사적 사건의 내부와 외부가 저마다 미스터리로 둘러싸여 있는 다층적 구조이기에 매력적인 형태이지만, 양쪽 모두 매력적인 인물과 사건을 제시해야 한다는 난점이 있다. 그레이엄 무어의 《셜로키언》은 1900년대의 코난 도일과 2010년대의 해럴드 화이트가 각각 역사 속과 현재의 화자가 된다. 이들을 매개하는 것은 코난 도일의 사라진 일기라는 역사적 기록이다. 해럴드 화이트가 현재 맞닥뜨리는 살인사건의 원인에는 코난 도일의 일기가 연관된 것으로 보이며, 일기에는 코난 도일이 셜록 홈스를 '죽인' 뒤 겪은 살해 위협과 살인사건에 대한 기록이 담겨 있다. 과거와 현재의 사건이 저마다 펼쳐지면서도 이들이 완전히 분리된 별개가 아니게 설계한 구조가 이 방식의 전형적인 모습이다.

하지만 이러한 분류는 지나치게 도식적일 뿐만 아니라 역사 미스터리가 가진 난점을 근본적으로 짚지 못한다. 구조적인 형태의 설명만으로는 역사와 미스터리의 결합 속에 담긴 다층적 갈등을 짚기 어렵다.

역사 미스터리가 가진 근원적인 갈등을 짚으려면, 결국 사실성과 허구성의 논의로 돌아가야 한다. 역사 미스터리에서 진짜와 가짜가 부딪쳐 갈등을 일으키는 양상은 단순하지 않으며, 다양한 층위에서 불거진다.

4

표준국어대사전에서는 소설을 '사실 또는 작가의 상상력에 바탕을 두고 허구적으로 이야기를 꾸며 나간 산문체의 문학 양식'이라고 정의하고 있다. 이 정의에 따르면 소설의 근본부터 이미 사실과 허구, 진짜와 가짜를 둘러싼 갈등이 존재한다. 이를 조금 더 세분화해 인물·배경·사건이라는 구성 요소의 차원에서 보면, 인물은 '실존 인물/가상 인물', 배경은 '실재하는 공간/가상의 공간', 사건은 '실제 사건/가공의 사건'으로 나눌 수 있다.

하지만 역사물은 가짜만으로 모든 것을 채울 수는 없으며, 진짜를 반드시 넣어야 한다. 그렇지 않으면 역사물이라는 정체성 자체가 흔들린다. 하지만 진짜와 가짜 중 어디에 더 힘을 실어야 하는가? 어떤 요소에 진짜를 넣고 어떤 요소에 가짜를 넣을 것인가? 명쾌한 답을 내리기 어렵다.

그래서 역사물에서는 진짜와 가짜가 더욱 치열한 힘겨루기를 벌인다. '역사적 사실'이라는 진짜가 자기의 위상을 굳건히 확립하려 애쓰고, '작가의 상상력'이라는 가짜가 자신의 자리를 차지하기 위해 분투한다.

이러한 대립의 극단적인 형태로 《장미의 이름》을 꼽을 수 있다. 이 작품은 아비뇽 유수와 대립교황 등의 역사적인 사건을 설명하며 당시의 시대상을 집요하게 전달한 뒤에야 비로소 프랑스와 이탈리아의 접경에 있는 엘크 수도원이라는 가상의 공간을 제시한다. 수도원 건물의 구조와 세부 장식 등의 설명이 마치 실존하는 장소처럼 그려지지만, 엘크 수도원은 있었을 법한 가짜일 뿐이다. 하지만 가짜인 존재가 명징하게 제시된 뒤부터 이야기는 거침없이 전개된다. 가상 인물인 바스커빌의 윌리엄과 아드소가 가상의 공간인 엘크 수도원에 다다르고 그곳에서 가공의 살인사건이 벌어지는 가짜들의 잔치가 벌어지는 것이다. 이 작품에서 가짜는 진짜를 왜곡시키지 못한다. 잔치의 바깥을 둘러싼 진짜의 성채는 강력하고, 가짜 또한 진짜의 형상을 엄밀하게 흉내 내어야만 비로소 존재를 허락받는다. 《장미의 이름》은 진짜를 두텁게 쌓은 뒤 그럴듯한 가짜들을 제시해, 즉 역사적 사실 위에서 핍진성이 발휘될 곳을 허락하는 것으로 진짜와 가짜의 갈등을 돌파한다.

《경성 탐정 이상》은 《장미의 이름》과 정반대의 방식을 택한다. 《경성 탐정 이상》 또한 일제강점기 경성이라는 실재하는 장소와 이상, 박태원 등의 실존 인물을 등장시킨다. 하지만 이 작품에서는 진짜보다 가짜의 힘이 강하다. 작중 등장하는 가공의 사건들이 실재를 침범하고, 가상의 장소와 가상 인물이 적극적으로 제시된다. 이상과 박태원은 역사 속에서는 '작가'로 활동했지만, 소설 속 공간에서는 역사가 부여한 정체성대로 움직이지 않는다. 그들은 작품이 필요로 하는 역할인 '탐정과 조수'로 변모해야 하고, 기꺼이 역할을 연기해낸다. 작품에 등장하는 실존 인물들 또한 주인공들과 마찬가지로 추리소설과 탐정극에서 필요로 하는 역할에 맞춰 움직인다. 가짜가 주도하는 공간이 만들어지면서 진짜 또한 가짜가 제시하는 역할과 법칙을 따른다. 이렇게 진짜가 강력한 가짜와 엮이며 의도적으로 가짜를 닮아가는 모습 또한 '진짜와 가짜'의 갈등을 돌파하는 방법이다.

결국 역사물에서는 '진짜를 명확하게 확립한 뒤 가짜가 활약할 여지를 주느냐', 혹은 '가짜의 형상에 맞춰 진짜를 변용하느냐'라는 두 가지 선택지가 제시되며, 작가들은 양극단에서 한쪽의 손을 들어줌과 동시에 적절히 조화를 이룰 지점을 찾아 자신의 이야기를 펼친다. 그렇기에 '진짜와 가짜 중 어디에 중점을 두는가' 또한 역사 미스터리의 성격을 좌우하는 구별 점이 될 것이다.

이렇게 '역사는 추리소설과 어떻게 결합하는가?'라는 질문에서 파생된 난점들을 살펴보았다. 지금까지의 탐구가 명쾌한 답을 제시하지 못한 가장 큰 이유는, 역사 미스터리가 다루는 서사의 중심에 '진짜와 가짜'라는 인류의 근원적인 난제가 도사리고 있기 때문이다. 역사 미스터리는 뜻밖에 무척 철학적이고 근원적인 의문을 건드리는 장르다.

5

마지막 질문이 남았다. '추리소설은 왜 역사를 탐구하는가?'

연암 박지원은 경지라는 인물에게 보낸 편지에서 이렇게 썼다.

"아이가 나비 잡는 것을 보면 사마천의 마음을 얻을 수 있지요. 앞발은 반쯤 꿇고 뒷발은 비스듬히 들고, 손가락을 집게 모양으로 해가지고 살금살금 다가가, 손은 잡았는가 싶었는데 나비는 호로록 날아가 버립니다. 사방을 둘러보면 아무도 없고, 겸연쩍어 씩 웃다가 장차 부끄럽기도 하고 화가 나기도 하는, 이것이 사마천이 책을 저술할 때입니다."

역사를 이야기로 푸는 작가의 마음은 마치 이 소년의 마음과 닮았다. 역사 속 일을 살피며 조마조마해하는 마음이 바로 그것이다. 과거에 남은 커다란 의문이 어떤 진실을 품었을지 궁금해서 답답한 마음, 혹은 현실의 막막함을 돌파할 길을 과거에서 찾으려다 그들 또한 지금의 우리와 다르지 않음에 안타까워하는 마음. 이러한 마음으로 작가는 허구 혹은 가짜의 힘을 빌려 역사라는 사실 혹은 진짜를 탐색한다. 그곳에 있을지도 모를 지금을 해결할 답을 찾기 위해.

역사 미스터리의 시선은 과거를 향하고 있다. 하지만 과거를 바라보며 쓴 이야기는 과거에만 머물지 않는다. 우리가 살고 있는 현재는 과거의 누적으로 만들어졌으며, 심지어 아직도 과거에서 청산되거나 종결되지 않은 것이 남아 있다. 어쩌면 역사 미스터리는 현재 우리 주변을 둘러싼 수많은 의문에 대한 답을 찾으려는 시도의 다른 방향일지 모른다. 탐정이 사건을 바라보는 관점을 바꾸어 본질을 찾아내듯, 역사 미스터리야말로 현재가 아닌 곳을 살펴 더욱 명확히 현재를 판단하려는 가장 현재적인 서술이다.

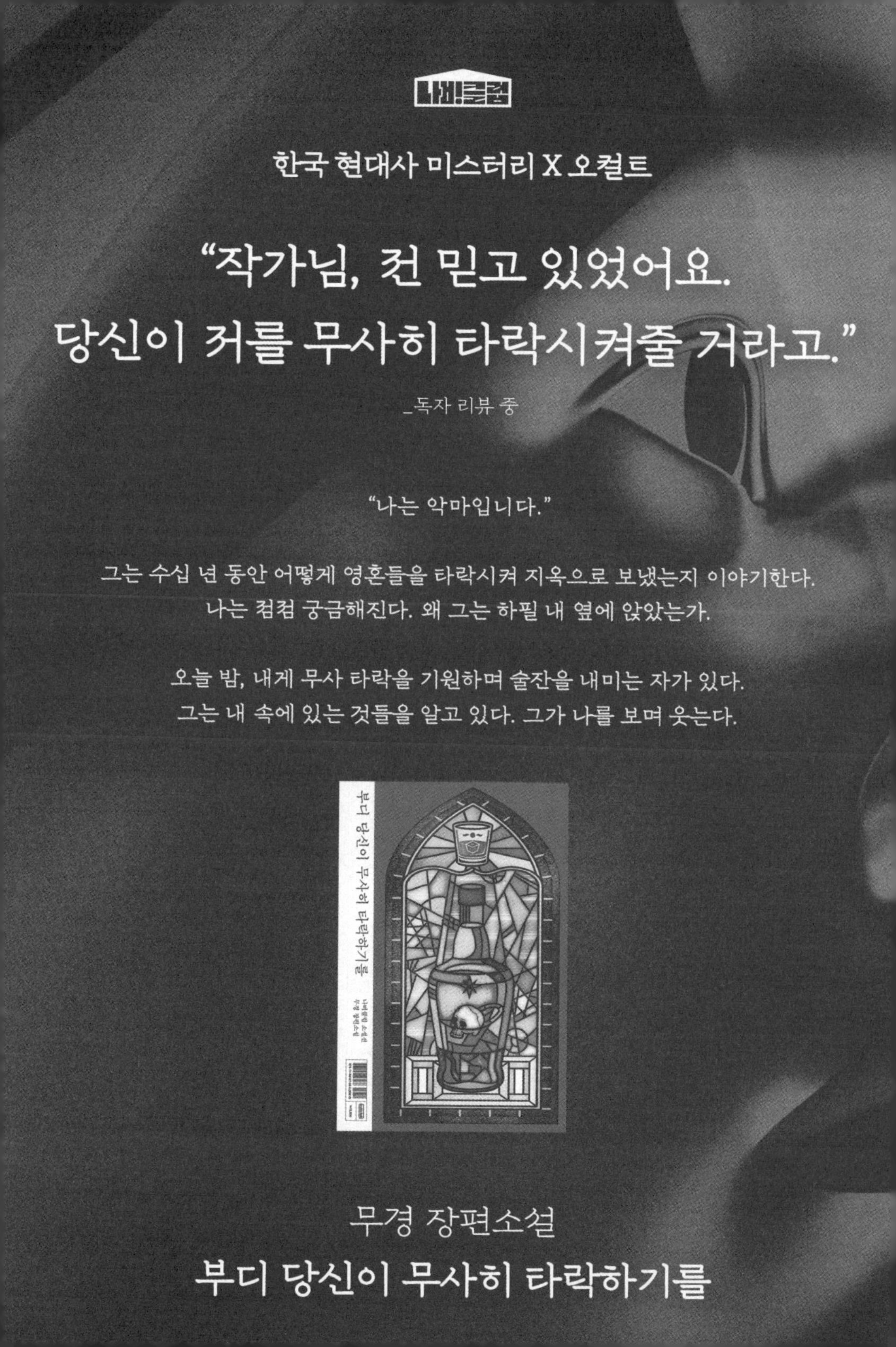
나비클럽
한국 현대사 미스터리 X 오컬트
"작가님, 전 믿고 있었어요.
당신이 저를 무사히 타락시켜줄 거라고."
_독자 리뷰 중
"나는 악마입니다."
그는 수십 년 동안 어떻게 영혼들을 타락시켜 지옥으로 보냈는지 이야기한다.
나는 점점 궁금해진다. 왜 그는 하필 내 옆에 앉았는가.
오늘 밤, 내게 무사 타락을 기원하며 술잔을 내미는 자가 있다.
그는 내 속에 있는 것들을 알고 있다. 그가 나를 보며 웃는다.
부디 당신이 무사히 타락하기를
무경 장편소설
부디 당신이 무사히 타락하기를

이것은 유
미스터리는
어떻
2024
《선재 업고 튀어》, 〈오징어 게임〉, 〈곡성〉, 〈파묘〉… 사랑받는 이

한 장르다
힙한
장르가 되었나
지음
출간
필수 요소 '미스터리'는 어떻게 모든 서사에 침투하는 힙한 장르가 되었나

북유럽 범죄 소설에서 시작된 영화 〈미결처리반 Q〉와 드라마 〈사건수사대 Q〉

– 당신의 취향은?

✦ 쥬한량(https://in.naver.com/netflix)

네이버 영화 인플루언서. 장르를 가리지 않고 영화/드라마를 리뷰하지만 범죄, 미스터리, 스릴러를 특히 좋아합니다. 2022년 버프툰 '선을 넘는 공모전'에 〈9번째 환생〉으로 당선되었으며, 카카오페이지에 회빙환 미스터리 웹소설 《얼굴 천재 조상님으로 살아남기》를 완결했습니다.

넷플릭스가 한국 서비스를 시작한 지 얼마 되지 않았던 때, 저는 이전에 접하지 못한 영화와 드라마의 홍수에 빠져 한참 동안 헤어 나오지 못했습니다. 덴마크 영화 〈미결처리반 Q〉도 그렇게 만난 작품 중 하나였습니다. 범죄 미스터리라고 하면 주로 미국 작품에 익숙했던 저는 온통 어두컴컴하고 칙칙한 북유럽 특유의 감성을 주야장천 쏟아낸 영화에 매료되고 말았습니다. 문화가 달라서인지 캐릭터도 특이한 느낌이었고 다루는 범죄도 신선했죠. 그래서 이후 속편이 시리즈로 있다는 정보를 접하고 서너 편을 쭈욱 찾아서 신나게 보았습니다. 프랜차이즈 영화들이 그렇듯 뒤로 갈수록 흥미로운 요소는 점점 얕아지지만, 팬으로서는 충분히 즐길 만했기에 재미나게 보았습니다.
그 후 시간이 지나면서 까마득히 잊었는데, 최근 넷플릭스에 새로 올라온 영국 드라마 〈사건수사대 Q〉를 보다가 내용 전개와 캐릭터가 너무 유사해서 의구심('넷플릭스에서 표절을 못 걸러냈다고?!')이 들어 찾아보았더니, 같은 원작 소설을 다른 배경으로(덴마크에서 영국으로) 각색해 만든 거더군요.
그래서 오랜만에 옛 기억을 끄집어내어 영화를 먼저 소개합니다. 드라마에서는 어떤 부분이 인상적으로 달라졌는지 주요 포인트만 짚어볼게요!

좌천된 형사가 특별한 동료와 함께 미결사건을 해결한다, 성공적으로

덴마크 코펜하겐에서 잔뼈가 굵은 경찰 칼(니콜라이 리 코스)은 고집불통에 제멋대로인 성격 탓에 강력계 동료 형사들 사이에서도 기피인물로 통합니다. 하지만 그의 모난 성격은 모두 사건 해결을 위해서였기에 동료들은 함부로 그를 타박하지도 못했죠.
어느 날, 칼은 범죄 조직을 성급하게 급습했다가 함께 간 동료들을 위험에 빠뜨리고 자신도 총에 맞습니다. 이 때문에 어쩔 수 없이 병가에 들어가고 아내와도 이혼합니다. 그런 힘든 시간을 보내고 마침내 복귀하지만, 과거의 전력 때문에 그를 받아주는 팀은 없었습니다.
하지만 그럴수록 칼은 업무를 하길 원했고 상사인 반장을 쪼아댑니다. 고민하던 반장은 결국 난데없는 일을 맡기죠. 칼이 사고를 덜 치도록 경찰서 안에 묶어둘 심산으로 오래된 서류들을 정리하는 일을 맡긴 거죠(네, 영화에선 처음에 미결사건을 맡긴 게 아니라 소일거리를 던져줍니다). 그러나 칼은 그곳에서 비슷한 처지의 아랍계 동료 형사 아사드(페레스 파레스)와 함께 서류를 뒤적이나 미결사건을 발견하게 되고, 그걸 조사하기 시작합니다.
그렇게 잡은 첫 번째 사건은 저명한 여성 정치인의 실종. 지적 발달 장애가 있는 남동생과 함께 유람선에서 사라진 것으로 기록된 그 여성은 정황상 바다에 빠져 자살한 것으로 추정되지만, 관련 증거는 아무것도 발견되지 않은 채 오랜 시간이 지나 있었습니다. 칼은 서류를 확인한 즉시, 그녀가 정말로 자살하려 했다면 장애인인 동생을 데리고 배에 탔을 리 없다고 확신에 가까운 의심을 품습니다. 과연 여성은 어떻게, 왜 사라진 것이며, 정말 죽은 걸까요?

이국적 문화를 배경으로 한 콘텐츠로서의 매력

두 명의 남자 형사가 주연이다 보니, 당연히 남성성이 강하게 드러나는 작품입니다. 희생자를 제외하고는 이름이 언급되는 여성 캐릭터도 거의 등장하지 않습니다. 작가도 이 부분이 신경 쓰였는지 2편부터는 자료조사를 돕는 역할로 여성 한 명을 팀에 추가합니다만, 그다지 큰 활약을 하진 않습니다.
그런 아쉬움에도 불구하고 이 영화가 매력적인 것은, 다른 나라의 풍광과 문화를 범죄 사건이라는 틀에서 색다르게 만날 수 있다는 점입니다. 비슷한 형태의 사건도 풀어가는 스타일이나 이야기하는 방식이 달라서 흥미가 일거든요. 특히 캐릭터에 입체성을 부여하는 요소인 환경이나 문화(유럽이기에 더욱 다채로운 다양성), 주변 인물이 그러한 부분에서 시너지를 불러일으킵니다. 더불어, 영화에 등장하는 반전 코드나 이야기를 비트는 방식이 아주 독특하진 않더라도 미처 생각지 못한 연결고리에서 기인하기에, 저는 때때로 감탄하며 봤습니다.
영화 시리즈는 현재 1편 〈미결처리반 Q〉(2013)를 시작으로 〈미결처리반 Q: 도살자들〉(2014), 〈미결처리반 Q: 믿음의 음모〉(2016), 〈미결처리반 Q: 순수의 배신〉(2019), 〈미결처리반 Q: 침묵의 암살자〉(2021), 그리고 작년 겨울에 개봉한 〈미결처리반 Q: 그림자 살인〉(2024)까지 총 여섯 편이 나왔습니다. 리뷰를 찾아보면 시청하는 데 시리즈 순서가 상관없다는 사람도 있지만, 저는 가능하면 순서대로 보시길 추천합니다. 캐릭터를 이해하고 익숙해지는 데에 확실히 수월하고 자연스럽습니다.
혹시 시리즈를 여는 첫 편만 보고 그다지 끌리지 않아서 한 편 정도만 더 볼까 고민한다면 4편인 〈순수의 배신〉은 놓치지 말라고 당부하고 싶습니다. 실제 덴마크에서

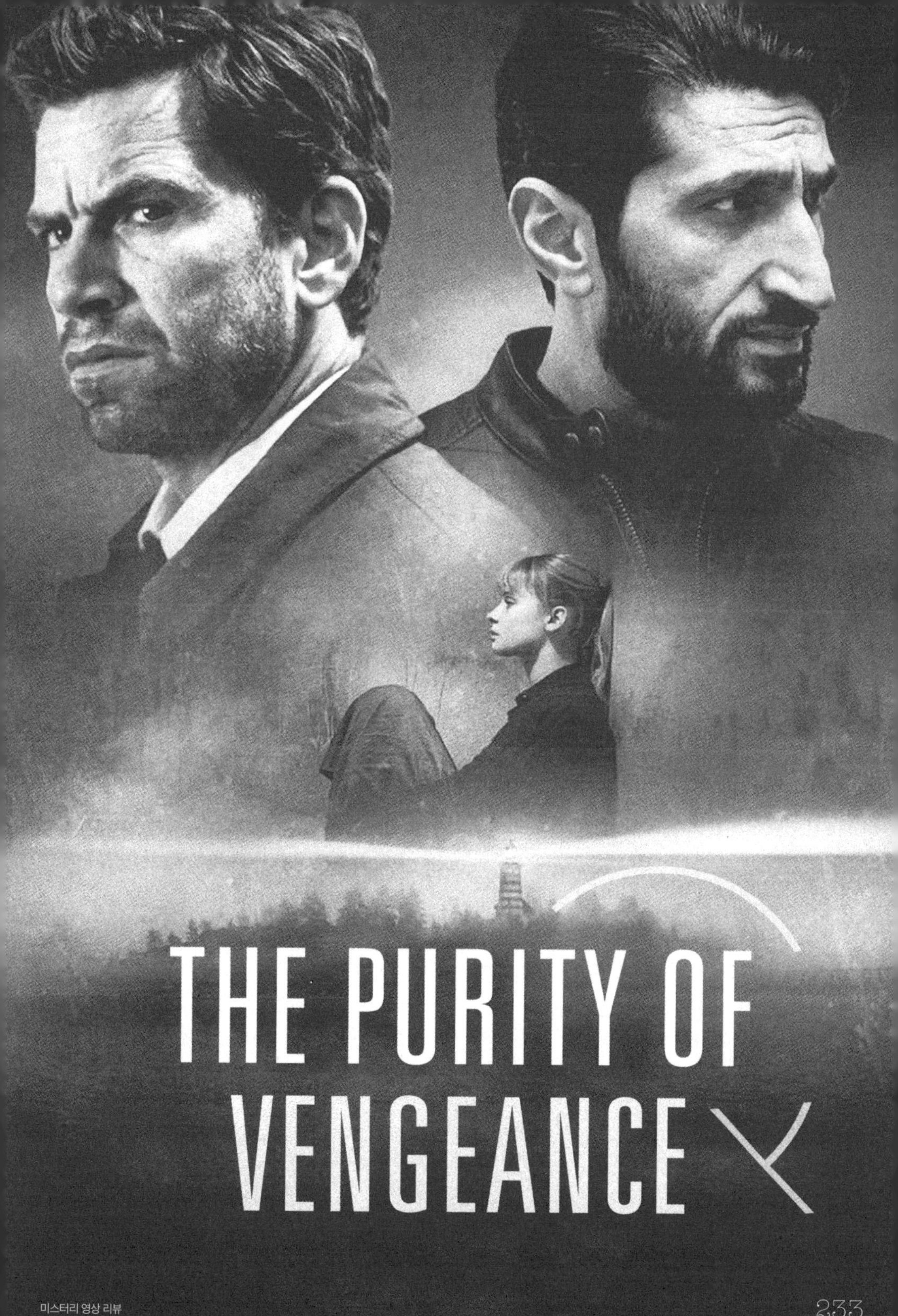
THE PURITY OF
VENGEANCE

일어난 역사적 사건에 기반한 이야기라 짜임새가 있을뿐더러, 캐릭터들도 훨씬 입체적이고 공감이 갑니다. 역시나 IMDB 평점도 시리즈를 통틀어 가장 높습니다. 궁금하지 않을지도 모를 정보를 조금만 더 풀어보자면, 1편부터 4편까지는 같은 배우가 주연을 맡았지만 5편부터는 제작사가 바뀌면서 주연 배우 또한 교체되었습니다. 이전 제작사가 의견을 반영해주지 않은 것에 불만을 제기한 원작자에 의해 그렇게 되었다고 하네요. 그러나 IMDB 평점을 확인해보면 안타깝게도 대중의 평가는 오히려 그 선택이 잘못되었음을 보여주지 않나 싶습니다. 하지만 덴마크에서는 워낙에 인기 있는 시리즈라 앞으로도 원작자의 영향력이 줄어들 것 같지는 않습니다.

영국으로 배경이 바뀐 드라마 버전은 어떤 점이 다를까

넷플릭스에서 같은 원작으로 만든 드라마 〈사건수사대 Q〉는 지난 5월 29일자로 오픈되었습니다. 시즌 1은 영화 한 편에 해당하는 내용을 아홉 개의 에피소드로 풀어냈습니다. 배경을 영국으로 바꾸면서 북유럽 특유의 회색빛 화면이나 감성은 거의 사라졌고, 과묵하고 냉정한 덴마크인(칼 뫼르크) 대신 까탈스럽고 예민한 영국인(칼 모크)으로 캐릭터가 살짝 바뀌면서 아이러니하게도 극 전반은 활기를 띱니다. 투톱으로 활약하는 아사드의 합류 배경도 조금 달라졌습니다. 영화에서 아사드는 인종이나 종교 문제 때문인지 같은 경찰이지만 반복적인 행정 업무만 담당하다가, 진짜

사건을 다룰 수 있다는 기대로 기꺼이 칼의 팀에 합류하는 인물입니다. 드라마에서 같은 역할인 아크람은 시리아에서 경찰로 활약하다 불안정한 자국 상황을 피해 가족과 함께 영국으로 이주한 후 IT 기술자로 일했지만, 자신의 천직인 수사 업무에 대한 미련을 버리지 못해 온갖 눈총을 감수하면서 기어이 팀에 합류하고 첫 번째 사건까지 발굴해낸, 조금 더 적극적인 인물로 그려집니다.
드라마에서는 이 캐릭터가 뒤로 갈수록 더 많은 서사와 이야기를 풀어내지 않을까 기대합니다.
영화에서는 2편부터 나오는 여성 캐릭터(로제)가 드라마에서는 처음부터 입체적인 캐릭터(로즈)로 등장하며 눈도장을 찍습니다. 전작 〈퀸즈 갬빗〉에서 매력적인 여성 캐릭터와 서사를 성공적으로 풀어내어 넷플릭스의 인정을 받은 스콧 프랭크 감독이 이번에도 각본과 연출을 맡은 만큼, 〈사건수사대 Q〉가 소설 한 권의 내용을 시즌 하나로 소화하는 방식으로 진행한다면 로즈 또한 영화에서보나 두드러진 활약을 하시 않을까 싶습니다.

영화와 드라마, 어느 쪽이 더 재미있나

보통은 소재가 같다면 이야기도 같을 것으로 생각하기 쉽습니다. 하지만 같은 소재를 가지고도 작가가 바라보는 관점과 말하고자 하는 주제에 따라 이야기는 얼마든지 달라질 수 있죠. 이 코너에서도 그런 예를 소개한 적 있습니다. 소설 《독거미》에 기반한 영화 〈내가 사는 피부〉가 원작과는 꽤나 다른 관점과

주제로 이야기를 풀어간 걸 다뤘죠.
이번에 소개하는 영화 버전과 드라마 버전 역시 하나의 소재로 다른 작가가 이야기를 풀어낸 형태로 볼 수 있겠습니다. 평소 북유럽의 차갑고 묵직한 분위기를 좋아한다면 영화 버전을 먼저, 영국 미스터리 특유의 심오하게 파고드는 스타일을 선호한다면 드라마 버전을 선택해보는 게 어떨까요?

영상이 맘에 들었다면 원작 소설도 도전?

영화와 드라마의 원작은 덴마크 작가 유시 아들레르-올센의 '칼 뫼르크 시리즈'입니다. 이 시리즈는 덴마크에서만 300만 부, 전 세계 40여 개국에서 2천만 부 이상 판매되었다고 합니다.
국내에는 《자비를 구하지 않는 여자》, 《도살자들》, 《유리병 편지》만 출간되었는데, 넷플릭스 시리즈가 성공한다면 다른 작품도 한국에서 출간되지 않을까 기대합니다.
덴마크에서는 여전히 소설 시리즈가 이어서 나오고 있으니까요(2023년 시리즈 10번째 작품 출간).

한류열풍의 부흥을 이어갈 박에스더 신작

완성형 K-오컬트 판타지
『불량 여신: 어둠을 쫓는 달』

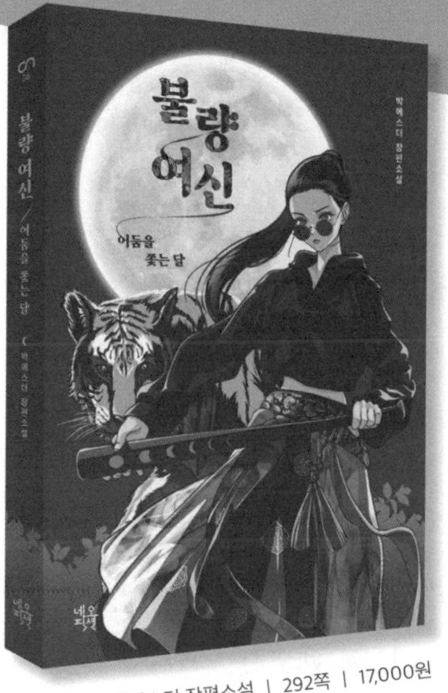

박에스더 장편소설 | 292쪽 | 17,000원

**"나는 너에게 지옥이 될 것이다.
우리는 이곳에 영원한 어둠을 전하러 왔다."**

잡귀를 없애고 악신으로 변한 신들을 물리치면서도 보름은 늘 쓸모가 없어진 것들에 대해 일말의 동정심을 품었다. 집에 모아둔 수많은 식물도 전부 의뢰를 수행하는 과정에서 생겨난 쓸모없어진 귀들이었다. 그대로 두면 악귀나 허주신으로 변할 것들을 보름은 전부 집에 데려왔다. 그러곤 식물의 모양으로 만들어 그 방 안에서 키웠다.

— 본문 중에서

ON 시리즈

35	이지민	청춘극한기	29	김선미 외	촉법소년
34	김준녕	텔 미 모어 마마	28	채강D	18번 구경남
33	조선희	팬텀 시그널	27	국지호	그들은 바다에서 왔다
32	강지영	하품은 맛있다	26	기예천	귀여운 것들
31	강민영	작별의 현	25	김준녕	붐뱁, 잉글리시, 트랩
30	배기정	나를 사랑하는 미친 누나	24	배준	도깨비섬: 역신의 제단

네오픽션
neofiction@jamobook.com

네오픽션은 자음과모음의 장르문학 브랜드로, 호러/공포, 미스터리/스릴러, SF/과학, 판타지, 로맨스 등 '읽는 즐거움'으로 가득한 이채로운 소설을 소개합니다.

한 방의 총소리

황세연

경찰청 팩스에 경주 APEC 행사장에서 미국 대통령과 중국 주석을 저격하겠다는 협박 메시지가 수신되었다. 발신지는 일본이었고, 발신자는 '가라사와 다카히로'였다. 가라사와 다카히로는 일본 극우들이 한국에 협박 메시지를 보낼 때 자주 사용하는 이름이었다.

한국 경찰은 일본 경찰에 공조 수사를 요청했다.

다음 날 서울 은평구의 산속 공원에서 소설가 황새팔 씨가 총에 맞아 사망했다. 한국에서 총기 살인사건은 특급 중의 특급 사건에 해당한다. 즉시 경찰청 형사기동대와 경찰특공대, 군부대 전문가들이 총동원되었다.

인근 CCTV와 자동차 블랙박스 등을 조사한 경찰은 곧 용의자를 특정했다. 무장하고 출동한 경찰특공대 요원들이 용의자를 체포하는 과정에서 총격전이 벌어졌다. 오래전 러시아에서 생산한 AK 소총을 소지한 용의자는 인근 커피숍으로 뛰어 들어가 사람들을 인질로 잡고 한 시간가량 대치하다가 경찰특공대 저격수에게 사살되었다.

지문 조회를 통해 사망한 저격범의 신원이 확인되었다. 34세 백휴로, 고등학교 졸업 후 특수부대에 자원입대해 복무했으며 제대 후 약 6년 동안 러시아와 부산을 오가는 러시아 화물선에서 일했다. 러시아와 우크라이나 간 전쟁이 터지며 러시아 봉쇄로 무역이 중단되자 일자리를 잃고 공사판을 전전하며 생활해왔다.

저격범을 제압하고 난 경찰은 황새팔 씨의 사건 처리에 나섰다. 부검을 위해 시신을 국과수로 이송하고, 현장 감식을 했다. 범인이 황씨를 저격한 지점은 황씨가 피격된 장소에서 약 200미터 떨어진 곳이었다. 머물렀던 흔적이 있는 곳에서 탄피 하나를 발견했다.

황새팔 씨의 허벅지 관통상은 허벅지 뒤쪽이 사입구, 앞쪽이 사출구였다. 머리 총상은 이마가 사입구, 뒤통수가 사출구였다. 총알이 날아온 방향이 정반대였다. 두 공범은 서로 반대쪽에 있었을 가능성이 높았다. 두 저격범이 같이 있었다면 황새팔 씨가 허벅지에 총을 맞고 나서 뒤돌아선 뒤 이마로 총알이 날아들었을 것이다.

허벅지를 관통한 탄두는 탄도 분석과 집요한 수색으로 시체에서 50미터쯤 떨어진 소나무 줄기에 박혀 있는 것을 찾아냈다. 라이플링 마크 검사 결과 백휴의 AK 소총에서 발사된 탄환임이 확인되었다. 하지만 머리를 관통한 탄환은 어디에서도 발견되지 않았다.

그런데 이상하게도 두 발의 총을 맞은 시신의 상태가 총기 발사 정황과 일치하지 않았다. 총소리를 들은 사람들은 모두 총성이 한 차례만 울렸다고 진술했다. 한 사람이 총을 두 방 맞았는데 총성은 한 번만 울렸다면, 한 발의 탄환은 소음기가 장착된 총에서 발사된 것일 가능성이 높았다.

백휴는 오랫동안 가족과 연락 없이 지냈고, 친구는 군대 동기 한 명뿐이었다. 동기에 따르면 백휴는 술에 취하기만 하면 "존 F. 케네디 암살범처럼 유명인들을 암살해 역사적 인물이 되고 싶다"라고 말해왔다고 한다.

일본 극우들이 한국 경찰청에 협박 메시지를 보낸 다음 날 사건이 일어난지라 일본 극우와의 연관성을 조사하지 않을 수 없었다. 하지만 백휴는 일본 여행 한 번 다녀온 적이 없었고, 어떤 접점도 찾지 못했다.

경찰은 백휴의 범행 동기를 찾기 위해 백휴와 황새팔의 접점을 조사했다. 그러나 연결고리가 전혀 없었다. 지역 연고, 학연, 군대, 직장, 인터넷 모임 등등 겹치는 부분이 조금도 없었다. 10년 내 문자나 통화한 기록도 없었다. 백휴와 황새팔은 서로 모르는 사이인 듯했다.

저격범 백휴는 왜 알지도 못하고, 유명하지도 않은 소설가를 죽인 것일까?

그 이유를 알려면 공범, 황새팔 씨의 머리를 쏜 제2의 저격수를 잡아야 했다.

온 나라에 비상이 걸렸다.

몇 주 뒤 경주에서 APEC이 열릴 예정이었다. 미국 대통령을 비롯해 여러 나라 정상이 경주에 모이는데 제2의 저격수를 찾아내지 못하면 행사를 취소해야 할 수도 있었다.

어떤 이들은 두 명의 저격수가 생판 모르는 황새팔을 저격한 것은 암살 연습이었을지도 모른다고 추측했다. 지금까지 총으로 사람을 쏘아본 적 없는 두 명의 저격수가 실제 사람을 표적으로 사격 연습을 한 것일 수도 있다는 추측이었다.

해외 언론과 정상들도 한국에서 벌어진 총격 사건에 관심이 많았다. APEC이 열리기 직전까지 나머지 한 명의 범인이 잡히지 않으면 트럼프 대통령이 불참할 것이라는 보도가 흘러나왔다. 상황은 일본의 이시바 시게루 총리도 마찬가지였다.

과거, 유세 중 저격수의 총알에 귀를 맞은 트럼프 대통령은 저격 트라우마가 있었다. 이시바 시게루 총리도 전 총리 아베 신조가 사제 총기에 피살된 탓에 총기 트라우마가 있었다. 한국의 이재명 대통령도 가덕도에서 칼에 목을 베이는 테러를 당한 적이 있어 역시 흉기 트라우마가 있었다.

수사에 진전이 없자 경찰 간부 한 명이 무당을 찾아가 점을 보는 심정으로 황은조 탐정을 찾아왔다.

"정말 죽겠습니다! 위에서는 빨리 범인을 잡아내라고 닦달해대는데 단서는 없고…. 가짜 범인이라도 잡고 싶은 심정입니다."

황은조 탐정은 경찰 간부의 하소연을 한 귀로 듣고 한 귀로 흘리며 자료를 살폈다.

"사건을 조작이라도 하고 싶다는 말씀인가요?"

“아니, 정말 조작하겠다는 게 아니라, 조작이라도 해서 이 사건을 끝내고 싶은 심정이라는 이야깁니다. 집에 들어간 지가 언제인지 기억도 안 납니다.”

“후후. 그럼, 그만 끝내세요. 제2의 저격수는 존재하지 않으니, APEC 행사는 그대로 진행하셔도 됩니다. 외국 정상들이 믿어줄지는 모르겠지만….”

“예? 그게 무슨 말씀이죠?”

황은조 탐정이 씁쓸한 표정을 지으며 들고 있던 서류 한 장을 반으로 접었다. 그리고 책상 위에 있던 뾰족한 연필을 집어서 서류 가운데를 팍 찔렀다. 연필이 서류를 꿰뚫었다.

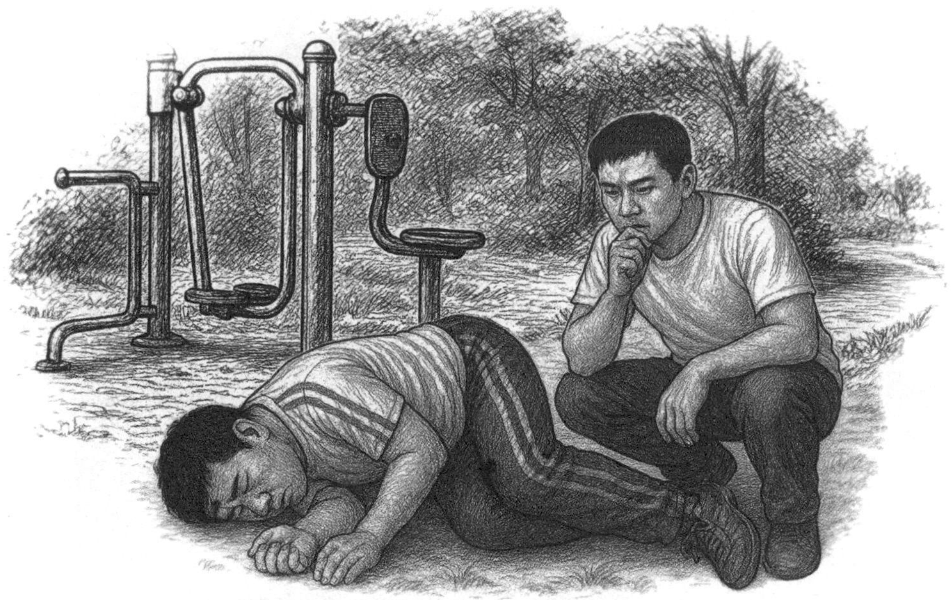

"이렇게 된 사건입니다."

문제: 사건을 추리해보자.

정답은 QR코드를 스캔하거나 네이버에서 '나비클럽 블로그'를 검색한 후 '계간 미스터리' 카테고리에서 확인할 수 있습니다.

"한눈에 알아봤지, 너도 나처럼 부서진 사람이라는 걸"
"이 도시는 말이야, 사람을 미치게 만드는 뭔가가 있어"
"산다는 것은 끝없이 도망치는 것이다"
"생각하는 법은 곧 잊어버릴 것이다.
그냥 존재하는 법을 배울 것이다"
추리X괴담 20명 작가의 무서운 컬래버

신간 리뷰 + 《계간 미스터리》 편집위원들의 한줄평

《표정 없는 검사의 사투》

나카야마 시치리 지음 · 문지원 옮김 · 블루홀식스(블루홀6)

한이 나카야마 시치리는 반전의 명수가 아니라 마지막 장면의 명수다. 결말의 묵직함이 모든 단점을 용서하게 한다.

《무녀촌》

고태라 지음 · 책과나무

홍선주 한국 무속巫俗과 본격 미스터리의 매력적인 무舞.

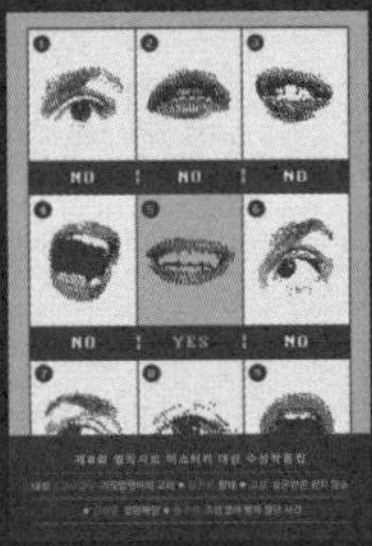

《제8회 엘릭시르 미스터리 대상 수상작품집》

고수고수, 강연서 , 교묘 , 김지윤 , 송수예 지음 · 엘릭시르

김소망 다양한 세부 장르를 즐기고 비교하며 읽는 재미. 한국 단편 미스터리를 즐길 곳이 늘어 반갑다.

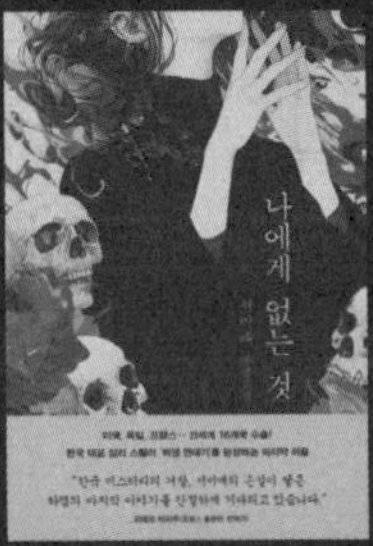

《나에게 없는 것》

서미애 지음 · 엘릭시르

조동신 하영이 거울 속 다른 자신에게 느끼는 감정은 무엇일까.

홍선주 의도치 않은 살인에서 시작된 트라우마를 가진 하영의 우아한 완결.

《신주로》

요코미조 세이시 지음 · 정명원 옮김 · 시공사

조동신　초기 요코미조 세이시의 매력이 잘 나타난 작품.

한이　킷카와 코지吉川晃司의 유리 린타로만 알고 있다가 원작을 읽으니 사뭇 느낌이 다르다.

《갈까마귀》

조동신 지음 · 써네스트

홍선주　추리 퀴즈 느낌의 트릭을 맞히는 스낵형 재미를 원한다면 원픽.

《다다미 넉 장 반 신화대계》

모리미 도미히코 지음 · 권영주 옮김 · 비채

홍선주　이야기를 구상하는 상상을 오롯이 다 써버린다. 잔머리 같으면서도 기발하다.

《전원 범인, 하지만 피해자, 게다가 탐정》

시모무라 아쓰시 지음 · 남소현 옮김 · 북플라자

조동신　제목 그대로인 이야기, 그리고 누구에게나 비밀은 있다.

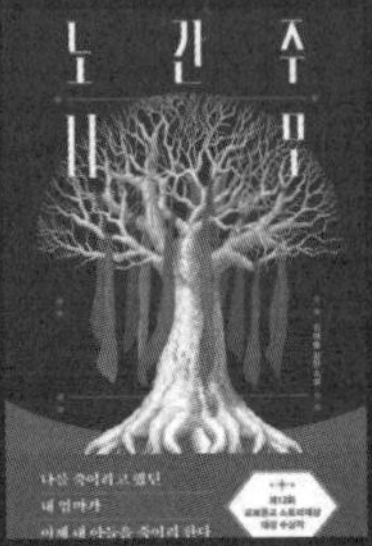

《노간주나무》

김해솔 지음 · 북다

홍선주　초반의 몰입이 클리셰한 결말로 치달으면서 붕괴해버리는 게 아쉽다.

《지뢰 글리코》

아오사키 유고 지음 · 김은모 옮김 · 리드비

조동신　일본판 고교생 버전의 오징어 게임. 단, 생명에는 지장 없음.

한이　이런 변태에 가까운 집요함이 일본 미스터리를 견인해왔다는 생각이 든다.

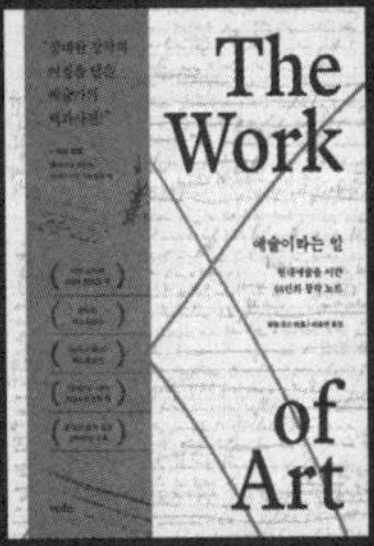

《예술이라는 일》

애덤 모스 지음 · 이승연 옮김 · 어크로스

한이　타고난 소질이 엄정함과 부딪혀 생겨나는 예술에 대한 찬사.

《몬스터 킬러》

윤자영 지음 · 네오픽션

홍선주　괴물을 제압하기 위해선 괴물이 될 수밖에 없는가.

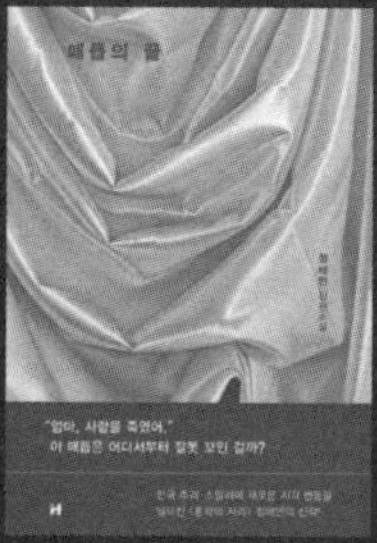

《매듭의 끝》

정해연 지음 · 현대문학

김소망　피해자 서사를 따라가는 흐름은 흥미로우나 전체적으론 익숙한 모성 서사.

《난파선》

김창현 지음 · 써네스트

조동신　끝까지 자기만 아는 사람들, 거의 누구도 정당하지 않지만 그래서 더 볼 만한 작품.

홍선주　김창현식 〈무간도〉. 그 세계의 끝은 어쩔 수 없이 파멸로 치닫는다.

《76층 탐정》

정명섭 지음 · 팩토리나인

조동신　부와 행복은 과연 동일한 의미인가.

《우리의 노래를 불러라》

오승호 지음 · 이연승 옮김 · 블루홀식스(블루홀6)

조동신　재일교포 작가다운 작품.

한이　장대한 세월의 흐름 속에 다양한 미스터리가 얽히고설킨다. 언젠가는 써보고 싶은 대하 미스터리.

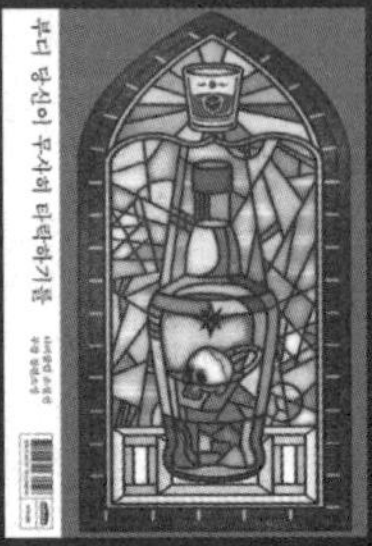

《부디 당신이 무사히 타락하기를》

무경 지음 · 나비클럽

홍선주 　인간의 지옥행은 결국 자신의 선택, 악마는 그저 사실을 확인시킬 뿐이다.

《아이들의 집》

정보라 지음 · 열림원

김소망 　현실과 이상, 미스터리와 휴머니즘이 어우러진 따뜻한 SF 미스터리. 종종 미소 짓게 된다.

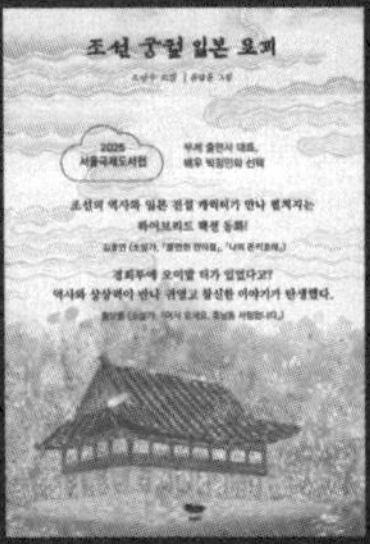

《조선 궁궐 일본 요괴》

조영주 지음 · 윤남윤 그림/만화 · KONG

홍선주 　캇파와 선조의 우정에 관한 흥미로운 상상.

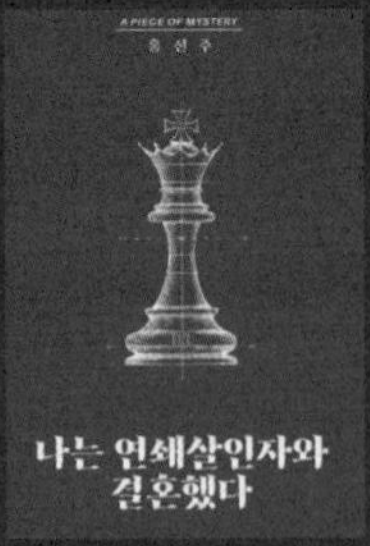

《나는 연쇄살인자와 결혼했다》

홍선주 지음 · 써네스트

황세연 　훨씬 커진 스케일, 매력적인 캐릭터와 플롯으로 세 권을 단숨에 읽게 만든다.

《밀실 황금시대의 살인: 눈의 저택과 여섯 개의 트릭》

가모사키 단로 지음 · 김예진 옮김 · 리드비

조동신　밀실 마니아라면 누구나 좋아할 작품.

한이　극한까지 추구한 하우더닛. 우리에게도 이런 엔터테인먼트에 충실한 미스터리가 필요하다.

《호흡과 폭발》

이유소 지음 · 한끼

홍선주　현실에서의 도피, 그러나 버티기 위한 받아들임. 그렇게 우리는 하루하루 살아간다.

《언덕 위의 빨간 지붕》

마리 유키코 지음 · 김은모 옮김 · 나무옆의자

한이　이야미스 미스터리의 진수. 드라마를 먼저 보고 소설을 읽었음에도 진득한 불쾌함은 여전하다.

《라스트 데이즈》

제프 다이어 지음 · 서민아 옮김 · 을유문화사

한이　에드워드 사이드의 《말년의 양식에 관하여》와 함께 읽을 만하다.

《식탐정 허균: 화왕계 살인 사건》

현찬양 지음 · 래빗홀

김소망　편안하게 읽히는 미스터리. 똑똑하고 귀여운 탐정과 연쇄 살인의 조합은 웬만하면 옳다.

조동신　조선판 구르메 미스터리, 갈수록 사건이 깊어진다.

한이　데라사와 다이스케의 《절대미각 식탐정》과 히가시무라 아키코의 《미식탐정 아케치 고로》가 연상된다. 얼마나 차별화할 것인지가 앞으로의 숙제.

《귀신새 우는 소리》

류재이, 이지유, 유상, 박소해, 무경, 위래 지음 · 북다

한이　어느 시대건 전설에는 금기와 억압이 담겨 있다. 전통적 괴담의 현대적 풀이가 흥미롭다.

《블랙 서머》

M. W. 크레이븐 지음 · 김해온 옮김 · 위즈덤하우스

김소망　책을 덮자마자 다음 작품의 출간 알림을 신청했다.

한이　이번 여름휴가의 가장 서늘한 동반자. 왕복 12시간의 비행이 순식간에 지나갔다.

《더 어두운 걸 좋아하십니까》

스티븐 킹 지음 · 이은선 옮김 · 황금가지

한이　한 번도 초반 콘셉트대로 나온 작품이 없다는 스티븐 킹의 넥타이 공장 양산 작품집.

2024 한국추리문학상 대상 수상

한국 사회의 구조적 폭력을 치밀하게 담아낸
방대한 스케일의 미스터리

타오

나비클럽 소설선

nabiclub

2025 여름호

독자 리뷰

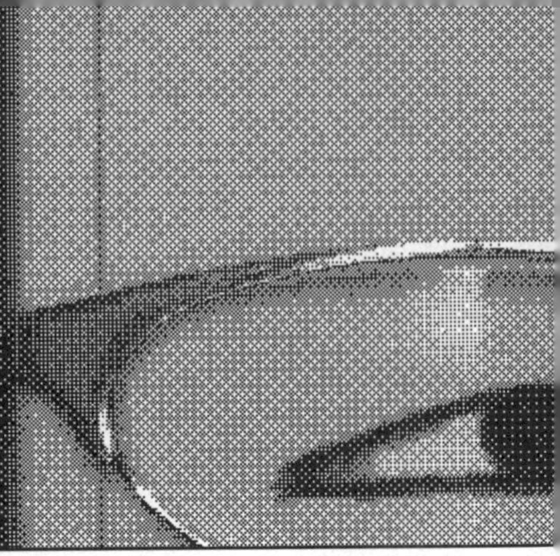

✦ slow_dog_book

끝까지 읽자마자 다시 처음으로 돌아가 다시 읽고 싶어질 정도로 모든 이야기의 몰입력이 좋았고 다음 호가 기대되었다. 특히 '사건의 재구성'은 짧은 이야기를 통해 정답을 추리할 수 있어 더 재미있었다. 미스터리 소설을 많이 읽지 못해 궁금한 마음에 서울국제도서전에서 구매했는데, 기대 이상으로 좋았다. 미스터리를 궁금해하는 사람들이 처음에 읽기 좋을 만한 책인 것 같다.

✦ 순간의 순간

이 잡지를 읽다 보면 만든 이의 정성과 진심이 느껴진다. 사실 나는 미스터리 장르를 최근에서야 읽기 시작했고, 얼마나 재미있는지 정도는 알게 되었지만, 마니아처럼 파고들지는 않았다. 그래서 여름호 특집 '마이클 코넬리의 해리 보슈 연대기'를 읽으면서도 '이 사람이 거장이라고?' 의문을 품었다. 마이클 코넬리는 <링컨 차를 타는 변호사>의 원작자라고 한다. '그 책은 알지' 하는 마음으로 읽기 시작했는데, 그의 팬이라면 이 글을 정말 즐겁게 읽지 않을까 싶어졌다.

코넬리의 방대한 작품의 양에도 놀랐다. 이 특집은 30여 권의 해리 보슈 시리즈를 간략히 다루고 있다. 이 시리즈 전부를 읽겠다는 엄두까지 나진 않지만, 두 권 정도는 읽어 보고 싶어 찜해두었다.

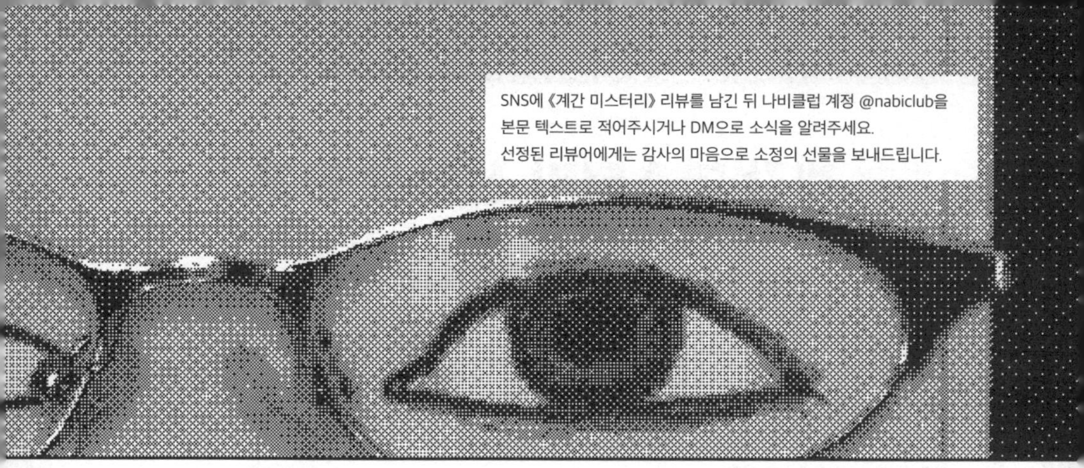

✦ hanachannelu

습하고, 덥고, 미세먼지 섞인 쿰쿰한 날이 이어지고 있었다. 가뜩이나 내 삶도 답답하고 축축한데 날씨까지 그러니까 기분이 더 나빴다. 그러다 《계간 미스터리》 여름호가 왔다. 시원하고 통통 튀는 발랄한 표지에 기분이 좋아졌다. '인생은 미스터리로 가득하다' 정말 그렇다.
이번 호의 테마는 '맥주'다. 맥주를 소재로 세 편의 단편소설이 실려있고, 우연히(?) 신인상 수상작 〈아로니아 농장 살인〉에도 맥주가 등장한다. 톤앤매너를 맞추기 위해 나도 맥주 한 캔을 마시며 즐겁게 작품을 읽고, 다양한 미스터리 콘텐츠 소개도 즐기고 나니 기분이 좀 나아졌다. '다 죽자'의 계절에는 '다 죽자' 콘텐츠가 제맛이지 않을까?

법의학자 이호 교수님이 인터뷰에서 말씀하셨다. 죽음은 단순히 한 사람의 생명이 멈추는 사건이 아니라, 한 사람의 삶의 총체이자 사회적 맥락을 반영하는 중요한 요소라고. 그 말에 깨닫는 바가 있었지만, 얼마 지나지 않아 괜한 반항심이 고개를 든다. 그래서 소설 속의 가짜 죽음이 재미있을 수 있는 거죠. 이건 가짜니까요.

어찌 되었든 《계간 미스터리》 여름호에는 재미도 있고, 교훈도 있고, 정보와 실용성도 있다. 미스터리를 사랑하는 사람들아, 미스터리로 가득한 삶이 가끔 너무 지겨워서 도망치고 싶다면 이 책의 가짜 죽음으로 도피를 떠나자. 선풍기 돌아가는 소리를 화이트 노이즈 삼아서, 더위에 달아오른 손을 차가운 맥주캔으로 식히면서. 그런 계절이 왔다.

계간 미스터리 신인상 공모

전통의 추리문학 전문지 《계간 미스터리》에서
새로운 시대를 함께 열어갈 신인상 작품을 공모합니다.

■ 모집 부문

단편 추리소설, 중편 추리소설, 추리소설 평론

■ 작품 분량(200자 원고지 기준)

단편 추리소설: 80매 안팎 / 중편 추리소설: 250~300매 안팎 / 추리소설 평론: 80매 안팎

※ 분량 기준을 준수하지 않은 응모작은 심사 대상에서 제외됩니다.

※ 평론은 우리나라 추리소설을 텍스트로 삼아야 합니다.

■ 응모 방법

- 이메일을 통해 수시로 접수합니다. mystery@mystery.or.kr
- 우편 접수는 받지 않습니다.
- 파일명은 '신인상 공모_제목_작가명'을 순서대로 기입해야 합니다.
- 이름(필명일 경우 본명도 함께 기입), 주소, 연락 가능한 전화번호, 이메일을 원고 맨 앞장에 별도 기입해야 합니다. 부실하게 기입하거나 틀린 정보를 기재했을 경우 당선 취소 등 불이익을 받을 수 있습니다.

■ 유의 사항

- 어떤 매체에도 발표되지 않은 작품이어야 합니다.
- 당선된 작품이라도 표절 등의 이유로 타인의 지식재산권을 침해한 사실이 밝혀지거나, 동일 작품이 다른 매체 등에 중복 투고되어 동시 당선된 경우 당선을 취소합니다. 이 경우 원고료를 환수 조치합니다.
- 미성년자의 출품은 가능하나 수상 시 법정대리인의 동의서, 가족관계증명서 등을 제출해야 합니다.

■ 작품 심사 및 발표

- 《계간 미스터리》 편집위원들이 매호 심사합니다.
- 당선자는 개별 통보하고, 《계간 미스터리》 지면을 통해 발표합니다.

■ 고료 및 저작권

- 당선된 작품은 《계간 미스터리》에 게재합니다. 작가에게는 상패와 소정의 고료를 드립니다.
- 원고료에 대한 제세공과금을 공제합니다.
- 신인상에 당선된 작가는 기성 작가로서 대우하며, 한국추리작가협회 정회원으로서 작품 활동을 지원합니다.

■ 문의 한국추리작가협회 02-3142-3221 / 이메일: mystery@mystery.or.kr

미스터리 장르 초단편소설 공모

《계간 미스터리》 2025 겨울호 수록

- **참가자격:** 제한 없음
- **주제:** 자유주제. 단, 미스터리 장르 소설일 것.
- **분량**: 200자 원고지 5~20매
- **모집 기간:** ~2025. 10. 25(토)
- **발표:** 2025. 11. 21(금) 나비클럽 SNS 공지
- **당선 혜택:**

 -《계간 미스터리》 정기구독권(1명)

 -당선된 작품이 수록된 《계간 미스터리》 2025 겨울호 증정(0명 모집)

- **지원 방법:** mystery@mystery.or.kr 이메일 접수

나비클럽

《계간 미스터리》 정기구독

★★★ 1년 정기구독 ★★★

15,000원×4권

60,000원 → **50,000원**(17% 할인)

★★★ 2년 정기구독 ★★★

15,000원×8권

120,000원 → **100,000원**(17% 할인)

과월호 1권 증정

정기구독 신청하기

"세상의 모든 의미를 추리한다"

나비클럽